WALTER BURK

Doppelgott

»HITZ OND BRAND« Erst nachdem die Leiche einer jungen Frau gefunden und das Berggasthaus »Bollenwees« bedroht wird, greift der passionierte Wanderer, Hobbyphilosoph und Krimiautor Roger Marty in die Ermittlungen von Bruno Fässler, Chef der Appenzell Innerrhoder Kriminalpolizei, ein. Denn zuvor hatte er noch genug mit sich und seinen persönlichen Problemen zu tun.

Marty und Fässler stoßen auf eine fundamentalistische Bewegung, welche die Innerrhoder Traditionen erhalten will, indem sie alles Fremde bekämpft. Doch was haben der Anführer und die Mitglieder der »Hitz ond Brand«-Gemeinschaft mit dem Mord und der Drohung zu tun? Und waren die Abstürze eines versierten Deltapiloten und eines erfahrenen Berggängers wirklich Unfälle? Als Roger Marty mit Monika Inauen in philosophische Diskussionen abtaucht, findet er erste Antworten auf seine Fragen.

Walter Burk wurde in Horgen geboren und lebte 35 Jahre in der Ostschweiz, bevor er nach Chur zog. Nach über 30 Jahren beruflicher Tätigkeit in der Bildung und vielfältigen Engagements im Sport ist er nun Leiter des Studiengangs »Sport Management« an der HTW Chur. Als ehemaliger Journalist und Autor einer Biografie blieb er bis heute seiner Schreibleidenschaft treu.

Wie in den ersten beiden Teilen der Alpsteinkrimi-Trilogie ist auch in »Doppelgott« seine Verbundenheit zum Alpstein, sein Interesse an philosophischen Themen sowie seine Freude an der Vermischung von Realität und Fiktion und am Spiel mit der Sprache deutlich zu spüren. Die Basis für seine Romane bilden aktuelle gesellschaftspolitische Themen und existenzielle Fragen des Lebens.

Bisherige Veröffentlichungen im Gmeiner-Verlag:
Doppelrolle (2015)
Doppelbindung (2014)

WALTER BURK

Doppelgott

Dritter Teil der Alpsteinkrimi-Trilogie

GMEINER SPANNUNG

Besuchen Sie uns im Internet:
www.gmeiner-verlag.de

Im Ehnried 5, 88605 Meßkirch
Telefon 07575/2095-0
info@gmeiner-verlag.de

2. Auflage 2016

Lektorat: Claudia Senghaas, Kirchardt
Herstellung: Mirjam Hecht
Umschlaggestaltung: U.O.R.G. Lutz Eberle, Stuttgart
unter Verwendung eines Fotos von: © Walter Burk
Druck: CPI books GmbH, Leck
Printed in Germany
ISBN 978-3-8392-1848-8

Personen und Handlung sind frei erfunden.
Ähnlichkeiten mit lebenden oder toten Personen
sind rein zufällig und nicht beabsichtigt.

TEIL 1

BERGGASTHAUS »BOLLENWEES« AM FÄLENSEE (PROLOG)

Der Regen hat endlich aufgehört.

Roger ist froh, bei seinem sonntäglichen Morgenspaziergang von der trockenen Kleidung, die er bei jeder seiner Bergwanderungen im Rucksack mitführt, profitieren zu können. So kann er die durchnässten Kleider von gestern noch im Trockenraum belassen und direkt zu seiner kleinen Runde an der frischen Luft starten.

Roger genießt ab dem ersten Atemzug die durch den Regen gereinigte, aber nun trockene und frische Morgenluft. Doch feucht war nicht nur die Witterung der letzten beiden Tage, sondern auch der gestrige Abend im Berggasthaus »Bollenwees«. Der Dauerregen hatte die Gäste schon früh ins Berggasthaus getrieben und einige von ihnen zur spontanen Übernachtung gebracht. So füllte sich die Gaststube schon am späteren Nachmittag mit Kletterern und Bergwanderern und dem Geruch ihrer schweiß- und regengetränkten Kleidung, dem süßlichen Duft von Kräuter- und Zwetschgenlutz und dem würzigen Geschmack von Käserösti.

Und Roger muss sich einmal mehr eingestehen, dass er, wenn er früh mit dem Konsum des Alkohols beginnt, diesen nicht nur über eine längere Zeit verteilt trinkt, sondern auch die Gesamtmenge erhöht. Was heute Morgen das schmerzhafte, permanente Ziehen über seinem linken Auge bestätigt.

Auch deshalb ist der kurze Morgenspaziergang hinauf zu der schlichten Kapelle und zur Privathütte der Sektion St. Gallen des Schweizerischen Alpenclubs SAC ein Genuss. Am »Ort der Stille und des Gebets«, wie die zu Ehren des Heiligen Bernhard von Aosta, dem Patron der Bergsteiger und Skifahrer, errichtete Kapelle bezeichnet wird, hält es Roger nicht lange aus. Ihm fehlt die innere Ruhe, um unter dem einfachen Satteldach in sich gehen und die Stille genießen zu können.

Deshalb treibt es Roger hoch auf die kleine Anhöhe mit der SAC-Hütte, von wo sich ihm ein uneingeschränkter Blick auf den Fälensee und das Berggasthaus bietet. Hier ist für ihn ein Kraftort, der ihm jedes Mal, wenn er diesen besucht, Energie gibt. Und die frische Luft hilft ihm heute, seine Ausschweifungen des gestrigen Abends zu verarbeiten und mit neuem Elan in den noch jungen Tag zu steigen.

Im Berggasthaus scheint es ruhig zu sein, die Fenster der Gästezimmer sind nur teilweise aufgeklappt, außerhalb des Hauses ist niemand zu sehen. Ob das Team um Anita Streule bereits den morgendlichen Betrieb aufgenommen hat, lässt sich von hier oben nicht erkennen. Zahlreiche Farbtupfer in den drei Doppelfenstern des Trocknungsraumes auf der Nordwestseite des Berggasthauses weisen nochmals auf die Auswirkungen des gestrigen Regens hin und lassen vermuten, dass die Möglichkeit, die Wanderung wieder in trockenen Kleidern fortsetzen zu können, rege genutzt wurde.

Roger ist erstaunt, dass dieses kleine, kaum sichtbare Detail, das wohl jeder andere Beobachter übersehen hätte, seine Aufmerksamkeit so stark bündelt. Doch plötzlich wird ihm klar, warum. Wie ein Blitz aus heiterem Himmel trifft die Erkenntnis seinen noch leicht vernebelten Kopf, lässt seine Gedanken auf einen Schlag klar werden.

Es ist keine Logik, sondern vielmehr die Verknüpfung

von Gefühl und Verstand, von Vorahnung und Erfahrung, von Wunsch und bereits Erfülltem, von Fiktion und Realität, die ihn zum Schluss kommen lässt, dass ab diesem Moment auch in der »Bollenwees« nichts mehr so sein wird, wie es bis anhin war. Dass in diesem Moment im Berggasthaus »Bollenwees« etwas Schreckliches geschehen ist oder entdeckt wurde. Und dass dieser Moment große und anhaltende Auswirkungen auf viele Menschen haben wird.

Als er bei seiner Rückkehr nach einem hastigen Abstieg in die weit aufgerissenen Augen von Anita blickt, die hinter dem Buffet steht und deren Blick ihn zu durchdringen scheint, weiß Roger, dass er richtig liegt.

ST. GALLEN, AM BOHL

»Es wäre die Verwirklichung eines Traums, die Realisierung eines Projekts, das schon seit Jahren in der Planungsphase steckt.«

Marcel Kuster greift sich sein Bierglas, hebt es gegen die letzten Sonnenstrahlen, die noch vom Marktplatz her auf die Tische vor dem Café »Merkur« einfallen, senkt das Glas und streckt es Vinzenz zum Anstoßen hin: »Aber ohne deine Unterstützung schaffe ich es nicht!«

»Ist auch vernünftiger, auf die Begleitung eines professionellen Bergführers zu setzen, als es alleine zu versuchen, Marcel«, prostet Vinzenz Sonderer seinem langjährigen Freund zu. »Du bist in deinen bisherigen Deltaprojekten schon genug Risiken eingegangen – und auch wenn ich dich und dein Team auf den Kreuzberg III hinaufführe, bleiben für Start und Flug noch genug Risiken übrig.«

Marcel nickt mit einem verschmitzten Lächeln: »Gut, der Höhenrekord mit dem Ballon-Drop auf über 10.000 Metern war ein spezielles Projekt und sicher das risikoreichste. Aber seither ging es für mich nur noch um den Genuss, nicht mehr um Rekorde oder das Urmännliche, das ich mir damals schaffen wollte. Denn so wie sich die Frau mit einem Kind das Urweibliche erfüllt, um der Welt etwas Bleibendes zu hinterlassen, wollte auch ich meiner Nachwelt etwas hinterlassen, das an mich erinnert, mein Eigen ist. Und dementsprechend hat sich auch das Risiko verringert. Denn ich suche ja nicht die Gefahr, sondern das Leben!«

»Verringert schon, aber auch bei deinem letztem Ballon-Drop, als du dich auf über 4.500 Metern vor der Eigernordwand von deinem Trägerballon ausgeklinkt hast, blieb ein hohes Restrisiko. Hätte sich dein Segler, als du ihn für den Sinkflug in die Vertikale brachtest, weitergedreht, würdest du jetzt wohl nicht hier sitzen.« Vinzenz sieht die Videobilder noch vor sich, den Deltasegler, der sich vom Ballon löst und im Sturzflug innert Sekunden auf über 90 Stundenkilometer beschleunigt, vom Piloten aufgefangen und in Richtung Eigernordwand gelenkt wird, die er in nur wenigen Metern Abstand mehrfach abfliegt.

»Ein Restrisiko bleibt, da muss ich dir recht geben«, lenkt Marcel ein, »und doch war es dieses Gefühl, dieses physisch erlebte und psychisch wirkende Gefühl, Platz zu haben und seiner Seele Raum geben zu können, wert.«

Vinzenz erinnert sich, dass Marcel ihm seine Sehnsucht nach dem Fliegen einmal damit erklärt hatte, dass er schon als Jugendlicher den Wunsch gehabt habe, auf den Kondensstreifen am Himmel spazieren zu können. Eine Sehnsucht, die er auch durch eine intensive Auseinandersetzung mit Texten wie »Wind, Sand und Sterne« des ehemaligen Piloten Antoine de Saint-Exupéry weiter verstärkt hat.

»Der Mensch braucht Ziele und Visionen, und schon dies alleine gibt einem Projekt wie dem Start vom Kreuzberg III auch den Sinn, nachdem ich immer wieder gefragt werde. Ich bin mir bewusst, dass ich den Luxus genieße, solche Projekte realisieren zu können. Und dass das Ausleben meiner Leidenschaft und das Flowerlebnis nur für mich persönlich Sinn machen«, fasst Marcel seine Motivation zusammen. »Die Anerkennung für solche sportlichen Leistungen ist zweitrangig, und wichtiger als der Kick während des Fluges ist für mich die nachhaltige Energie, die ich daraus gewinne.«

»Dann lass uns nochmals gemeinsam die Details durchgehen«, versucht Vinzenz das Gespräch wieder auf das Projekt zu lenken, welches den eigentlichen Grund für das Zusammenkommen der beiden Freunde gab.

Marcel schildert dem Bergführer, wie er sich den Ablauf vorstellt, den Transport des 30 Kilogramm schweren und rund fünf Meter langen Seglers das Brüeltobel hinauf ins Plattenbödeli und von dort weiter in die Bollenwees. Die Idee, dafür ein oder zwei Mountainbikes zu nehmen oder ein Fahrgestell zu bauen, und die nur kleine Chance, dass der Transport vom »Bolle«-Wirt mit dem Auto übernommen wird.

»Das ist aber noch das kleinste Problem, ich brauche einfach genug starke und ausdauernde Freunde, die mich unterstützen. Von der Bollenwees hinauf in die Saxer Lücke, zur Roslenalp und zum Einstieg in die Kreuzberge wird's dann nochmals richtig anstrengend … Dann kommst du zum Zug, ohne dich bringen wir den Segler nicht hinauf auf den Gipfel.«

»Und das soll alles am gleichen Tag geschehen, richtig?«

»Ja, der Segler muss am Abend vor dem Start oben sein. Ohne Fluggerät sind wir dann am Morgen schnell oben und ich kann rechtzeitig starten.«

»Ich kann die Seilschaft mit dem Segler sichern, drei, vier deiner Kollegen, das ist kein Problem«, schlägt Vinzenz vor, »doch wenn jemand das Ganze filmen oder fotografieren soll, muss ich noch einen zweiten Bergführer oder zumindest einen erfahrenen Kletterer aufbieten, sonst wird es zu gefährlich.«

Marcel nickt: »Das habe ich mir auch gedacht – aber für

gutes Bildmaterial lohnt sich der Aufwand.« Auch wenn die persönliche Anerkennung nicht im Vordergrund steht, weiß er um die Bedeutung von guten Fotos und Videoclips. Nur mit diesen kann er Berichte und Fotoreportagen in den Onlinemedien der einschlägigen Magazine. »Ja, und Roger ist zwar ein geübter Berggänger und Kenner des Alpsteins, aber Klettererfahrung hat er kaum. Zudem braucht er eine Absicherung, wenn er von der Route abweichen muss, um den spektakulären Transport des Seglers auf den Gipfel aus einer gewissen Distanz fotografieren zu können.«

Vinzenz kennt Roger nicht persönlich, weiß jedoch von Marcels Schilderungen, um wen es sich handelt: den Krimiautor, der den Alpstein zum Tatort für seine Geschichten macht und der auch das Eigernordwandprojekt in verschiedenen Magazinen in Text und Bild dargestellt hat. Und der Wert darauf legt, dass sein Name wie der des besten Schweizer Tennisspielers ausgesprochen wird – englisch und nicht französisch: »Rotscher«.

»Und wann soll das Projekt durchgeführt werden?«, fragt Vinzenz nach, »denn allzu viele Zeitfenster habe ich nicht mehr frei. Ich kann ja nicht für dich Tage und Wochen blockieren und den Gästen, die mich für Touren buchen wollen, absagen.«

Der Vergleich der beiden Agenden zeigt schnell auf, dass in den Monaten, in welchen eine stabile Wetterlage und passende Windverhältnisse erwartet werden können, nur noch wenige Tage frei sind: deren vier Mitte Juni, sechs Anfang September und zehn in der zweiten Hälfte desselben Monats.

»Damit bleiben uns so oder so noch zwei Monate bis zum ersten Zeitfenster«, rechnet Vinzenz aus, »dann wird es hoffentlich auch etwas wärmer sein als heute.«

Marcel lacht: »Frieren werden wir dann sicher nicht! Obschon wir uns heute nicht beklagen dürfen – oft kann man nicht Mitte April in St. Gallen um diese Zeit im Freien noch ein Bier trinken!«

Mit dem Hinweis, dass er sich wegen einer Rekognoszierungstour noch vor dem ersten festgelegten Termin melden werde, verabschiedet sich Marcel von Vinzenz.

BOLLENWEES

Noch liegt ein wenig Schnee auf der Bollenwees. Der Fälensee, der drittgrößte See im Alpsteingebiet, ist teilweise noch von Eis bedeckt – mit Ausnahme der ufernahen Zonen beim Berggasthaus und der ersten 300 Meter am nördlichen Ufer, wo das Eis bereits einige Meter zurückgeschmolzen ist.

Grund dafür ist neben der noch schattigen Lage auch der – wie beim Sämtiser- und Seealpsee – unterirdische Abfluss, welcher kaum Bewegungen des Wassers an der Oberfläche bewirkt.

Auch wenn der Winter kein besonders schneereicher und kalter war, bleiben hier, auf der Nordseite des Bollenweeser Schafberges, der Saxer Lücke und des Saxer Firsts, Schnee und Eis lange liegen.

Doch wegen des Schnees bleibt das Berggasthaus »Bollenwees« nicht geschlossen. Anita Streule und ihr Mann Urban wollten eigentlich wie immer an Ostern ihr Gasthaus kurz für einige Tage öffnen. Doch das schlechte Wetter, welches kaum Wanderer in den Alpstein lockte, zwang sie, dieses Vorhaben bereits am Abend des Karfreitags wieder abzubrechen.

Doch am Samstag vor Muttertag, der auf den zweiten Sonntag im Mai fällt, soll es dann definitiv losgehen. Denn das »Plattenbödeli« und die »Staubern« sind schon längst geöffnet – doch bis heute fehlt die »Bolle«, wie das Berggasthaus oft in der Kurzform genannt wird, noch als Einkehrmöglichkeit auf dem beliebten Rundweg mit Start und Ziel in Brülisau und der Route über den Hohen Kasten, die Staubern, die Saxer Lücke, die Bollenwees und das Plattenbödeli.

Deshalb muss sich auch Monika Inauen heute, am Donnerstag nach Ostern, einem trockenen und sonnigen Tag, mit einem Schluck Tee aus der Thermosflasche, die sie in ihrem Rucksack mitgenommen hat, begnügen. Sie ist einmal mehr von ihrem Arbeitsort, dem Berggasthaus »Staubern«, wo sie im Service arbeitet, über den Furgglenfirst und die Saxer Lücke zur Bollenwees abgestiegen, um anschließend die Tour, die sie so gerne und immer wieder macht, über die Rainhütte und den steilen Aufstieg wieder hinauf auf die Staubernkanzel abzuschließen.

Auf dem Furgglenfirst gab es noch einige heikle Stellen – hart gefrorener, rutschiger Schnee an exponierten Lagen –, welche sie nur dank der Steigeisen an ihren Schuhen einigermaßen sicher überqueren konnte. Denn genau an diesen Stellen sind die Seilsicherungen noch nicht montiert, und es fehlen Büsche oder Sträucher, welche ein Ausrutschen bremsen oder stoppen könnten. Es herrschen damit nach wie vor schwierige Wanderbedingungen, die auch von erfahrenen Alpsteinwanderern oft unterschätzt werden und schnell zu einem Ausrutschen oder Absturz führen können.

Doch glücklicherweise gibt es bei den rund 70 Einsätzen pro Jahr, mit welchen die Alpine Rettung Ostschweiz ARO verunfallten Wanderern, Bergsteigern, Gleitschirmfliegern oder Skifahrern zu Hilfe kommt, nur selten Tote.

Doch Monika erinnert sich noch an einen Todesfall im Februar 2011. Damals stürzte ein älterer Bergwanderer bei der Teufelskanzel, in den Felsbändern zwischen Seealpsee und Meglisalp, über den Wegrand rund 40 Meter in die Tiefe.

Und im Juli desselben Jahres verunglückte ein 68-jähriger Berggänger beim Aufstieg zum Säntis unterhalb der Tierwies und zog sich tödliche Verletzungen zu. Am beinahe selben Ort rutschte im Juni 2013 eine 54-jährige Bergsteigerin unterhalb des Bergrestaurants »Tierwies« auf einem Schneefeld aus und stürzte über Felsen zu Tode.

Was sie aber noch stärker beschäftigt als diese tragischen Unfälle, sind der Mord, der vor zwei Jahren im »Plattenbödeli« geschah und der Todessturz im letzten Jahr oberhalb des Berggasthauses »Staubern«. Als sie diese Stelle, kurz vor dem Einstieg in den Furgglenfirst, vor knapp zwei Stunden passiert hat, ist Monika wie immer kurz stehengeblieben, hat in die Tiefe und in Richtung Sämtisersee geblickt und versucht, zu verstehen, was damals geschehen ist. Und hat diesen Ort wie immer ohne neue Erkenntnisse wieder verlassen.

Was ihr einmal mehr bestätigt hat, was sie eigentlich schon lange weiß: Dass sie es alleine nie schaffen wird, zu begreifen, was sie in den letzten beiden Jahren hier im Alpstein erlebt hat. Und dass es nur einen Menschen in ihrem Leben gibt, der ihr helfen kann zu verstehen. Und der auch sie versteht: Roger Marty.

Denn Roger hatte diese Vorfälle, die für den Alpstein und seine Idylle untypisch waren in zwei Romanen festgehalten. In Geschichten, in welchen Realität und Fiktion verschmelzen und die mehr neue Fragen aufwerfen, als Antworten liefern.

Doch Monika vermutet, dass Roger mehr weiß, als er bisher gegenüber ihr wie auch der Polizei zugegeben hat. Wobei sie sich auch immer wieder Selbstvorwürfe macht, weil sie in den ausführlichen und intensiven Gesprächen mit Roger oft vermutet, dass er ihr mehr sagen will, als sie aus seinen Botschaften zu hören oder zu lesen vermag.

So wie auch sie vermutet, dass er nie alles verstanden hat, was sie ihm mitteilen wollte, ohne es direkt an- und auszusprechen.

Diese Gedanken begleiten Monika auf jeder Wanderung. Gedanken, die nicht nur Vergangenes verarbeiten, sondern auch bestimmen, wie es in ihrem Leben weitergehen soll. Und muss.

Denn nun ist für Monika der Zeitpunkt gekommen, an dem sie ihr Leben wieder in den Griff bekommen will, sich selber klar werden will, was in den letzten beiden Jahren – und nun auch noch vor knapp zwei Wochen – geschehen ist, was mit ihr geschehen ist. Und endlich auch ihr eigenes Verhalten begreifen will.

Denn nach wie vor hat Monika nicht genau erfasst, welchen Einfluss *sie* auf die Geschichte der letzten Jahre hatte.

APPENZELL, HIRSCHENGASSE

Die Wohnung ist einfach, aber gemütlich. Auch wenn durch die sechsteiligen Fenster, wie sie typischerweise zu den Appenzeller Häusern im Dorfkern gehören, nur wenig Licht in die niedrigen Räume einzudringen vermag, hat sich Bruno Fässler schnell an seinem neuen Wohnort eingelebt. Was nach beinahe 30 Jahren in der gleichen Wohnung nicht selbstverständlich ist. Doch nachdem ihn im letzten Jahr seine Frau verlassen hatte, brauchte er diesen sprichwörtlichen Tapetenwechsel, einen symbolischen Neuanfang. Den er nun am letzten Samstag im März mit dem Einzug in seine neue Wohnung vollzogen hat.

In nur acht Minuten erreicht er von hier aus sein Büro im Unteren Ziel, wo er auch – da im Dorfkern kaum Parkplätze zur Verfügung stehen – sein Auto stehen lassen kann. Bei einem Einsatz ist er damit beinahe gleich schnell am Tatort wie vorher; muss es schneller gehen, können ihn seine Kollegen der Kriminalpolizei Innerrhoden vor der Haustür in der Fussgängerzone Appenzells abholen.

Bruno Fässler sitzt im Esszimmer seiner kleinen Zweieinhalbzimmerwohnung auf der fest eingebauten Eckbank, vor dem großen Kruzifix in der Ecke. Auch wenn er nicht zu den eifrigsten Kirchgängern zählt, so gehören doch Symbole seines katholischen Glaubens – wie bei der Mehrheit der Innerrhoder Bevölkerung – zu seinem täglichen Leben.

Obwohl das gesamte Appenzellerland ursprünglich auf Initiative des Klosters St. Gallen besiedelt wurde, führte die Glaubensspaltung in der ersten Hälfte des 16. Jahrhunderts zu einer klaren Trennung zwischen Anhängern der alten Lehre, des katholischen Glaubens, der sich in den Inneren Rhoden durchsetzte, und den Neugläubigen, den Protestanten in den Äusseren Rhoden. Noch heute ist diese Trennung erkennbar, wenn die Ausserrhoder Gemeinden Urnäsch, Herisau, Hundwil, Stein, Waldstatt, Schwellbrunn und Schönengrund am 13. Januar den »Alten Silvester« als letztes Überbleibsel eines selbstbewussten Widerstands gegen die gregorianische Kalenderreform von 1584 feiern.

Und das wird aller Voraussicht nach so bleiben. Auch wenn der Landteilungsbrief von 1597 ausdrücklich eine Wiedervereinigung als jederzeit möglich erwähnte, war und ist diese kein Thema. Der damalige Schiedsspruch verhinderte während Jahrhunderten größere Konflikte, grenzte jedoch die Fronten klar ab und ließ in Inner- wie auch Ausserrhoden eine eigenständige Entwicklung zu. Und selbst wenn die einst fast unüberwindbaren Glaubensschranken heute weitgehend bedeutungslos sind – die Mentalitäten in den beiden Halbkantonen werden weiterhin als sehr unterschiedlich empfunden.

Doch Bruno Fässler bekennt sich nicht nur zu seinem christlichen katholischen Glauben, sondern glaubt auch an das, worüber man in Innerrhoden lieber hinter vorgehaltener Hand redet, obwohl es alle wissen: an Heiltätige, medizinische Laien, die mithilfe von altüberlieferten und geheimen Sprüchen und Segensformeln Kranke heilen. Die Gebetsheilenden verstehen ihre Tätigkeit als Gebet oder üben diese in enger Verbindung mit Gebeten aus, lindern Schmerzen und Fieber, stillen Blutungen, vertreiben Warzen oder bringen mit ihrer »Hitz ond Brand«-Therapie Entzündungen zum Abklingen. Diese Fähigkeiten sehen die Heilenden als gottgegeben und sich als Mittel zum Zweck für die göttliche Heilung. Dass sie ihr Wissen an eine Nachfolgerin oder einen Nachfolger weitergeben müssen, gilt als ungeschriebenes Gesetz.

Auch Bruno hat deren Dienste schon mehrfach in Anspruch genommen. Von Freunden, die bereits selbst gute Erfahrungen gemacht hatten, wurde ihm ein Gebetsheiler vermittelt, der seine Tätigkeit wie die meisten seiner Kolleginnen und Kollegen im Geheimen und als Nebenbeschäftigung ausübt. Und kostenlos, denn Lohn dürfen diese Leute für ihre Behandlungen nicht verlangen, da sonst die Heilkraft verloren ginge. So konnte sich Bruno nur mit einem kleinen Geschenk für die erfolgreiche Behandlung bedanken und behielt dies auch vor seinen Arbeitskollegen geheim. Denn diese hätten die Heilung, die auch bei ihm eintrat, wohl als schwarze Magie abgetan, die unvereinbar mit ihrem christlichen Glauben ist.

In den letzten Jahren hat sich auch Bruno Fässler wieder öfters Kraft aus dem Glauben, aus Gebeten, geholt. Er hatte Mühe, mit Geschehnissen, die er als persönliche Niederlagen empfand, zurechtzukommen und diese zu verarbeiten. Zuerst die beiden Fälle, für die er als Leiter der Kriminalpolizei Appenzell Innerrhoden die Verantwortung innehatte und die er nicht oder nur teilweise klären konnte, dann seine Frau, die ihn verlassen hat, weil sie seine Unzufriedenheit nicht länger ertragen wollte und konnte.

Es ist jedoch nicht nur die Vergangenheit, die Bruno Fässler beschäftigt – es fehlt ihm auch weitgehend die Zuversicht, dass sich seine Situation wieder verbessern wird. Weniger privat, denn damit, mit dem Alleinsein, kommt er zurecht. Doch beruflich prägt die Angst, erneut nicht erfolgreich zu sein, sein Denken und Handeln. Was sich in zögerlichen Entscheiden, Zurückhaltung und Sturheit widerspiegelt.

Von seinem Stellvertreter und engsten Mitarbeiter, Max Dörig, muss er sich immer wieder sagen lassen, dass sein Verhalten nichts mehr mit klaren Zuständigkeiten, die Bruno ebenso liebt, wie er Einmischungen und Vermischungen hasst, zu tun habe. Und dass er es in seinen Aussagen auch an der Klarheit und Unmissverständlichkeit missen lasse, für die er bis vor Kurzem bekannt war und die an ihm so geschätzt wurden.

Bruno Fässler macht, was er machen muss – nicht mehr, aber auch nicht weniger. Dienst nach Vorschrift. Kein außerordentliches Engagement, kein inneres Feuer.

In seiner Freizeit bleibt er meist im Halbdunkel seiner Wohnung, sinniert vor sich hin, lässt sich von den zahlreichen Kanälen seines Fernsehers berieseln, ohne wirklich dem, was auf den Bildschirm flimmert, zu folgen. Bücher lesen mag er nicht – die wenigen Versuche führten nie über die ersten 20 Seiten hinaus. Zuerst hatte er noch gedacht, dass es vielleicht an der falschen Auswahl liegt, doch auch andere Bücher als Roger Martys Kriminalromane vermochten ihn nicht zu fesseln.

Das Essen hat er längst auf Nahrungsaufnahme beschränkt, von Genuss und Genießen kann keine Rede mehr sein. Auch nicht bei seinem steigenden Rotweinkonsum, der Bruno einzig dazu dient, seine Gedanken etwas zu betäuben, um einschlafen zu können. Was wenigstens den Vorteil hat, dass er am Morgen einigermaßen ausgeschlafen – wenn auch nicht ausgeruht – im Büro erscheint.

Im Alpstein war er schon lange nicht mehr – aus beruflicher Sicht glücklicherweise. Doch auch privat zieht es ihn nicht mehr in die Höhe und in eines der zahlreichen Berggasthäuser, in denen er früher so gerne Gast war. Auch nicht zu seiner Schwester ins »Plattenbödeli«.

Wie ein Fluch, wie eine dunkle schwarze Wolke liegt das, was er in den letzten beiden Jahren dort oben erlebt hat, über dem Bergmassiv und über seinen Gedanken. Gedanken, in denen auch immer wieder Roger Marty auftaucht, von dem Bruno Fässler bis heute noch nicht weiß, welche Rolle dieser wirklich in seiner persönlichen Lebensgeschichte spielt.

FURGGLENHÖHLE

Mehrere kleine Lichtpunkte bewegen sich im Dunkeln von der Alp Furgglen in Richtung Rainhütte, folgen zuerst dem Weg, um dann nach gut 500 Metern diesen zu verlassen, und steigen über das offene und steile Gelände Richtung Furgglenfirst hinauf. Die Punkte, deren unruhige Bewegungen auf Stirnlampen hinweisen, scheinen nicht zusammenzugehören, aber alle das gleiche Ziel anzusteuern. Sie bewegen sich in kleinen Gruppen von zwei bis fünf Personen, in verschiedenen Abständen und nach dem Verlassen des Weges auf nur geringfügig verschiedenen Routen.

Die Alp Furgglen, auf dem Weg zwischen Rainhütte und Bollenwees und nur rund 700 Meter Luftlinie vom Berggasthaus entfernt, besteht aus zwei kleinen Alphütten und dem 2014 neu erbauten Laufstall. Über 20 Milchkühe und rund 100 Rinder sowie einige Ziegen werden hier gesömmert. Auf der Nachbarsalp wird die Milch zu Käse verarbeitet, die anfallende Schotte und die Buttermilch werden den rund 30 Schweinen verfüttert. 1903 hatte eine Alpgenossenschaft die drei Furgglen Alpen vom verstorbenen Innerrhoder Kantonsrichter Broger übernommen, um einen außerkantonalen Verkauf, dem bereits der Rheintaler Sämtis mit dem Verkauf ins St. Galler Rheintal zum Opfer gefallen war, zu verhindern.

Doch nicht die Alp selbst, sondern eine Öffnung in der Felswand, die 1907 entdeckte »Furgglenhöhle«, scheint das Ziel der Lichtpunkte zu sein. Ein Ort, wo sich vor allem in der Ferienzeit und während der Winterzeit tagsüber immer wieder Gruppen von kleinen und großen Höhlenforschern tummeln. Der Einstieg in die Höhle ist dank eines geräumigen Hauptganges mit nur einer kurzen Engstelle, durch welche sich die Besucher einzeln zwängen müssen, und einigen Felsstufen nicht allzu schwierig und lässt sie ohne Probleme in den »Sayonaradom«, in eine der größeren Hallen, vordringen.

Und dort trifft nun auch die altersmäßig durchmischte Gruppe im Licht ihrer Stirnlampen zusammen und gruppiert sich um einen älteren groß gewachsenen Mann mit beinahe schulterlangem grauen Haar und einem mächtigen, grauweißen Bart, der schweigend wartet, bis sich die Ankömmlinge im Halbkreis um ihn postiert haben. Trotz seines schwarzen Umhangs ist er im Licht der zahlreichen Stirnlampen vor dem feucht glitzernden Felsen gut zu erkennen – nicht zuletzt auch dank der Tatsache, dass er seine Lampe gelöscht hat, um seine Zuhörer nicht zu blenden.

Langsam hebt er seine Arme seitlich in die Höhe und begrüßt die nächtlichen Wanderer mit einem eindringlichen: »Friede sei mit euch!«

»Friede sei mit dir«, murmeln einige der Besucher, verstummen aber sofort, als der Mann vor ihnen seine Stimme wieder erhebt.

»Danke, dass ihr hier seid. Dass so viele gekommen sind, um diese Zeit, an diesen abgelegenen Ort, zeigt, wie wichtig auch euch unsere gemeinsame Sache ist. Diesen Ort habe ich bewusst gewählt, ein Kraftort, ein Ort der Ruhe, der uns durch die zahlreichen Höhlenforscheraktivitäten eine gute Tarnung bietet und von dem kein Wort nach außen dringt. Und der uns ermöglicht, nach unseren Treffen noch in der ›Bollenwees‹ einzukehren und den Eindruck zu erwecken, dass wir deswegen hier oben sind.«

Die Zuhörer bestätigen seine Aussage mit einem kurzen Lachen.

»Doch lasst uns zu dem kommen, weswegen wir hier sind«, fährt der Redner fort. »Wir alle wissen, welche Kraft hier in dieser Höhle heute zusammengekommen ist – eine Kraft, die gottgegeben ist und die einigen Auserwählten, die heute dabei sind, verliehen wurde. Eine Kraft, die diese für Gutes einsetzen, um Menschen und Tieren zu helfen. Und alle anderen, die nicht zu diesen Auserwählten gehören und trotzdem hier sind, wissen um die Bedeutung dieser Menschen, die ihre Tätigkeit im Stillen, von der Öffentlichkeit unbemerkt, ausüben.

Doch heute werden dem Gebetsheilen, das Teil unserer Geschichte und Kultur ist, immer mehr Misstrauen und Vorbehalte entgegengebracht. Nicht zuletzt, weil viele Menschen keine Nähe mehr zu Gott haben und deshalb nicht glauben können, dass er uns solche Kräfte verleiht!«

Ein zustimmendes Raunen geht durch die Reihen.

»Und deshalb wird unser Wirken oft der schwarzen Magie zugeschrieben. Doch nur weil wir uns vereinzelt beim ›Diebesbannen‹ auch böser Kräfte bedienen, heißt das nicht, dass wir Schlechtes tun. Denn die Wirkung, dass der Dieb erst wieder Wasser lösen kann, wenn er das Diebesgut zurückgegeben hat, dient aus Sicht der Bestohlenen einem guten Zweck!

Wir Gebetsheilenden in Innerrhoden sind ohne Ausnahme von Gott mit der Fähigkeit zum Heilen begnadet. Denn die von Jesus seinen Jüngern zugesprochenen Gaben sind auch heute noch nicht ganz erloschen – doch nur Menschen, die fest im christlichen Glauben stehen, vermögen Gleiches zu tun wie wir!«

Lydia Fuchs sucht die Hand von Anton, zieht ihn zu sich hin und flüstert ihm zu: »Hast du gehört, Toni, auch wir haben die Möglichkeit, mit unseren Gebeten zu helfen!« Toni Bischofberger nickt stumm und drückt fest die Hand seiner Freundin. Wie die anderen, die heute Abend in der Furgglenhöhle anwesend sind, haben sie über Freunde, die sich ebenfalls zu einem starken Glauben an Gott bekennen, von diesem geheimen Treffen erfahren. Und von der Idee, dass Klaus Fritsche, in ganz Innerrhoden als »Chläus« bekannt, eine Gemeinschaft der wirklich Gläubigen gründen wolle. Wobei es auch Lydia klar ist, dass »wirklich gläubig« nichts anderes als fundamentalistisch bedeutet, sie aber tunlichst vermeidet, dieses Wort in den Mund zu nehmen.

Chläus ist nicht nur wegen seines Aussehens im ganzen Halbkanton und über dessen Grenzen hinaus bekannt, sondern auch durch sein missionarisches Auftreten. Oft referiert er stundenlang in der Fußgängerzone in Appenzell über Gott und die Bibel und fordert die Passanten, die sich meist mehr über den Auftritt amüsieren, als die Botschaft wirklich aufzunehmen, auf, sich zu Gott zu bekennen.

Chläus lässt sich von dieser Ignoranz jedoch nicht beirren und führt seine Mission weiter – nicht nur in Appenzell. Auch in anderen Dörfern taucht er immer wieder auf, oft in Gasthäusern und auch in den Berggasthäusern des Alpsteins, wo er eindringlich seine Botschaft verkündet. Und wo er auch auftaucht, wird er gerne gesehen, ist Teil des Innerrhoder Alltags. Und ein Original.

Obwohl die meisten Bewohnerinnen und Bewohner von Appenzell Innerrhoden wissen, dass Chläus auch ein erfolgreicher Geistheiler ist, der, von der Öffentlichkeit unbemerkt, schon sehr viel Gutes geleistet hat, redet man nicht darüber. Doch man gibt seinen Namen gerne weiter, wenn jemand Hilfe braucht.

Chläus ist einer von rund 30 Gebetsheilern, die heute noch in Appenzell Innerrhoden leben und die mithilfe von Gebeten die Schmerzen oder das Fieber nehmen oder das Blut stillen oder versuchen, schwere Verbrennungen und Entzündungen zum raschen Ausheilen zu bringen, ohne dass auf der Haut Narben zurückbleiben – wobei die Krankheit selbst nicht geheilt werden kann. Dieses »Brand löschen« gehört zu ihren Heilfähigkeiten wie das Bekämpfen von Warzen und hartnäckigen Ekzemen. Wobei bei dermatologischen Krankheiten die Heilung nur Erfolg haben kann, wenn der Mond während der Behandlung abnehmend ist und die Patienten die Warze oder das Ekzem während des Heilprozesses nicht anschauen.

Einige Heilende sind auch in der Lage, Gelbsucht, Gicht und Muskelschwund zu behandeln oder Hilfestellung bei psychischen Problemen wie Prüfungsangst oder Heimweh zu leisten – das »Nehmen« des Heimwehs gilt als Innerrhoder Spezialität.

Die Heiltätigen sind ausnahmslos medizinische Laien, die alte, überlieferte volksmedizinische Praktiken anwenden unter Verwendung von zum Teil geheimen Heilsprüchen und Segensformeln, von denen einige bereits im Spätmittelalter auftauchten. So wird eine Behandlung oft mit einer Fürbitte wie »Es helfe Jesus Christ, im Namen des Vaters, des Sohnes und des Heiligen Geistes, Amen« abgeschlossen.

Die Gebetsheiler sehen ihre Art zu heilen als Anstoß zur Selbstheilung, indem sie die blockierten Selbstheilungskräfte der Erkrankten freisetzen. Völlig unerwartete Heilerfolge bei Patienten und Patientinnen, die auf die geheime Gebetstherapie zurückzuführen sind, bringen Ärzte und Pflegepersonal immer wieder zum Staunen, weil sich diese wissenschaftlich nicht erklären lassen. Da es sich beim Gebetsheilen jedoch um eine Geheimkunst handelt, für deren Ausübung weder eine Bewilligung notwendig ist noch ein Honorar gefordert wird, ist das Thema in der Innerrhoder Geschichts- und Heimatkundeliteratur inexistent.

Ihre persönlichen und positiven Erfahrungen mit Gebetsheilung und das Gefühl, als tief fromme Christen in ihrem Glauben eine Kraft zu finden, welche sie von anderen Menschen unterscheidet, haben bei Lydia und Anton zum innigen Wunsch geführt, diese Tätigkeit auch auszuüben. Denn als Tonis Mutter nach der erfolgreichen Behandlung einer Verbrennung auf seinem Unterarm auch Lydias Mutter den Gebetsheiler weiterempfahl, nachdem sie vom Heimweh deren Tochter während eines Sprachaufenthaltes in England erfahren hatte, tauschten die beiden bei einem zufälligen Treffen ihre persönlichen Erfahrungen aus. Und hatten dabei nicht nur Interesse an diesem Thema, sondern auch aneinander gefunden.

»So wollen wir uns zusammenschließen und beten, dass wir unsere Kräfte auch weiterhin für Gutes nutzen, mit unseren Gebeten die Auserwählten unterstützen und über unsere Gebete in weiteren Menschen die Fähigkeiten wecken können, anderen zu helfen«, fasst Klaus Fritsche seine längere Abhandlung über Glauben und Heilen zusammen. »Unsere Gemeinschaft muss geheim bleiben, wie es auch unsere Heilkunst ist, und nur wer sich ohne Einschränkung zu Gott und zu unserer Sache bekennt, wird in diese aufgenommen! Zusammen wollen wir ein

Symbol dafür schaffen, dass das Gute aus unserer Mitte kommt und nicht von außen. Fremde Herren und ›fremde Fötzel‹ brauchen wir nicht, wir lassen uns das, was unsere Vorfahren geschaffen haben, nicht kaputtmachen!«

Lydia stimmt in die beipflichtenden Voten »jawohl«, »richtig«, »genau« ein, die von allen Seiten ertönen.

»Und auch wenn wir uns grundsätzlich dem Guten verschreiben, werden wir das Böse, das uns bedroht und unsere Existenz gefährdet, mit allen Kräften bekämpfen«, hallt nochmals die Stimme von Chläus eindringlich durch die Höhle. Mit »Das, was von da draußen kommt und unsere Kultur bedroht« zeigt er zum Ausgang der Höhle. Ein Satz, der, kaum beendet, in einen Applaus der Zuhörer mündet, welcher das Felsgewölbe füllt. Erst als Fritsche erneut seine Arme hebt, wird es langsam wieder ruhiger, was ihm ermöglicht, noch die letzten Anweisungen zu geben: »Bevor ihr geht, kommt ihr noch bei mir vorbei und schwört hier vorne eure Treue und Verschwiegenheit auf die Bibel. Dann sehen sich die, die Lust und Zeit haben, noch in der ›Bolle‹. Doch lasst uns zuerst gemeinsam beten.«

Noch mehr als das anschließende Glas Rotwein im Berggasthaus »Bollenwees« genießen Lydia und Anton das gemeinsame Gebet in der Furgglenhöhle, welches ihnen ein bisher unbekanntes Gefühl von Gemeinschaft und die Bestätigung einer verbindenden Kraft gibt.

BERGGASTHAUS »BOLLENWEES«, GASTSTUBE

Urban Streule liebt die Arbeit in der Küche, aber ebenso, sich um seine Gäste zu kümmern. So taucht er immer wieder und regelmäßig in der Gaststube und auf der Terrasse auf, begrüßt Ankommende, lässt sich auf ein kurzes Gespräch mit Verweilenden ein und verabschiedet die Gäste, welche ihren Weg Richtung Fälenalp, Hundstein, Stiefelwald, Saxer Lücke, Furgglenalp oder Plattenbödeli fortsetzen.

Denn er hat gute Mitarbeiter und Mitarbeiterinnen in seinem kleinen Reich, die ihm kurze Absenzen ermöglichen: Samuel, den zweiten Koch, die einheimische Livia, die vor allem für die kalten Speisen und das Zurüsten zuständig ist, und Mariana aus Portugal, die gewissenhaft den Abwasch erledigt. So kann Urban es sich erlauben, auch während der Hauptessenszeiten die Küche mal einige Minuten zu verlassen und sich seinen Gästen zu zeigen.

In dem Umfeld, in welchem seine Frau Anita Regie und ihr kleines, aber leistungsfähiges Serviceteam führt – und dieses mit ihrer Mitarbeit tatkräftig unterstützt. Neben Daniela und Angela, die bereits in ihrer zweiten Saison in der »Bollenwees« arbeiten, gehören in diesem Jahr auch Valja aus der Ukraine – die sie als Praktikantin anstellen konnten – und die einheimische Magdalena dazu.

Zusammen mit zwei weiteren Allrounderinnen, die in erster Linie für die Wäsche und die Reinigung zuständig sind, aber je nach Bedarf auch an anderen Orten eingesetzt werden können, und einem Zimmermädchen arbeiten – das Pächterehepaar eingeschlossen – ein Dutzend Personen im Gastgeberteam des Berggasthauses.

Urban und seine Frau haben dieses 2004 übernommen und bewirtschaften seither die 40 Betten in Zweier- und Viererzimmern sowie die 100 Plätze in Matratzenlagern. Erst 1986 ist das alte Gasthaus saniert und mit einem angegliederten Zweitbau auch baulich den damaligen Bedürfnissen angepasst worden. Bereits in den 70er- und 80er-Jahren, als noch Urbans Eltern den Betrieb geführt hatten, waren Verbesserungen im technischen Bereich mit dem Neubau des Motorenhauses und einer totalen Neuinstallation der Stromversorgung sowie einer neuen biologischen Kläranlage realisiert worden.

In den Jahren 2000 und 2001 kamen mit der Stromversorgung durch das Elektrizitätswerk Appenzell und die Fertigstellung der Abwasser-Pumpwerke Bollenwees und Sämtis weitere Verbesserungen dazu, welche seither eine saubere Energiever- und Abwasserentsorgung ermöglichen.

Mit großen Investitionen wurde zehn Jahre später eine zukunftsorientierte Optimierung umgesetzt und der Brandschutz, die sanitäre Infrastruktur und die Arbeitsabläufe verbessert, eine zeitgemäße Unterkunft für Gäste, Mitarbeiter und Wirtsfamilie sichergestellt sowie die Haustechnik mit Sonnenkollektoren und Wärmerückgewinnung ergänzt.

Urban denkt gerne an diese Zeit zurück und ist stolz, was er dank seiner Initiative bewirken konnte. Und trotz aller Neuerungen ist bis heute der Charakter des 1938 erbauten Berggasthauses erhalten geblieben, welches damals das ein Jahr zuvor nach einem Einbruch abgebrannte kleine Gasthaus aus dem Jahre 1916 ersetzt hatte.

Der Betrieb läuft gut, erfordert jedoch immer wieder neue Ideen und Anstrengungen. Auch wenn die meisten Gäste, die einmal in der ›Bollenwees‹ waren, gerne wieder hierher zurückkommen, ist das Berggasthaus kein Selbstläufer. Urban und Anita veranstalten deshalb jährlich Anlässe, die weitere Anreize setzen, sie und ihr Gasthaus am Fälensee zu besuchen. Die »Bollenwees Stobete« Ende Juli, ein zweitägiges gemütliches Beisammensein mit traditioneller Appenzeller Volksmusik und Volkstanz sowie einem Gottesdienst, das »Bollewöffe«-Steinstoßen am Montag danach, die Saisonschluss-Party Ende Oktober oder der Silvesterabend, für den die »Bollenwees« extra geöffnet wird, sind legendär und weit herum bekannt. Und dass die Pächter keinen Aufwand scheuen, wird Jahr für Jahr durch einen großen Besucherzuspruch belohnt.

Als einen, der seine Wurzeln hier hat, kennen und schätzen Urban nicht nur die Touristen, sondern auch die Einheimischen sehr. Er ist in Innerrhoden zu Hause und fühlt sich der Tradition und den Werten seiner Heimat verpflichtet, lebt jedoch eine sehr weltoffene Haltung. Er macht damit seinem Namen allerdings nur in einem Teil seiner Bedeutung Ehre, tritt gewandt und sicher auf, steht aber auf der anderen Seite ganz und gar nicht für das Städtische, Urbane, das ebenfalls darin enthalten ist.

Als er Anita heiratete und diese mit ihm die Pacht der »Bollenwees« übernahm, wurde er erstmals mit der konservativen und eher fremdenfeindlichen Haltung seines Heimatkantons konfrontiert. Denn als »Fremde« werden in Innerhoden nicht nur ausländische, sondern auch außerkantonale Zuzügerinnen und Zuzüger bezeichnet. Und da Anita aus der Zentralschweiz, aus Luzern, stammt – wo Urban sie im Rahmen eines seiner militärischen Wiederholungskurse kennengelernt hatte –, galt auch sie als »frönte Fötzel«, als Fremde.

Obschon Urban zu den 71 Prozent Innerrhoder Stimmbürger gehörte, die 2009 Ja zum Minarett-Verbot gesagt hatten und damit bewirkten, dass der Wortlaut »Der Bau von Minaretten ist verboten« in die Schweizer Bundesverfassung aufgenommen wurde, war er über die Reaktionen überrascht. Einige seiner Stammgäste ließen ihn und seinen Betrieb für einige Zeit links liegen, andere äußerten gegenüber Urban klar und deutlich, dass eine Fremde bei ihnen nichts zu suchen habe, und weitere Erzkonservative – die im Übrigen nie eruiert werden konnten – verbreiteten Gerüchte über seine Frau und versuchten auf diesem Weg, sie wieder aus dem Alpstein zu vertreiben.

Dass Appenzell Innerrhoden konservativ ist, war Urban schon immer klar. Ein Ausländeranteil von nur zehn Prozent ist ebenso das Resultat dieser Abneigung gegenüber Fremden wie eine außergewöhnlich niedrige Arbeitslosenquote von 1,4 Prozent und eine nach wie vor geringe Bevölkerungsdichte von 91 Einwohnern pro Quadratkilometer. Wohl auch deshalb haben die Innerrhoder Ja zur Masseneinwanderungsinitiative gesagt und mit über 63 Prozent die nach dem Kanton Tessin höchste Zustimmung erzielt.

Neben den positiven Auswirkungen der Abschottung war wohl ein anderer Grund für dieses Resultat die generelle Ablehnung gegenüber allem, was von außen kommt. Noch heute empört beispielsweise das Thema »Frauenstimmrecht« selbst die jungen Innerrhoder, auch wenn diese bei seiner Einführung noch nicht einmal auf der Welt waren. Obwohl das Frauenstimmrecht auf nationaler Ebene bereits 1971 eingeführt worden war, wehrten sich die Innerrhoder gegen die politische Gleichberechtigung auf kantonaler Ebene bis Ende der 80er-Jahre. Erst 1990 kam es an der Landsgemeinde – wo einmal im Jahr auf dem Landsgemeindeplatz Appenzell mit Erheben der Hand beziehungsweise des Säbels die älteste Form der direkten Demokratie gelebt wird – erneut zu einer Frauenstimmrechts-Abstimmung, bei der wiederum die Gegner oblagen. Noch während ein Initiativkomitee an einer außerordentlichen Landsgemeinde das Begehren noch einmal zur Abstimmung bringen wollte, hieß das Bundesgericht zwei staatsrechtliche Beschwerden gut und führte das Frauenstimmrecht auf dem Rechtsweg ein.

Seit dem Saisonstart vor rund zwei Monaten hat die Abneigung gewisser Kreise gegen die Bollenwees-Pächter wieder zugenommen, wobei dies weniger mit Anita, als vielmehr mit der Anstellung von Valja, der ukrainischen Praktikantin, zu tun hat. Dass in den beiden letzten Jahren zwei ausländische Servicemitarbeiterinnen im Alpstein zu Tode gekommen sind, deuten strenggläubige Katholiken als Fluch Gottes, von dem man sich befreien müsse. So wurde einigen der Pächterinnen und Pächter der 27 Berggasthäuser des Alpsteins hinter vorgehaltener Hand zu verstehen gegeben, dass man tunlichst aufhören solle, ausländische Arbeitskräfte einzustellen.

Doch nicht nur Urban und Anita ließen sich nicht beeinflussen und suchten wiederum Verstärkung aus dem Osten und dem Norden. Und der bisherige Saisonverlauf hat gezeigt, dass diese Entscheidung richtig war. Valja macht sich gut im Service, ist bei den Gästen beliebt und erhält – wie auch das Pächterehepaar – viele positive Rückmeldungen. Vom Typ her passt die Ukrainerin sehr gut zu Daniela und Angela, die ihre neue Kollegin in den ersten Wochen freundschaftlich unterstützt und begleitet haben.

Valja spürt nichts von der Abneigung der Einheimischen, die sie lieber wieder zu Hause sehen würden – denn die Schuldigen sind aus deren Sicht die Pächter, die Angestellte nur das Opfer. Wobei die Kritiker in ihrer christlichen Grundhaltung dieser nie wünschen würden, dass sie wirklich in diese Rolle gerät.

Vor rund zwei Wochen, Valja war nicht im Einsatz, kamen am späten Abend noch mehrere kleine Gruppen Einheimischer in die »Bollenwees«. Auf den ersten Blick schien es eher zufällig, dass alle das gleiche Ziel hatten, doch Urban fiel sofort auf, dass da irgendetwas nicht stimmte. Einerseits, weil die einzelnen Gruppenmitglieder das »zufällige« Zusammentreffen gar etwas gespielt inszenierten, andererseits, weil Urban bei mehreren seiner Gäste sofort das verbindende Element entdeckte: ihre starke Verbindung zur katholischen Kirche und zum christlichen Glauben. Und in einigen seiner Gäste erkannte er auch die Menschen, über die in der Öffentlichkeit nicht geredet wird, die aber den meisten Einheimischen bekannt sind.

Und als er sich unter die Gäste mischte und sich an den Nebentisch der unterdessen auf knapp 20 Einheimische angewachsenen Gruppe setzte, schnappte er Fetzen des Gesprächs auf, welches nicht überraschend von Klaus Fritsche dominiert wurde. Es ging einmal mehr um die Bewahrung von traditionellen Werten, um Fremde, die man hier nicht haben will, um die Abtrünnigen, die sich nicht an diese ungeschriebenen Regeln halten – und auch um »die hier oben«.

Urban spürte die Blicke auch ohne Augenkontakt, sah in den Augen seiner Frau, die hinter der Ausgabe stand, dass auch sie spürte, worum es ging. Ihre Blicke trafen sich – der eher fragende von Anita und der von Urban, der versuchte, mit einem beiläufigen Zusammenkneifen der Augen und einem kurzen Senken des Kopfes seine Frau zu beruhigen.

Obwohl er schon damals wusste, dass diese Sache noch lange nicht ausgestanden ist.

STAUBERNKANZEL

Die Sämtiseralp in ihrem kräftigen Grün, den dunkelblauen Himmel über den bereits mehrheitlich schneefreien Widderalpstöcken und die weißen Schneefelder auf dem Roslenfirst und im Aufstieg zum Widderalpsattel vor sich, biegt Roger am Ende des Sämtisersees links ab und steigt Richtung Rainhütte und Staubern hinauf. Es ist seine erste Wanderung ohne Schneeschuhe in diesem Jahr – der schneearme Winter erlaubt bereits vor Ostern kleinere Touren, die nicht über Nordhänge führen, auf denen der Schnee meist einige Wochen länger liegen bleibt.

So zieht es Roger in die Staubernkanzel und ins Berggasthaus »Staubern«, das bereits seit Anfang April wieder geöffnet ist, hinauf. Nicht nur der schönen Aussicht und der Gastfreundschaft von Janine und Martin Dietsche wegen, sondern auch in der Hoffnung, dort vielleicht Monika wieder mal zu treffen. Nach Ende der letzten Saison ist der Kontakt zu ihr mehr oder weniger abgebrochen, weder Roger noch Monika haben versucht, aktiv ihre Beziehung aufrecht zu erhalten. Was nicht heißen soll, dass Roger in seinen Gedanken nicht bei ihr war – ganz im Gegenteil. Immer wieder sind Erinnerungen an die Frau aufgetaucht, mit der er während der letzten beiden Jahre so vieles erlebt hat und mit der er sich auch deshalb auf spezielle Weise verbunden fühlt. Auch, aber nicht nur.

Roger kann es sich nicht erklären, warum ihn Monika so anzieht. Sind es diese Gespräche, die oft in einen philosophischen Gedankenaustausch münden, oder ist es eher das Spiel, das beide miteinander spielen – das Spiel, Botschaften in ihren Aussagen zu verstecken und zu beobachten, wie das Gegenüber reagiert? Oder ist es doch das burschikos Weibliche, das in Monika steckt, welches ihn als Mann anzieht?

Was ihn mit Monika verbindet, dessen ist sich Roger sehr wohl bewusst. Das, was nur er über Monika weiß oder zu wissen glaubt und das, was sie über ihn zu wissen glaubt oder vielleicht auch weiß, hat etwas geschaffen, das sich nicht so leicht wieder lösen lässt. Denn die Verletzlichkeit, die dadurch entstanden ist, schafft nicht nur Vertrauen, sondern auch eine gegenseitige Abhängigkeit.

Eine Abhängigkeit, die er in jede andere Beziehung mitnehmen wird, dessen ist sich Roger bewusst. Auch in die, die seit einigen Wochen am Entstehen ist. Beim Stöbern in einer Buchhandlung in St. Gallen hat er eine Frau kennengelernt, die auch an ihm Interesse zu haben scheint. Tanja hatte sich wie er für das Regal mit den Kriminalromanen interessiert, wobei es für Roger eher darum ging nachzuforschen, wo und wie sein Buch platziert ist. Doch Tanja erwischte beim Stöbern genau Rogers Krimi, schaute sich das Titelbild an, las die Kurzbeschreibung auf der Rückseite, drehte sich zu ihm um und fragte: »Entschuldigung, kennen Sie zufälligerweise diesen Roman, scheint ja in der Region zu spielen?« Roger schmunzelte, nahm ihr das Buch aus der Hand, klappte das Titelblatt und die ersten beiden Seiten um und zeigte ihr die Seite mit der ausführlicheren Inhaltsangabe und dem Autorenporträt. »Müsste ich wohl«, lächelte er leicht verlegen.

Nachdem Tanja das Buch gekauft und von Roger hatte signieren lassen, lud er sie auf einen Kaffee in einem nahegelegenen Bistro ein, wo sie nach einem – wie es Roger empfand – sehr angenehmen Gespräch ihre Telefonnummern austauschten und sich gegenseitig versprachen, sich wieder zu melden.

Seither haben sich Roger und Tanja einige Male getroffen. Auch bei ihr zu Hause, wo es dann nicht lange nur bei Gesprächen blieb. Für Roger sind Tanja und das, was er mit ihr erleben darf in dieser für ihn sehr schwierigen Zeit, ein wichtiger Rückhalt und geben ihm die Kraft, durchzustehen, was ihn belastet.

Ohne jedoch gedanklich wie auch gefühlsmäßig von Monika wegzukommen. Immer und immer wieder taucht sie in seinen Gedanken auf. Und auch die Sehnsucht, sie wiederzusehen, kommt immer wieder.

Die hartgefrorenen Schneefelder unterhalb der Staubernkanzel erfordern Rogers erhöhte Konzentration und holen ihn wieder aus seinen Gedanken zurück. Die letzten Meter bis zum Berggasthaus sind rutschig, Roger ist froh um die Wanderstöcke, die sein Gleichgewicht unterstützen.

Janine und Martin freuen sich über den unerwarteten Besuch, Monika ist nicht zu sehen. Die Gaststube ist leer, Roger der einzige Gast. So haben die Pächter auch genügend Zeit, sich zu ihm zu setzen und sich mit ihm zu unterhalten. Nicht über das, was im letzten Jahr hier passiert ist – das ist ein Thema, das von beiden Seiten nicht mehr gerne angesprochen wird. So dreht sich das Gespräch um Belangloses, den vergangenen Winter, die bevorstehende Wandersaison, den aktuellen Stand der Sanierung der Ruine der »Alten Stauberen« und um das Personal, das noch gesucht und eingestellt werden muss.

»Aber einige aus dem letzten Jahr machen auch diese Saison weiter?«, fragt Roger. Janine ist sofort klar, wen er mit »einige« meint: »Ja, Jakob wird weiterhin die Bahn bedienen, Juliana und Edna bleiben im Zimmerdienst, Daniel in der Küche und Monika im Service«, bestätigt sie, »Roswitha, Anna und …« Janine stockt. »Müssen wir ersetzen«, wirft Daniel trocken ein. Und mit einem Augenzwinkern zu Roger: »Und Monika hat heute frei, sie ist wohl irgendwo unterwegs.«

Da die erwartete – oder besser: erhoffte – Begegnung damit nicht stattfinden kann, entschließt sich Roger schon nach kurzer Zeit, seine Wanderung fortzuführen. »Daniel, kann ich über den Furgglenfirst in die Saxer Lücke und Bollenwees weiter, oder ist es noch zu gefährlich?«

»Ich würde nicht«, rät ihm Daniel, »einige Stellen sind noch stark vereist, es hat kaum Spuren. Du steigst besser ab in die Rainhütte – ist aber auch nicht ganz ungefährlich – und gehst von dort Richtung ›Bollenwees‹. Wobei die ja noch geschlossen ist, das weißt du?«

»Ja klar, will aber trotzdem diese Runde machen, danke für den Hinweis. Also wieder den gleichen Weg zurück.« Roger kann es aber trotzdem nicht lassen, Richtung Furgglenfirst aufzusteigen und von dort einen Blick auf den weiteren Verlauf des Weges zu werfen, um sich selbst zu vergewissern, dass es hier kein sicheres Weiterkommen gibt. Er dreht um und steigt wieder ab in die Rainhütten.

Der Weg zum Fälensee und zum Berggasthaus »Bollenwees« ist mehr oder weniger schneefrei. Ein Blick hinauf zur Saxer Lücke bestätigt Roger, dass ihm Daniel den richtigen Rat gegeben und auch er richtig entschieden hat. Nur wenige Spuren führen von der Lücke über ein nach wie vor geschlossenes Schneefeld hinunter zur »Bolle«.

Dorthin, wo er den letzten Silvesterabend verbracht hat, nach einer Schneeschuhwanderung, die er nie mehr vergessen wird. Denn so wie heute hatte er auch damals die Idee, über den First in die Bollenwees zu gelangen – nicht über die Staubern, jedoch von Brülisau über den Ruhesitz hinauf in den Kastensattel und von dort wieder hinunter ins Plattenbödeli. Doch schon der Aufstieg war sehr schwierig, die Schneeschicht am Nordhang des Hohen Kastens locker wie eine Sanddüne. Aber irgendwann gab es für Roger kein Zurück mehr, denn den gefährlichen Passagen, die er nur mit viel Glück ohne Ausrutscher überwunden hatte, wollte er sich kein zweites Mal aussetzen. Doch auf dem Sattel gab es dann auch kein Weiterkommen mehr, der Weg weiter Richtung Staubern war schon dort nicht mehr ersichtlich, auf dem ersten Schneefeld hätte ein Ausrutscher den sicheren Tod bedeutet.

So sah sich Roger gezwungen, auf den Hohen Kasten aufzusteigen, von dort die Bahn nach Brülisau zu nehmen, in den Pfannenstiel zu fahren und nochmals den Aufstieg übers Plattenbödeli in die Bollenwees in Angriff zu nehmen. Statt wie geplant um 16.00 Uhr traf er dann erst kurz vor 20.00 Uhr, nach zwei Stunden Irrwanderung im Dunklen, im Berggasthaus ein. Froh darüber, dank der Strommasten und -leitungen den Weg nicht ganz verloren zu haben.

Der Abend war dann trotzdem sehr gemütlich. Zusammen mit rund 120 weiteren Gästen genoss Roger den Jahreswechsel als Gast von Anita und Urban und ihrem Team, die das Haus zwei Tage zuvor mit Heißluftgebläsen aufgeheizt hatten, um eine angenehme Atmosphäre zu schaffen. Es wurde geredet, gelacht, gut gegessen und viel getrunken – ohne Ablenkung durch Mails und Anrufe im Funkloch der Bollenwees.

Das Einzige, was Roger als negatives oder zumindest irritierendes Erlebnis in Erinnerung bleibt – das er aber damals wohl aufgrund seines doch beträchtlichen Alkoholkonsums nicht so empfand – ist die Diskussion, die an seinem Tisch sprichwörtlich über »Gott und die Welt« geführt wurde. Ein ihm bekannter Einheimischer reagierte mit erhobenem Zeigefinger auf Rogers Schilderung seiner nicht ganz ungefährlichen Wanderung und mahnte die Tischrunde mit den Worten: »Hütet euch davor, den Berg, die Natur und Gott herauszufordern! Und fürchtet euch vor seiner Strafe, die schon bald kommen wird, wenn ihr euch nicht besinnt!«

Roger hatte in das Lachen seiner Tischnachbarn eingestimmt, erschrak aber dann doch, als Chläus, Klaus Fritsche, ihn eindringlich ansah, mit aller Wucht seine Gabel in die vor ihm in seinem Teller liegende Siedwurst stieß, die hin und her wippende Gabel stecken ließ, aufstand und wortlos den Tisch verließ. Betroffen, fragend und mit einem Schulterzucken sah sich die Tischrunde einige Sekunden wortlos an, bevor sie wieder mit einem Lachen in ein unbeschwertes Gespräch zurückfand.

Auch am anderen Morgen war der Vorfall kein Thema mehr, erst zu Hause tauchten bei Roger diese Erinnerungen, verbunden mit einem eigenartigen, beklemmenden Gefühl in der Brust, wieder auf. Oft wachte er in der Nacht auf, fühlte sich, als hätte ihm jemand ein Messer in die Brust gestoßen, er spürte ein Stechen in der Brust, ein Engegefühl, Atemnot. Und immer hatte er zuvor im Traum das Gesicht von Chläus gesehen, seine Augen, die ihn fixierten.

Und jetzt, da Roger vor dem Berggasthaus steht und in ihm erneut diese Erinnerungen auftauchen, beschließt er, so bald als möglich Anita und Urban zu fragen, ob sie sich auch an Chläus und seinen kurzen, aber wirkungsvollen Auftritt erinnern.

EBENALP

Der strahlend blaue Himmel hat an diesem Wochenende zahlreiche Gleitschirmflieger auf die Ebenalp gelockt. Dank ihrer optimalen Lage, die es ermöglicht, bereits nach kurzer Flugdauer eine sehr gute Höhe zu erreichen, und den hervorragenden thermischen Bedingungen hat sich die Ebenalp zum Treffpunkt für viele Flugsportler entwickelt.

So auch an diesem zweiten Sonntag im Juni, für den die Wettervorhersage 14 Stunden Sonnenscheindauer und Temperaturen zwischen 15 und 20 Grad in Aussicht gestellt hat. Da zudem noch ein idealer Nord-/Nordostwind weht, laden die Bedingungen zum Fliegen geradezu ein.

Auch Marcel Kuster hat seinen Deltasegler zusammengepackt, ist von St. Gallen nach Wasserauen und von dort mit der Luftseilbahn auf die Ebenalp hinaufgefahren. Mit seinem Deltasegler ist er ein Exote unter den unzähligen Gleitschirmfliegerinnen und -fliegern. Und dennoch hat ihn der Umstieg auf die materialmäßig weniger aufwendigen Schirme nie gereizt, auch wenn seine fliegerischen Wurzeln beim Fallschirmspringen liegen. Denn obwohl beide Geräte zu Fuß gestartet werden und die Pilotinnen und Piloten mithilfe von Thermik und Wind Höhe gewinnen und Strecken fliegen können, unterscheiden sich die beiden Flugsportarten doch grundsätzlich.

Der wesentlichste Unterschied liegt für Marcel im Fluggefühl, da ihm die liegende Flugposition erlaubt, eine Perspektive wie ein Vogel einzunehmen. Und da der Segler nur mit Gewichtsverlagerung, ohne weitere Hilfen und mit dem ganzen Körper geflogen wird, fühlt es sich für ihn so an, als wären ihm aus seinem Körper Flügel gewachsen.

Mit seinem Fluggerät kann Marcel auch bei schwachen Windverhältnissen – und selbst bei »Nullwind« – sowie bei starkem Wind bis zu 40 km/h und mehr fliegen, sofern es keine Turbulenzen hat. Auch sind lange »Soaringflüge« im Aufwindband des Berges möglich. Wenn Wind auf Hügel oder Berge trifft, muss die Luft nach oben ausweichen, wodurch Hangaufwind entsteht. Das Gleiten in diesen ruhigen und ungefährlichen Aufwinden, »soaren« genannt, ist für jeden Hängegleiterpiloten ein Genuss und ermöglicht oft stundenlange Flüge.

Als erfahrener Pilot sucht Marcel aber noch lieber die Herausforderung des Thermikfluges. Wenn sich an warmen Tagen der Boden und die darauf liegende Luft erwärmen und diese aufsteigt, kann er mit seinem Deltasegler die Thermik nutzen, um Höhe zu gewinnen. Da diese Verhältnisse jeden Tag unterschiedlich sind und die Aufwinde jedes Mal zuerst gefunden werden müssen, wird es auch ihm als erfahrenem Piloten nie langweilig.

Den heutigen Flug braucht Marcel aus zwei Gründen: Einerseits will er den Ballast der letzten Woche, die ihn beruflich wie auch privat mehr als gewöhnlich gefordert hat, endlich abwerfen, sich geistig »freifliegen«. Seine Arbeit als Leiter einer Tagesschule für männliche Jugendliche mit besonderen Bedürfnissen hat ihn in der letzten Woche speziell beansprucht. Die Schüler, die auf Basis von individuellen Förderplänen ziel- und erfolgsorientiert arbeiten und eng begleitet werden, erfordern eine umfangreiche Betreuung. Und doch passiert immer wieder das, was eben auch letzte Woche geschehen ist: dass einzelne Jugendliche aus dem vorgegebenen Rahmen fallen und über intensive Gespräche sowie Sanktionen wieder ins Boot geholt werden müssen.

Dies alleine wäre ja noch verkraftbar gewesen, doch die Kombination mit privaten Problemen hat Marcel an seine Grenzen gebracht. Mit seiner Freundin, mit der er in St. Gallen zusammenwohnt, gibt es schon seit Längerem Probleme. Da ist einerseits die Herausforderung, dass sie jedes zweite Wochenende Marcel mit seinen Kindern aus der unterdessen geschiedenen Ehe teilen muss, andererseits die Leidenschaft von Marcel fürs Fliegen, die dann meist das andere Wochenende in Beschlag nimmt. Und in der Vorahnung, auch am nächsten Wochenende nur wieder zweite Geige spielen zu können, bricht ihre Unzufriedenheit schon während der Woche auf.

Das psychische Gefühl, Platz zu haben und seiner Seele Raum zu geben, physisch zu erleben, wirkt befreiend. Auf der anderen Seite soll dieser Trainingsflug ein weiterer Schritt zur Realisierung seines geplanten Flugprojektes sein. Auch wenn der Startplatz auf der Ebenalp – einer flachen, dann stärker geneigten Wiese – weniger herausfordernd ist, als es derjenige auf dem Kreuzberg sein wird.

Marcel hat seinen Deltasegler aufgebaut und beginnt nun mit dem Zehn-Punkte-Check, mit dem jeder seriöse Pilot vor dem Start eine systematische Überprüfung des Gleiters durchführt. Die Kontrolle beginnt von der Mitte des Gerätes her, führt zur Nasenspitze und anschließend rundherum. Zuerst wird das Zentralgelenk kontrolliert, dann die Flügelrohr-Querrohrverbindung und das Flügelende links, das Kielrohr hinten, dann dieselben Fixpunkte auf der rechten Seite, die Nase, die obere Trapezbefestigung, beide Trapezecken und zum Schluss das Gurtzeug und der Notfallschirm.

Konzentriert ist Marcel bei der Sache, lässt sich von seinen Flugfreunden links und rechts nicht ablenken. Auch wenn jeder Handgriff sitzt, erfordert der Check, der immer in der gleichen Abfolge und ohne Unterbruch durchgeführt werden sollte, äußerste Aufmerksamkeit. Wohl bietet der Deltasegler durch seine aerodynamische Stabilität viel passive Sicherheit in der Luft – doch nur, wenn materialmäßig alles stimmt. Und dennoch kommt es immer wieder zu Unfällen, die jedoch fast ausschließlich aus Pilotenfehlern, hauptsächlich bei Start, Landeeinteilung oder Landung, resultieren.

Marcel will heute zuerst in südöstlicher Richtung und über den knapp 300 Meter höheren Schäfler fliegen und, wenn er dort genug Höhe machen kann, weiter zur Marwees, seinem Lieblingsgrat, den Seealpsee weit unter sich lassend. Dann wird er sich spontan und aufgrund der Windverhältnisse entscheiden, wie es weitergeht. Fest steht nur, dass er irgendwie wieder auf die Nordseite der Ebenalpbahn kommen muss, um dort wieder Höhe abbauen und in Wasserauen landen zu können.

Ein Genussflug, Ziel ist nicht die Höhe oder ein bestimmter Punkt, sondern das Gefühl. Ein Gefühl, das auf einer tiefen Sehnsucht basiert, dem Wunsch, auf dem Himmel spazieren, statt nur an diesem fliegen zu können. Das Fliegen hat für Marcel einen extrem hohen Ablenkungsfaktor, die Konzentration auf die Anforderungen des Elementes Luft und auf seinen Deltasegler schafft ein einziges Bild, auf das er sich als Pilot ausrichten muss. »Beim Fliegen vergesse ich die Zeit, weil ich so fokussiert bin«, beschreibt er dieses unglaublich gute Gefühl.

Und so schafft er sich eine Welt, in der er nur für sich da ist, in der er etwas ausschließlich für sich macht. Die er aber auch gerne beobachten und beschreiben lässt. Von seinen Kameras, die er an den Flügelenden befestigt hat oder auch – wie bei seinem letzten Ballon-Drop vor der Eigernordwand – durch Texte und Bilder seines Freundes Roger Marty.

Wie mit seiner Freundin vereinbart, ruft er sie kurz vor dem Start nochmals an. Eigentlich hatte Marcel sie eingeladen, mitzukommen und das schöne Bergwetter zu genießen. Doch etwas trotzig hatte sie darauf hingewiesen, dass sie es vorziehe, in der Stadt zu bleiben, statt Statistin bei seinem Flugerlebnis zu spielen. Da sich diese Stimmung zwischenzeitlich weiter verschärft hat, bricht er den Anruf nach wenigen Sekunden genervt ab. »Null Verständnis und Unterstützung für meine Leidenschaft«, murmelt er vor sich hin, »Sch…, nichts wie los, bevor ich mich noch mehr nerve!«

Marcels Handgriffe sind automatisiert, er richtet seinen Hängegleiter vor dem Anlaufen aus, stellt das Kielrohr an, nur sein Gefühl bestimmt den empfohlenen Winkel von 15–20 Grad. Marcel läuft an, in Gedanken noch immer im Streit mit seiner Freundin, übersieht eine Unebenheit in seinem Laufweg, stolpert kurz, kann jedoch sich und seinen Segler wieder auffangen, indem er den Anstellwinkel erhöht, und kommt vom Startplatz weg. Doch kaum hat Marcel den Bodenkontakt verloren, erfasst eine seitlich einfallende Windböe den rechten Flügel und zwingt seinen Deltasegler in eine 90-Grad-Kurve.

Marcel versucht, sein Fluggerät unter Kontrolle zu bringen – ohne Erfolg. Wegen des Stolperers im Anlauf war die Anlaufgeschwindigkeit niedrig, daraus resultiert eine instabile Fluggeschwindigkeit. Zu hoher Anstellwinkel, zu wenig Geschwindigkeit, schießt es Marcel noch durch den Kopf, bevor er spürt, dass das linke Flügelende den Boden berührt und er hart auf diesem aufschlägt. Zum Glück gelingt es ihm gerade noch, die Hände und Arme vom Trapez zu nehmen und eine Verletzung der Arme beim Aufschlag zu verhindern.

Für einen Moment bleibt er benommen liegen, versucht, seine Gliedmaßen einzeln zu bewegen, um sicherzugehen, dass nichts gebrochen ist. Schon sind erste Kollegen zur Absturzstelle gerannt, helfen ihm, sich vom Fluggerät zu lösen und vorsichtig aufzustehen. »Alles in Ordnung«, beschwichtigt sie Marcel, »nichts gebrochen, nur einige Schürfungen und Prellungen«, und mit einem Blick auf seinen Deltasegler: »Aber der hat etwas mehr abbekommen …«

Marcel weicht aus, als ihn einige seiner Kollegen, wohl wissend, wie erfahren er als Pilot ist, fragen, was denn geschehen sei. »Einen Moment nicht aufgepasst, unkonzentriert, kann halt mal passieren«, weicht er aus.

Doch Marcel weiß, dass er sich eine solche Unkonzentriertheit beim nächsten Flug, bei seinem Start vom Kreuzberg III, nicht noch einmal leisten darf.

BERGGASTHAUS »BOLLENWEES«, TERRASSE

»War alles gut bei Ihnen, darf es noch ein Kaffee sein, vielleicht noch ein Nussgipfel? Wir haben auch noch wenige Stücke ›Schlorzifladen‹, sehr empfehlenswert.«

Daniela ist bereits zwei Wochen nach Saisoneröffnung wieder voll in ihrem Element, genießt die positiven Rückmeldungen der Gäste zum Essen und oft auch zu ihrer Leistung im Service und gibt mit Überzeugung ihre Empfehlungen ab, ohne aufdringlich zu sein. Sie ist gerne für eine zweite Saison ins Berggasthaus »Bollenwees« zurückgekehrt – umso mehr, als auch ihre Freundin Angela wieder mit ihr zusammen hier arbeitet.

Anita steht auf dem obersten Tritt der Treppe, die von der Terrasse in die Gaststube führt, und verfolgt mit strahlendem Gesicht Danielas emsiges Treiben. Die Saison ist gut angelaufen, nicht zuletzt auch dank der beiden erfahrenen Mitarbeiterinnen im Service, die das Angebot und die Abläufe so gut kennen, dass sie daneben auch noch die beiden neuen Mitarbeiterinnen, Valja und Magdalena, in ihre Aufgaben einführen können.

»Achtung, Anita, heiß«, warnt Angela ihre Chefin und huscht mit einem Kaffee Lutz in der Hand die Treppe hinunter auf die Terrasse.

Anita liebt es, Gastgeberin zu sein, noch genauso wie vor zehn Jahren, als sie mit Urban zusammen den Betrieb von dessen Eltern übernehmen konnte. Viele Gäste sind heute noch die gleichen, die betrieblichen Abläufe sind längst Routine, die Fixpunkte sind jedes Jahr dieselben – und doch ist jeder Tag ein vollkommen anderer, reich an neuen Eindrücken, Erlebnissen und Begegnungen.

An ihren drei Töchtern kann sie Tag für Tag mitverfolgen, wie schnell die Zeit vergeht. Carmen ist bereits neun Jahre alt, Marlen sieben und auch Sonja hat sich mit ihren vier Jahren schon vom Rockzipfel ihrer Mutter gelöst. Die Kinder sind sehr selbstständig, müssen es auch sein, um ihren Eltern die reibungslose Führung des Berggasthauses zu ermöglichen. Und trotzdem sind sie immer in ihrer Nähe, können auf ihre Unterstützung zählen, wenn sie diese brauchen. Den Mädchen gefällt es offensichtlich, in einer Bergwelt aufzuwachsen, die ihnen Entdeckungen und Erlebnisse im Freien, in der Natur ermöglicht und die ihnen immer wieder das Kennenlernen neuer Spielfreundinnen und -freunde erlaubt.

Als sie vor 15 Jahren Urban kennengelernt hatte und drei Jahre später mit ihm aus dem Luzernischen in die Ostschweiz zog, konnte sie sich noch nicht richtig vorstellen, was auf sie zukommen würde. Als gelernte Detailhandelsfachfrau brachte sie keine Erfahrungen aus der Restauration mit ins Appenzellerland, wurde aber von Urbans Eltern gut in dieses neue Aufgabenfeld eingeführt. Nach nur zwei Jahren Mitarbeit im Betrieb und nach der Heirat mit Urban – das musste zuerst sein, auch nach ihrer Überzeugung – übergaben seine Eltern dem jungen Paar die »Bolle«, stolz, nach 30 Jahren eine Nachfolge aus der eigenen Familie gefunden zu haben.

Urbans Eltern hatten nie Mühe damit, dass ihr Sohn eine Auswärtige in die Familie gebracht hatte. Schnell spürten sie, wie sehr sich Anita für ihr neues Umfeld interessierte, für Menschen, Kultur und Traditionen. Doch in den Augen einiger einheimischer Gäste war und blieb sie die Fremde, musste dies in spitzen Bemerkungen auch des Öfteren hören oder schnappte es aus Gesprächen unter Gästen auf.

Anfänglich trafen diese Seitenhiebe Anita schwer, sie fühlte sich verletzt, war traurig über diese Art von Ablehnung. Doch mit der Zeit und nach oft stundenlangen Gesprächen mit Urban und seiner Mutter lernte sie, sich in ihrer neuen Heimat und in der Innerrhoder Gemeinschaft zu positionieren und zu behaupten. Nicht, indem sie auf solche Bemerkungen reagierte, sondern indem sie zeigte, wie »einheimisch« sie wirklich ist. Nicht wenige Male waren dann die kritischen Einheimischen überrascht, wie gut sich Anita in ihrem Halbkanton auskennt, wie viel sie über dessen Geschichte und Kultur weiß. Und als sie die neue Pächterin der »Bollenwees« dann noch bei den traditionellen Innerrhoder Anlässen in Aktion erlebten, verstummte die Kritik zusehends.

Aber nicht von allen.

Diese wenigen sind denn auch die, welche Anita nach wie vor beschäftigen. Und in letzter Zeit immer mehr. Es hatte vor zwei Jahren begonnen, dass ungeklärte Todesfälle von ausländischen Mitarbeiterinnen die Idylle im Alpstein empfindlich störten. Beurteilten die einen dies als zufälliges Aufeinandertreffen unglücklicher Umstände, erkannten die anderen in diesen Vorfällen den Zorn einer übergeordneten Macht, die damit ein Zeichen setzen wolle.

Die Feindlichkeit gegen Auswärtige, ausländische wie auch außerkantonale, Zuzüger oder Saisonmitarbeiterinnen und -mitarbeiter hat wieder zugenommen, scheint es Anita. Ein Eindruck, der sich bereits in den ersten beiden Wochen, die Valja in der »Bolle« arbeitet, bestätigt hat. Nicht, dass der Ukrainerin diese Ablehnung offen gezeigt wird, doch häufen sich wieder Bemerkungen gegenüber dem Pächterehepaar, dass sie besser eine weitere Einheimische eingestellt hätten und dass es mit den beiden Außerkantonalen, mit Daniela und Angela, eigentlich schon reichen würde. Dazu kommen – glücklicherweise wenige – Situationen mit Gästen, in denen Valja zu spüren gegeben wird, dass sie nicht zu ihnen gehört.

Anita kann nicht mehr wie früher solche Bemerkungen einfach ignorieren und zum Tagesgeschäft übergehen. Denn sie wehrt sich nicht nur für sich selber, sondern fühlt sich auch verantwortlich für ihre Mitarbeiterin, für die sie einsteht. So ist es bereits in den ersten beiden Wochen zweimal zu Auseinandersetzungen mit einheimischen Gästen gekommen. Nicht so, dass gleich die ganze Gaststube oder Terrasse mitbekommen hätte, was abläuft, doch Anita reagierte heftig, gezielt, aber auch sehr dezent.

Das erste Mal hatte ein Gast die Bemerkung fallen lassen, Schönheit alleine reiche eben nicht aus, eine Rechenschwäche zu kompensieren, nachdem Valja sprachlich nicht richtig verstanden hatte, wie er die Rechnung am Tisch aufteilen wollte. Was der Gast natürlich nicht wissen konnte: Dass die Ukrainerin an der Universität in Donezk, der Hauptstadt von Donbass im Osten der Ukraine, ein Physik-Bachelorstudium begonnen hatte. Denn dies war weder für Valja selbst noch für Anita für die Arbeit im Service von Bedeutung.

»Wenn du so blitzgescheit bist, dann erklär doch bitte unserer Valja mal das Gravitationsgesetz – am besten auf Ukrainisch«, hatte Anita dem Gast ins Ohr gezischt, nachdem sie sich so nahe zu ihm hinuntergebeugt hatte, dass die anderen Gäste nicht hörten, was sie sagte. »Oder soll sie es dir erklären? Sie kann das. Ja, laut reden reicht auch bei dir nicht aus, deine Intelligenzschwäche zu kaschieren.« Anita klopfte dem Gast noch auf die Schulter, drehte sich wortlos ab und ließ diesen verdutzt und wortlos sitzen. Wie sie später von Valja erfuhr, hatte der Gast ohne weitere Bemerkung bezahlt und sich mit einem Trinkgeld auch noch großzügig gezeigt.

Das zweite Mal fühlte sich einer in seinem männlichen Stolz verletzt, als Valja nicht auf seine Flirtversuche einging. »Da sind aber deine Landsfrauen unten in der Stadt in den einschlägigen Häusern und Bars nicht so verklemmt wie du«, entglitt es dem Zurückgewiesenen. Anita, die sich gerade von der anderen Seite dem Tisch näherte, hörte dies, blieb hinter dem Gast stehen, legte ihren Arm um seine Schulter, beugte sich zu ihm herab und sagte so, dass es auch die anderen Einheimischen am Tisch hören konnten: »Was du natürlich besonders gut beurteilen kannst, weil du ja in diesen verkehrst und dort, vielleicht auch nur dort, auf deine Rechnung kommst. Denn hier will ja keine etwas von dir wissen«, drehte sich ab und ging zurück hinter die Theke.

Die beiden von Anita zurechtgewiesenen Männer ließen sich danach und bis heute nicht mehr in der »Bollenwees« blicken.

Urban war nicht nur erfreut über die für ihn ungewohnte Reaktion seiner Frau. Einerseits bewunderte er ihre Zivilcourage und Selbstsicherheit, die sie an den Tag legte. Auf der anderen Seite machte ihm dies auch etwas Angst. Weniger Angst, auf diese Art Gäste zu verlieren, als vielmehr Angst um seine Frau.

Auch keine Angst, dass seine Frau physisch gefährdet ist. Vielmehr Angst davor, dass etwas auf sie zurückfallen könnte, was nicht fassbar und erklärbar ist.

Nicht erklärbar für die meisten Menschen.

RAINHÜTTEN

»Die Leiche beginnt schon zu verwesen, muss bereits einige Tage hier liegen. Denn die Marmorierung, diese farblichen Unterschiede in der Haut, die in ihrer Struktur an Marmor erinnern, ist oberhalb des Brustbereiches bereits erkennbar.«

»Wie lange?«, fragt Bruno ungeduldig nach und verschließt sofort wieder Nase und Mund mit seinem Taschentuch.

»Nun, aufgrund des Grades der Aufgedunsenheit des Körpers und des Geruchs, den du ja auch wahrnimmst, schätze ich zwischen acht und zwölf Tage. Normalerweise beginnt der Körper nach etwa vier Tagen zu verfallen beziehungsweise zu verfaulen«, führt Heinz Brunner, Leiter des Instituts für Rechtsmedizin in St. Gallen, aus. »Durch diese Fäulnis, welche im Gegensatz zur Verwesung ohne Sauerstoff stattfindet, werden organische Körpersubstanzen abgebaut. Bakterien im Darm – dort ist das Gewebe warm, feucht und weich – lösen diese aus und lassen Gase wie Schwefelwasserstoff, Ammoniak und Methan entstehen, welche den Körper auftreiben. Gelbgrün verfärbte Haut am Unterbauch ist ein erstes sichtbares Anzeichen, dass die Fäulnis eingetreten ist, dann blähen zuerst die Lippen, dann der Bauch und auch andere Weichteile wie die Zunge auf, und an der Haut können Fäulnisblasen entstehen. Wenn diese platzen, reißt die Haut auf, Haare und Nägel lösen sich ab, und aus Mund und Nase treten Körperflüssigkeiten aus.«

»Kannst du den Todeszeitpunkt noch etwas genauer bestimmen?«

Heinz Brunner hebt vorsichtig das T-Shirt der Leiche an, welches locker auf dem toten Körper liegt. »Die Bauchdecke beginnt zu verfallen, die Verwesung hat damit schon eingesetzt. Durch die zunehmende Selbstauflösung und Beschädigung der Leiche ist Sauerstoff auch in tiefere Bereiche gelangt, und die anaeroben Prozesse, die ohne Sauerstoff, sind durch aerobe, das heißt mit Sauerstoff, abgelöst worden. Das Gewebe, das du hier siehst, ist bereits nicht mehr feucht, sondern eher trocken-faserig zerfallen.«

»Aber der Gestank ist trotzdem noch enorm«, wirft Bruno Fässler ein.

»Stimmt, das faulige Aroma von Schwefelwasserstoff verschwindet normalerweise mit Einsetzen der Verwesung. Denn die Verwesungsprodukte Wasser, Kohlendioxid, Harnstoff und Phosphat besitzen eigentlich keinen oder nur einen geringen Eigengeruch. Aber in unserem Fall laufen nach wie vor Fäulnisvorgänge ab, deshalb immer noch dieser faulige Geruch.«

»Eher acht oder eher zwölf Tage?«, fragt Bruno nach.

»Der Prozess der Verwesung hängt von der Temperatur, der Luftfeuchtigkeit und auch von der Luftbewegung ab. Es ist jetzt Mitte Juli, die letzten Tage waren für diese Jahreszeit zu kalt und zu nass, das muss ich miteinbeziehen. Zudem liegt die Leiche im Schatten, in windgeschützter, aber feuchter Lage. Vielleicht helfen mir die Insekten weiter, welche den Körper befallen haben: Am Anfang, wenn Kohlenhydrat- und Eiweißstrukturen in der Leiche abzubrechen beginnen, nehmen hauptsächlich Schmeißfliegen den Körper in Beschlag, später dann lassen sich oft auch Fliegenlarven und auch Käfer in der Leiche finden. Doch das kann ich erst im Institut genau bestimmen. Ich würde auf die Mitte, auf zehn Tage tippen. Aber genauer als auf zwölf Stunden auf oder ab kann ich den Todeszeitpunkt eh nicht bestimmen«, konkretisiert Heinz Brunner.

»Todesursache?« Roger hält sich in seinen Fragen knapp, um nicht zu lange den süßlich beißenden und moschusartigen Geruch einatmen zu müssen.

»Von einer natürlichen Todesursache gehe ich nicht aus, dafür liegt die Leiche zu abgelegen. Denn hier runtersteigen würde niemand. Vermutlich sind Tat- und Fundort nicht identisch. Sieht so aus, als hätte sie jemand hier runtergebracht oder -gerollt. Am Kopf sind aber keine Gewalteinwirkungen erkennbar, nur einige Kratzer, die von einem Sturz herrühren könnten. Auf der Rückseite des Kopfes sind auch keine klar erkennbaren äußeren Verletzungen ertastbar. Wir müssen die Leiche aber zuerst umdrehen, um sie genauer anzuschauen. Schuss- oder Stichwunden sind auf der Vorderseite keine erkennbar. Da aber keine Blutspuren an und um die Leiche zu finden sind, könnte ich mir vorstellen, dass wir es hier mit Tod durch Ersticken oder durch Erwürgen zu tun haben. Sollte das Zweite der Fall sein, werden wir das bei der Untersuchung anhand des Bruches von Zungenbein und Kehlkopf erkennen – die typischen Würgemale am Hals sind in diesem Zustand ja nicht mehr zu eruieren«, vermutet der Leiter der Rechtsmedizin.

»Und ob ein Sexualdelikt vorliegt, können wir auch erst im Institut bestimmen. Die Leiche ist vollständig bekleidet – was aber nicht heißen muss, dass sie es immer war«, fügt er an.

»Doch um wen handelt es sich bei dieser Leiche?«, fragt Bruno sichtlich genervt, wobei die Frage eher an ihn selbst als an den Rechtsmediziner oder einen der am Fundort beschäftigten Forensiker und Polizisten gerichtet ist. »Ich kann mich nicht erinnern, in den letzten Tagen eine Vermisstmeldung gesehen zu haben, welcher ich die Leiche zuordnen könnte.«

»Weiblich, rund 1,65 Meter groß, schlank, blondes, etwa schulterlanges Haar, schätzungsweise zwischen 20 und 25 Jahren alt«, gibt Heinz Brunner zu Protokoll, ohne seinen Blick von der Toten abzuwenden und Bruno anzuschauen.

»Wer hat sie gefunden?«, fragt Bruno nun Max Dörig, der vom Weg, der von der Furgglenalp zur Alp Rainhütten führt, zum Fundort abgestiegen ist. Als Spezialist für die kriminaltechnische Arbeit in Brunos Team war er einer der Ersten, die am Fundort eingetroffen sind.

»Ein Wanderer, der von den Rainhütten her kam. Er wollte schauen, wie steil es von hier runtergeht, hat den Weg verlassen und ist hier zum Waldrand hinaufgestiegen. Da hat er etwas Rotes leuchten sehen, das wie ein Kleidungsstück aussah, ist hinuntergestiegen und hat die Leiche entdeckt. Er hat uns dann sofort angerufen und seinen Fund gemeldet«, rapportiert ihm Max.

»Hast du den Mann überprüfen lassen?«, will Bruno wissen.

»Ja klar, absolut harmlos, kein Eintrag bei uns. Ist hier in der Gegend bekannt, einer unserer Kollegen kennt ihn von seinen Wanderungen her, hat ihn schon mehrmals gesehen.«

»Nun, schon wieder ein Mord an einer jungen Frau, es wird langsam unheimlich hier oben«, sinniert Bruno,

»doch dieses Mal nicht in einem direkten Zusammenhang mit einem unserer Berggasthäuser.«

»Zumindest nicht auf den ersten Blick«, fügt Max an.

»Und dieses Mal auch nicht am ersten Tag nach meinen Ferien«, fügt Bruno trocken an, ohne auf die nachfolgende Bemerkung seines Kollegen einzugehen.

»Hat Heinz nichts bei ihr gefunden? Ausweis, Mobiltelefon, irgendeinen Hinweis, der uns weiterhelfen könnte, ihre Identität zu bestimmen?«

»Nein, nur eine Halskette mit einem Kreuz als Anhänger. Wobei das Kreuz kein normales ist, wie wir es kennen. Es hat über dem Querbalken einen weiteren, aber kürzeren und unten am senkrechten Balken nochmals einen schrägstehenden, kurzen Querbalken«, beschreibt Bruno den Anhänger. Mit dem Zeigefinger der rechten Hand sowie dem Zeige-, Mittel- und Ringfinger der linken, die er im rechten Winkel darüberlegt, versucht er, das Kreuz bildlich darzustellen.

»Ich kenne Kreuze mit zwei und drei Querbalken, diese liegen aber im rechten Winkel über dem senkrechten. Das mit zwei Balken wird Patriarchenkreuz oder auch Spanisches Kreuz genannt. Wobei der obere kürzere Querbalken die Inschrift INRI auf dem Kreuz Jesu Christi also die Abkürzung für ›Jesus von Nazareth, König der Juden‹ symbolisiert. Dieses Doppelkreuz kommt aus dem Orient und hat sich seit dem 6. Jahrhundert von dort aus über Europa verbreitet«, erklärt Max.

»Woher weißt du das alles?«, staunt Bruno.

»Ich war schon einige Male in Südtirol wandern, da siehst du ähnliche Kreuze, die jedoch drei Querbalken haben – wobei der mittlere der längste ist – fast auf jedem Gipfel oder zum Beispiel auch entlang des Meraner Höhenweges. Da hab ich mich mal schlaugemacht. Das sind Wetter- oder Heidenkreuze, welche als sogenannte Flurkreuze vor Unwetter schützen sollen. Kann aber auch sein, dass sich der Name auf das mittelhochdeutsche ›wette‹ und damit auf den alten Brauch der Schwur- und Sühnekreuze bezieht.«

»Schlau bist du offensichtlich geworden«, lacht sein Chef.

»Und das mit den drei sich gegen oben verjüngenden Querbalken ist das Papstkreuz, das offizielle Symbol des päpstlichen Amtes. Die Querbalken symbolisieren die drei päpstlichen Gewalten, die Priester-, die Hirten- und die Lehrgewalt«, ergänzt Max sichtlich stolz. »Aber das Kreuz mit dem dritten Querbalken unten, der zudem noch schräg steht, kann ich nicht erklären, obwohl ich es auch schon gesehen habe, es kommt mir bekannt vor.«

»Dann mach dich auch mal bezüglich dieses Kreuzes schlau«, fordert Bruno seinen Stellvertreter schmunzelnd auf.

Einige Stunden später sitzen die beiden bei einem »Quöllfrisch« im Berggasthaus »Bollenwees« und diskutieren weiter den mysteriösen Leichenfund. Ihre Kollegen der Forensik und der Rechtsmedizin haben den Fundort und die Tote gründlichst untersucht, und die Mitarbeiter der Innerrhoder Kriminal- und Kantonspolizei den Fundort großräumig abgesperrt. Die Leiche wurde bereits nach St. Gallen ins Institut für Rechtsmedizin überführt, und die Fundstelle bleibt rund um die Uhr bewacht, sicher noch die nächsten 24 Stunden.

Anita hat den Rummel natürlich mitbekommen – die zahlreichen Wanderer, die an diesem schönen, sonnigen und warmen Mittwoch bei ihr einkehren, haben ihr vom polizeilichen Großaufgebot erzählt.

»Was ist geschehen?«, will sie von den beiden Kriminalbeamten wissen. »Was vor zwei Jahren begonnen hat, scheint ja noch nicht zu Ende zu sein … Noch eine Leiche, das macht Angst!«

»Anita, ich kann dein Unbehagen verstehen«, versucht Bruno, die Wirtin zu beruhigen, »aber mach dir keine Gedanken. Das kann eine Verknüpfung unglücklicher Umstände sein, die in diesem Fall zum Tod geführt hat – zumal im Moment kein Bezug zu anderen Personen und Orten in der Region besteht.«

Wobei Bruno sich bewusst ist, dass er mit dieser Aussage nicht nur Anita, sondern auch sich selbst zu beruhigen versucht. Zu tief sind noch die Narben der Ereignisse, die in den letzten beiden Jahren sein Leben einschneidend verändert haben. Zu groß damit auch die Angst davor, dass sich so etwas wiederholen könnte. Und dass der heutige Fund doch etwas damit zu tun hat.

Es ist das erste Mal in dieser Saison, dass er im Alpstein ist. Und das auch nur, weil er heute musste. Doch irgendwie ist er froh, dass ihn das Aufgebot aus seiner Lethargie geweckt hat und sich sein Leben für einmal nicht nur auf der Achse Wohnung–Büro abspielt.

»Komm schon, Bruno, sei doch ehrlich«, interveniert Anita, »du bist dir doch auch bewusst, dass meine Angst nicht ganz unbegründet ist. Nicht nur wegen dem, was in den beiden letzten Jahren geschehen ist, sondern auch wegen dem, was in letzter Zeit immer häufiger zu beobachten ist – diese Ablehnung von allem, was nicht seine Wurzeln hier hat, dieses engstirnige Denken.«

»Was soll denn das mit unserem heutigen Fund zu tun haben?«, fragt Bruno, wirklich ahnungslos.

»Das wird wohl deine Aufgabe sein, dies herauszufinden«, gibt Anita trocken zurück und verlässt die beiden Männer in Richtung Gaststube.

Konsterniert schauen sich Bruno und Max an. »Wie immer – großer Erwartungsdruck, und am Schluss sind wir die Dummen, wenn wir den Fall nicht lösen können«, stellt Max mit einem Schulterzucken fest.

»Im Moment können wir nichts machen, wir haben zu wenige Informationen und keine Anhaltspunkte. Wir müssen warten, was Heinz bei der Untersuchung im Institut herausfindet – Todesursache, Todeszeitpunkt, eventuelle andere Vergehen gegen Leib und Leben, weitere Hinweise an der Leiche, die auf ihre Identität schließen lassen. Unterdessen schauen wir die Fahndungslisten unseres Konkordates ›Ostpol‹ durch. Und sollten wir in unseren beiden Halbkantonen sowie den Kantonen Glarus, Graubünden, St. Gallen, Schaffhausen und Thurgau sowie dem Fürstentum Liechtenstein keine Vermisstenmeldung finden, die auf unsere Tote passt, können wir immer noch auf ›Polizei Schweiz‹ nachschauen und bei unseren österreichischen Kollegen nachfragen«, schlägt Bruno vor. »Und du kannst zuerst noch recherchieren, um welche Art von Kreuz es sich handelt. Das ist ja bisher unser einziger Hinweis.«

»Das Kreuz mit dem Kreuz! Ja, mache ich«, stimmt Max schmunzelnd zu, »und wenn wir in den Fahndungslisten nichts finden, müssen wir wohl ihr Bild in Umlauf bringen und auf Hinweise aus der Bevölkerung hoffen.«

»Die Hoffnung stirbt einmal mehr zuletzt«, fügt Bruno resigniert an.

APPENZELL, POSTSTRASSE 12, HAUS »SALESIS«

Der würzige Duft von Appenzeller Käse erfüllt den Raum, der viel mehr als Käse zu bieten hat, jedoch ohne Einschränkung in dessen Zeichen steht. Dort, wo in Appenzell die Sortenorganisation Appenzeller Käse GmbH ihren Geschäftssitz hat, bietet auch der Käseladen »Salesis« neben den zahlreichen Souvenir- und Merchandisingartikeln mit dem roten Schriftzug auf weißem Grund und dem Käse rollenden Bären seine Spezialitäten an.

Lydia Fuchs kennt sie unterdessen so gut, dass sie sie ohne Probleme bei Blinddegustationen voneinander unterscheiden kann: den mild-würzigen »Classic«, die exklusive Spezialität »Extra«, den fettreduzierten »Balance«, den aus biologischer Milch hergestellten »Bio Classic«, die rassig-würzig-leichte Spezialität »1/4-fett räss« und den »Alpenzeller« aus Milch aus dem Alpstein. Alles Käse, alles Appenzeller Käse.

Lydia liebt nicht nur ihren Job als Verkäuferin und die Produkte, die sie verkauft, sondern auch ihren Arbeitsplatz. Ein Ort, der sinnbildlich für die gehobene Kultur der führenden Familien Appenzells im 16. Jahrhundert steht. Das Haus »Salesis« am Postplatz ist neben dem Schloss der einzige freistehende Steinbau und ein markanter Zeuge des damaligen dörflichen Patriziats. Der dreigeschossige und massige Bau aus verputztem Bruchsteinmauerwerk, ausgestattet mit einem breiten Satteldach, stammt aus der großen Wiederaufbauzeit nach dem Brand vom 18. März 1560, als Appenzell ein Raub der Flammen wurde.

Doch heute, Montag, kommt sie nicht richtig in Schwung, kann ihre Gedanken nur schwer auf das fokussieren, wofür sie eigentlich angestellt ist. Auch wenn sie dies selber realisiert und durch ihre Kolleginnen mit Anschubsern wie »Lydia, bist du bei uns?«, »Guten Morgen, Lydia« oder »Von wem träumst du denn, Lydia?« darauf aufmerksam gemacht wird, kann sie sich nicht von dem lösen, was in ihrem Kopf herumschwirrt. Die Bilder und Worte aus dem nächtlichen und geheimen – oder zumindest geheimnisvollen – Treffen in der Furgglenhöhle, die Bestätigung von Chläus, dass auch sie in der Lage sind, mittels Gebeten anderen Menschen zu helfen, die Bestätigung, über diese Kraft zu verfügen, die sie und Anton schon seit Längerem aus ihrer christlichen Überzeugung zu schöpfen glaubten.

Das ist meine wirkliche Berufung, anderen Menschen zu helfen, mich Gott und unserer Tradition und Kultur zu verpflichten. Und nicht, Käse zu verkaufen – selbst wenn ich auch damit vielen Menschen eine Freude bereiten kann, geht es Lydia durch den Kopf.

Nach dem Treffen in der Furgglenhöhle, auf dem Weg zur »Bollenwees« und auch beim Ausklang dort konnte sie sich nicht von dem lösen, was sie für ihre und Antons Zukunft sah. Immer wieder redete sie auf ihren Freund ein, ließ sich auch durch seine Versuche, ihren Redefluss zu stoppen, nicht beeinflussen. Erst als ihr Anton im Berggasthaus zu verstehen gab, dass sie durch ihre Redseligkeit die ganze »Sache« gefährde, gab sie nach und griff das Thema nicht mehr auf.

Sie ist ebenso fasziniert vom Gedanken an das, was sie in Zukunft bewirken kann – was sie bewirken können –, wie von Klaus Fritsche, der seit Jahrzehnten praktiziert, was sie lernen will, sie *beide* lernen wollen. Fasziniert von seinen Erfolgen als Geistheiler, von seiner Überzeugung, für die er in jeder Situation einsteht, von seiner Rhetorik. Und diese hat sie auch überzeugt, dass es das, wofür sie eintreten, mit allen Mitteln zu verteidigen gilt.

Lydia stammt aus einfachem Haus, ist bei ihren Eltern auf dem Bauernhof hinten im Pfannenstiel aufgewachsen. Dort, wo die Tage kurz sind, die Sonne schnell hinter den umliegenden Bergen verschwindet. Und dort, wo die meisten Wanderer und Touristen ihren Fokus, von Brülisau kommend, schon längst auf das Plattenbödeli, den Sämtisersee oder die Bollenwees gerichtet haben, ihr »Hemetli«, ihren heimatlichen Hof, sprichwörtlich links liegen lassen.

Sie steht zu ihrer Herkunft, verteidigt sie auch, wenn Außenstehende ihr – ohne es direkt anzusprechen – den Eindruck vermitteln, dass sie eine »Hinterwäldlerin« sei. Nur weil sie an einem abgelegenen Ort wohnt. Sie beschreibt dann gerne und ausführlich die Vorzüge ihres Wohnortes, erklärt stolz, dass dies auch ihr Geburtsort ist, schwärmt von der Ruhe und Gelassenheit, die dort herrschen, bedankt sich bei Gott, dass ihr dies geschenkt wurde.

In ihrer Kindheit und Jugend war sie oft alleine. Nicht nur, weil sie keine Geschwister hatte, sondern auch, weil die wenigsten Kinder aus der näheren Umgebung – die es eigentlich kaum gab, denn einige Minuten Marsch mussten alle unter die Füße nehmen, um zu ihr zu gelangen – Lust hatten, bei ihr vorbeizuschauen. Vielmehr zog es sie nach »vorne«, aus dem kleinen Tal heraus Richtung Brülisau, ins Sonnenlicht.

Doch Lydia wusste schon früh und gut, ihre Zeit für sich zu gestalten. Sie begann Fantasiefiguren zu erfinden, mit denen sie spielen konnte, Protagonisten aus einem Reich jenseits der Realität, aus einem Zauberreich. Und machte sich ebenfalls zu einer Bewohnerin dieses Reiches, zu einer sehr speziellen, zu einer Zauberin. Zu einer ihren Mitmenschen gutgesinnten Zauberin.

Denn anderen Lebewesen Böses anzutun oder auch nur Böses zu wünschen, hätte Lydia nie mit dem, was ihr ihre Eltern beigebracht hatten und was irgendwann für sie zu einer ihrer unantastbaren Wertehaltungen geworden war, vereinbaren können. Sie war nicht nur eine fleißige Kirchgängerin – und dies nicht nur, weil sie musste, sondern weil sie es so wollte –, es war und ist vielmehr ihre feste Überzeugung, dass es eine übergeordnete Macht gibt, die über sie wacht, ihr hilft, sie unterstützt, ihr Kraft gibt.

Lydia war Ministrantin, übernahm als Assistentin des Priesters verschiedene Dienste im Gottesdienst. Während der Eucharistiefeier bereitete sie zusammen mit dem Priester den Altar, brachte Brot, Wein und Wasser und half ihm bei der Händewaschung. Nach der Heiligen Kommunion unterstützte sie ihn bei der Reinigung der Gefäße, brachte ihm das Messbuch zum Altar und die liturgischen Gefäße zum mit einem weißen Leinentuch bedeckten Tisch zurück.

Die Aufgabe gefiel ihr, sie fühlte sich im Mittelpunkt, spürte, dass ihre Dienste gebraucht und wertgeschätzt wurden. Der Pfarrer war sehr zufrieden mit ihr, lobte sie immer wieder, berücksichtigte sie auch immer mehr für Spezialaufgaben, für welche nur eine oder wenige Ministrantinnen oder Ministranten benötigt wurden.

Als sich Lydia dann wieder einmal nach einem solchen »Spezialeinsatz« in der Sakristei umziehen wollte, passierte es. Alle Besucher der Messe waren längst weg, außer dem Pfarrer und ihr war niemand mehr in der Kirche. Der Pfarrer faselte etwas von »Der Herrgott hat dich auserwählt« und »Auch du musst ein Opfer bringen«, bevor er sich auf sie stürzte, ihr den Mund zuhielt, sie zu Boden zwang, missbrauchte und vergewaltigte.

Lydia war erst zwölf Jahre alt, als sie ihre Unschuld verlor.

Sie konnte nicht verstehen, was geschehen war, wusste nur, dass sie dies nie mehr erleben wollte. Begriff auch nicht, was dies mit Gott zu tun hatte und mit der Aussage des Pfarrers, dass sie auserwählt sei. Sie erzählte natürlich niemandem davon – so, wie sie der Pfarrer geheißen hatte. Denn sie wollte ja weiterhin die Tätigkeit als Ministrantin ausüben, auf die ihre Eltern so stolz waren.

Auch ihnen gegenüber blieb sie verschlossen, machte aber in der Folge des Öfteren Kopfschmerzen und Unwohlsein geltend, wenn es darum ging, sich vor »Spezialeinsätzen« zu drücken. Was die Eltern akzeptierten und mit dem Erwachsenwerden ihrer Tochter in Zusammenhang brachten, ohne dies an- oder auszusprechen.

Ihr Geheimnis nahm sie mit ins junge Erwachsenenalter, auch in ihre ersten Freundschaften, die meist und spätestens dann wieder scheiterten, wenn sie sich ihrem Partner verweigerte. Erst als sie Anton kennen und lieben lernte und spürte, dass mit ihm etwas Besonderes am Entstehen ist, konnte sie sich überwinden, ihm ihr Geheimnis zu eröffnen. Und Anton reagierte verständnisvoll, sehr verständnisvoll. In langen Gesprächen haben sie sich mit dem auseinandergesetzt, was ihr vor vielen Jahren angetan worden war, haben miteinander über Lydias Schuldgefühle gesprochen. »Dich trifft keine Schuld, Lydia«, hatte Anton auf sie eingeredet, »du bist das Opfer, der Pfarrer der Täter, den es zu verurteilen gilt. Doch er wird seine Strafe erhalten, das ist nicht in unserer Verantwortung und Macht.«

Als dann der Pfarrer bei einer Bergtour tödlich verunfallte, fiel es wie eine schwere Last von Lydias Schultern. Sie fühlte sich gleichsam befreit wie auch die Aussagen ihres Freundes bestätigt. Bestätigt, dass es nicht an ihr lag, was damals passierte. Und dass es auch nicht in ihrer Verantwortung liegt, über andere zu urteilen und zu richten, sondern dass es eine höhere Macht gibt, die dies regelt.

Anton nahm ihr auch allen Druck ab, als er ihr eröffnete, dass er vor der Heirat keinen intimen Kontakt mit ihr wünsche und auch so sehr glücklich mit ihr sein könne. Und als ihr Anton erklärte, dass diese Zurückhaltung mit seinem Glauben und dem, was die katholische Kirche empfiehlt, zu tun hat – und nicht mit einer Schonhaltung gegenüber ihr – fühlte sie sich endgültig bei ihm aufgehoben.

Lydia und Anton verbringen eine schöne und von ihrem Glauben geprägte Zeit miteinander. Lange Gespräche über das, was ihnen Gott als ihre Lebensaufgabe zugedacht hat, wie sie diese interpretieren und wie sie dieser Vorgabe noch besser gerecht werden können, schweißen sie zusammen und lassen das, was in der Vergangenheit passiert ist, zur Nebensache werden.

Sehr schnell hören sie aus ihrem Umfeld von Klaus Fritsche, der auf seinen missionarischen Reisen durchs Appenzellerland immer und immer wieder in den regionalen Medien auftaucht. Ohne dass jedoch ein Bezug zu »Hitz ond Brand«, hergestellt wird. Denn darüber zu schreiben, fürchten sich nicht nur die einheimischen Journalisten, sondern auch die von diesen instruierten außerkantonalen Schreiber.

Die Idee, dass sich streng Gläubige in einer Gemeinschaft zusammenschließen und sich aktiv für die Erhaltung traditioneller Werte einsetzen, begeistert das junge Paar, welches sich schon länger mit der Geistheilertradition befasst hat und in dieser Fuß fassen will. Und die Versammlung in der Furgglenhöhle bestätigt dann den beiden, dass sie auf dem richtigen Weg sind, dass ihr Wunsch mehr als nur ein Traum ist. Dass sie das schaffen können, was sie sich schon lange wünschen.

Und deshalb weiß Lydia nun auch, dass ihre Tage im Käseladen »Salesis« gezählt sind.

BERGGASTHAUS »STAUBERN«

Das Berggasthaus »Staubern« ist seit dem 1. April wieder geöffnet, und bereits der erste Tag war vielversprechend: Sonnenschein und für diese Jahreszeit angenehme Temperaturen lockten schon zahlreiche Gäste in die Höhe. Obschon der Monatsstart auf einen Dienstag fiel, ließen sich – neben zahlreichen Pensionären und Selbstständigerwerbenden, welche ihre Arbeits- und Freizeit selbst bestimmen können – auch viele Arbeitnehmer die Saisoneröffnung in den »Staubern« nicht entgehen.

Monika erkannte bereits am ersten Tag viele der Gesichter, die sie an den Tischen auf der Terrasse begrüßen konnte – wenn jemand einmal Gast im Berggasthaus war, ist die Chance groß, dass sie oder er wiederkommt. Sie freute sich, alte Bekannte und Freunde wiederzusehen, war jedoch jeden Tag aufs Neue gespannt, wann »er« das erste Mal wieder auftauchen würde: Roger Marty. Sie wusste, dass er kommen würde, so wie er auch letztes Jahr immer wieder hier oben war. Oder im Jahr zuvor, als sie noch im »Plattenbödeli« gearbeitet hatte, auch dort.

Doch er kam nicht – beziehungsweise, als er auftauchte, hatte sie frei und erfuhr erst im Nachhinein von Janine und Martin, dass er auf Besuch war. Irgendwie traf es sie, obschon sie ja niemandem einen Vorwurf machen konnte, dass es mit dem Treffen nicht geklappt hatte. Außer sich selbst. Denn auch sie hatte es – wie Roger – versäumt, nach Saisonschluss und über den Winter den Kontakt aufrechtzuerhalten.

Monika hat große Sehnsucht nach den ausgiebigen und tiefgründigen Gesprächen mit Roger, in denen sie sich gehört und aufgehoben fühlt. Und die ihr das Gefühl geben, auch als Frau wahrgenommen zu werden. Das, was sie in den letzten Jahren vermehrt vermisst hat. Wobei sie sich bis heute nicht erklären kann, ob es an ihr liegt oder an dem Umstand, dass sie immer – aus ihrer Sicht – hübschere Kolleginnen um sich herum hatte. Die natürlich die Aufmerksamkeit der männlichen Gäste auf sich zogen und ihr keine Chance gaben, sich bei diesen einzubringen. Auch nicht mit ihrem Fachwissen und der hohen Qualität ihres Services.

Daran scheint sich auch in dieser Saison nichts zu ändern, wie die ersten drei Wochen gezeigt haben. Die Gäste sind zufrieden mit ihr – aber kein Mann, der sich nach ihr umdreht, der sie mit den Augen verfolgt, wenn sie den Tisch verlässt. Vielmehr kann sie des Öfteren beobachten, dass diese selbst dann mit ihren Augen an einem anderen Ort sind, wenn sie am Bedienen ist.

Doch heute, am Ostersonntag, ist etwas anders. Trotz einiger weniger Niederschläge gestern ist es ein schönes Wochenende mit viel Sonnenschein, das wiederum viele Wanderer und Ausflügler, welche den bequemen Weg mit der Seilbahn hinauf in die Staubernkanzel einer anstrengenden Wanderung vorziehen, ins Berggasthaus lockt. Und obschon Monika viel zu tun hat, schweifen ihre Gedanken immer wieder ab. Ab zu dem, was vor Wochenfrist passiert ist, ihr passiert ist. Und das ihr Leben noch einmal grundlegend verändert hat.

Obschon auch das letzte Wochenende mehrheitlich trocken war, kamen nicht sehr viele Leute hoch. Die Sonne versteckte sich immer wieder hinter Wolken oder einem grauen Hochnebelschleier. Der Samstag war ruhig, und Monika fand Zeit, sich zu einer Gruppe junger, ihr von früheren Besuchen her bekannter Rheintaler zu setzen, die ein Wochenende in den »Staubern« verbringen wollten. Nicht primär als Sport- oder als Naturerlebnis – obwohl sie die gut 1.300 Höhenmeter von Frümsen in die Staubernkanzel zu Fuß zurückgelegt hatten. Nein, es ging nur um ein gemeinsames Wochenende in der Höhe, mit gutem Essen und viel Alkohol. Wobei Letzteres bei den jungen Leuten an erster Stelle stand.

Sie kamen am Samstag gegen drei Uhr nachmittags an, belegten gleich einen Tisch auf der Terrasse und bestellten Runde um Runde – Bier, Appenzeller, Kaffee fertig. Monika machte es den Eindruck wie »Hauptsache Alkohol«, was und in welcher Abfolge, schien allen Gruppenmitgliedern egal zu sein. Erst nach 18.00 Uhr brachte sie die Gruppe dazu, ihr Zimmer, das »Lili«-Zimmer mit Bildern von Lilly Langenegger, der bald 70-jährigen detailversessenen, lebenslustigen und verspielten Bauernmalerin aus Gais, zu beziehen. Das Matratzenlager mit seinen zehn Schlafplätzen im zweiten Stock bot der siebenköpfigen Gruppe genügend Möglichkeiten, sich auszubreiten, ohne großen Wert auf Ordnung legen zu müssen. Eine Ordnung, die sie angesichts ihres doch beträchtlichen Alkoholkonsums auch kaum mehr hätten herstellen können.

Doch lange blieben sie nicht in ihrem Zimmer. Nach dem Apéro in Form einiger Flaschen Weißwein wechselten sie in den Gastraum und gönnten sich bei weiteren Flaschen Rotwein eine der köstlichen Rösti-Variationen von Martin. Da der Gastraum nur schwach besetzt war, wäre es eigentlich nicht nötig gewesen, danach ins Untergeschoss und ins »Stübli« zu wechseln. Doch die Gruppe zog es vor, ganz für sich zu sein. Und Monika wurde von Janine beauftragt, die drei jungen Paare, die noch einen jungen Mann ohne Begleitung im Schlepptau hatten, zu betreuen.

Es lief ab, wie es immer ablief, wenn Gruppen diesen Raum, der keine Polizeistunde kennt und in dem auch kein Rauchverbot herrscht, buchten: Monika deckte die Gäste mit so vielen Getränken ein, dass sie für mindestens eine Stunde nicht mehr nachschauen musste. Was bei *dieser* Gruppe eine größere erste Bestellung bedeutete.

Dann schaute sie immer wieder vorbei, vergewisserte sich, dass alles in Ordnung war und brachte, was noch gewünscht wurde. Doch schnell zog es sie in immer kürzeren Abständen ins »Stübli«. Nicht, weil der Trinkkonsum anstieg, sondern weil sie das Gefühl nicht loswurde, dass der attraktive und gut und sehr kräftig gebaute Fabian, der ohne Begleitung war, ihr immer wieder verstohlene Blicke zuwarf.

Monika war sich bewusst, dass sie sich von der Aufmerksamkeit, die ihr zuteilwurde, der scheinbaren Anerkennung und Wahrnehmung leiten ließ. Und sich damit für einen Moment von ihrer Hoffnung löste, für Roger mehr als nur eine gute Gesprächspartnerin zu sein oder zu werden.

Zum Schluss kam es so, wie es kommen musste – nach der offiziellen Polizeistunde oben im Restaurant wechselte Monika hinunter und schloss sich der Gruppe an, redete, lachte und trank mit. Dass nur noch der Platz neben Fabian frei war, kam ihr dabei sehr gelegen. Schnell spürte sie, dass er unter dem Tisch versuchte, sie mit seinem Bein und auch mit seinen Händen zu berühren, sich im Blickfeld seiner Kolleginnen und Kollegen aber zurückhielt.

Alle – und auch Monika musste sich dazu zählen – hatten schon viel, einige schon sehr viel Alkohol konsumiert, als es die Ersten ins Bett zog. Wobei es vor allem die drei Frauen waren, die ihre Partner zur Nachtruhe oder zumindest ins Bett drängten. Und nachdem sich Fabian anerboten hatte, Monika noch beim Aufräumen etwas zu unterstützen, blieben die beiden alleine zurück.

Einige Minuten räumten sie die Tische ab, ohne groß miteinander zu reden. Monika spürte und sah jedoch, dass Fabian sie mit seinen Augen fixierte. Und dann ging alles sehr schnell.

Als Monika weitere Gläser und Flaschen auf dem Buffet auf der rechten Seite des Raumes abgestellt hatte und sich wieder in Richtung Tisch wenden wollte, landete sie schnurstracks in den Armen von Fabian. Der zog sie zu sich und drückte seine Lippen auf ihre. Monika reagierte eher reflexartig als überlegt und ließ seine Zunge in ihren Mund eindringen. Sie brauchte einige Sekunden, um zu realisieren, was hier geschah, drehte ihren Kopf ab und stieß Fabian sanft zurück. »Langsam, langsam, Fabian.«

Dieser zog sie mit den Worten »Du gefällst mir, Monika« wieder zu sich und küsste sie erneut, aber sanfter, weniger stürmisch als zuvor. Monika hatte das Gefühl, dass er auf ihren Einwand einging, ließ sich langsam und immer mehr auf ihn ein, erwiderte seine Küsse, erlaubte, dass er mit seinen Händen ihren Körper erforschte. Zuerst über, dann auch unter ihrer Bluse. Sie spürte seine Haut auf der ihren, genoss dieses Gefühl, aber blockte wieder ab, als er sich ihren Brüsten näherte. »Nein, Fabian, nicht so schnell, lass mir, lass uns Zeit.«

Dieser Satz schien bei Fabian wie ein Katalysator zu wirken. »Ich habe jetzt Lust auf dich, nicht erst in einem

Monat«, zischte er sie an. Zog sie mit aller Kraft zu sich hin, presste die eine Hand auf ihren Mund und ließ die andere unter ihrer Bluse weiter nach oben gleiten. Monika war im Moment wie gelähmt, war unfähig, sich spontan und wirkungsvoll zu wehren. Fabians Hände glitten wieder abwärts und versuchten, ihren Gürtel und ihre Hose zu öffnen. Monika begann sich wieder zu wehren und versuchte, Fabian zurückzustoßen.

Dieser griff noch härter zu, zog sie zu sich hin, umklammerte sie mit einem Bein in ihrer Kniekehle und versuchte, sie so zu Boden zu zwingen. Monika verlor das Gleichgewicht, Fabian ließ sie los, um nicht auch zu stürzen, konnte damit aber nicht verhindern, dass Monika unkontrolliert rückwärts auf den Boden fiel.

Das Letzte, was Monika noch sah, war, wie Fabian immer weiter weg von ihr zu entschwinden schien, dann wurde es dunkel vor ihren Augen.

Und das Erste, was sie wieder – wenn auch zuerst nur verschwommen – sah, war, wie Fabian, den Rücken zu ihr gewandt, seine Hose hochzog und zuknöpfte. Und was sie spürte, war ein kühler Luftzug, der ihr nacktes Becken streifte.

»Lass es unter uns bleiben, dir wird ja eh niemand glauben, dass du es nicht schon lange gesucht hast«, waren die letzten und eindringlichen Worte von Fabian, bevor er, ohne Monika nochmals anzuschauen, den Raum verließ.

Monika war wie in Trance, räumte, nachdem sie sich wieder angezogen hatte, das »Stübli« weiter auf, ohne sich wirklich bewusst zu sein, was sie tat. Ein Gefühl der Leere machte sich in ihr breit, aber auch ein Gefühl der Hilflosigkeit, der Enttäuschung, der Frustration.

So kurz die Nacht für Monika war, so lang schien sie ihr durch die Schlaflosigkeit und die Gedanken, die sie trieben. Die Gedanken an das, was passiert, was ihr angetan worden war, aber auch die Fragen zu den Gründen, warum so etwas passieren konnte.

Es fühlt sich für Monika noch immer an wie ein Hammerschlag. Nach der langen Zeit, während der sie sich erhofft hatte, die Aufmerksamkeit eines Mannes auf sich lenken zu können, hatte sie in Fabian die Erfüllung ihres Wunsches gesehen. Unerwartet und unverhofft.

Und ebenso unerwartet und unverhofft war dann das geschehen, was geschehen war.

Als die Gruppe am Morgen zum Frühstück erschien, die meisten anderen Gäste waren längst wieder unterwegs, und die drei anderen Männer – mit eindeutigen Blicken auf Monika – Fabian abklatschen und seinen »Erfolg« mit ihm feierten, wurde Monika endgültig klar, worum es gegangen war. Wobei Monika überzeugt ist, dass er nicht damit prahlen wird, *wie* er zum Erfolg kam.

Und ihr wurde – trotz ihres Schockzustandes – in einer nicht erwarteten Deutlichkeit auch klar, was sie noch zu tun hat. Daran hat sich auch jetzt, eine Woche später, nichts geändert. Und daran wird sich auch in Zukunft nichts ändern, denn Monika ist sich sehr wohl bewusst, dass sie sich damit Zeit lassen muss.

BERGGASTHAUS »BOLLENWEES«

Anitas Augen sind nicht starr auf ihn gerichtet, sondern blicken ins Leere, als würde sie Roger gar nicht wahrnehmen. Er geht langsam hinter das Buffet und auf sie zu, greift mit beiden Händen an ihre Oberarme und schüttelt sie leicht. »Anita, was ist los?«

Anita kommt langsam aus ihrer Abwesenheit wieder zurück, schaut Roger entgeistert an. »Ich habe … ich hab geahnt, dass es … irgendwann … irgendwann passieren würde«, stammelt sie leise, »ich hab es schon lange erwartet.«

»Erklär mir, was du meinst. Was ist geschehen?«, drängt Roger.

»Ich habe immer stärker die Abneigung einiger Leute gespürt, die Abneigung gegen mich, gegen Valja, gegen Angela, gegen Daniela, gegen alle und alles, was von außerhalb des Kantons kommt. Es ist nur eine kleine Gruppe von Einheimischen, bei denen ich dies spüre, auch wenn sie es nicht direkt zum Ausdruck bringen. Und in letzter Zeit scheint sich diese Ablehnung zu Richtung Hass zu entwickeln … Eine gefährliche Entwicklung.«

»Davon hast du mir schon mal erzählt, ich erinnere mich. Und ich hab ja auch einige Situationen erlebt, in denen dies zu erkennen war. Doch was ist denn jetzt geschehen?« Roger lässt nicht locker.

Anita weist stumm zur Tür, hinter der die Treppe hinunter zu den Toiletten, zum Wasch- und zum Trockenraum führt.

»Wo?«, fragt Roger nach.

»Trockenraum«, lautet Anitas knappe Antwort.

Kommst du?, will Roger fragen, kann jedoch sofort aus Anitas eindringlichem Kopfschütteln ablesen, dass er alleine ins Untergeschoss runter muss. Über den Bewegungsmelder öffnet sich die Tür, und Roger steigt die Treppe hinunter, biegt nach links ab, geht an den Toilettenräumen vorbei den Gang ganz nach hinten, wo auf der rechten Seite der Trockenraum liegt. Obwohl die Tür zu ist, dringen das Geräusch des Wäschetrockners und der Geruch von verschwitzter, feuchter Bekleidung nach draußen.

Langsam öffnet Roger die Türe, betritt vorsichtig den Raum, schaut reflexartig auf den Boden, kann aber nichts erkennen. Der Raum ist vollgehängt mit Wanderbekleidung, funktioneller Unterwäsche und Regenjacken, die über Nacht wieder trocken geworden sind – der Geruch nach Feuchtem stammt, so schätzt Roger, wohl eher von den vielen Wanderschuhen, die den Wäschetrockner überfordern.

Roger schiebt die Kleider zur Seite, sucht das, was Anita so geschockt hat. Doch er kann nichts finden. Er ist verunsichert. Hat sie wirklich den Trocken- oder doch den Wäscheraum, zu dem nur die Mitarbeiterinnen der »Bollenwees« Zugang haben, gemeint?

Er dreht sich zur Tür um – und erst jetzt sieht er den Schriftzug, der mit roter Farbe über dem blauen Entfeuchter an die Wand gemalt wurde: »Herr, wir wollen hingehen und aussprechen den Fluch Gottes, dass Feuer des Himmels herabfalle und die Verruchten mit all ihrer Habe verzehre.«

Roger bleibt wie gebannt stehen. Was soll das bedeuten? Immer und immer wieder liest er den Spruch, der sich in seinem Ausdruck und seiner Sprache deutlich von denen unterscheidet, welche in Städten an Mauern und Hauswände gesprayt werden. Es muss ein sehr alter Spruch sein, von der Sprache her schätzt er aus dem 19. oder gar 18. Jahrhundert. Und von der Formulierung her muss dieser aus einem kirchlichen oder christlichen Buch stammen, wobei Roger die Stelle mit dem Feuer, das vom Himmel herabfallen solle, bekannt vorkommt.

Wieder oben bei Anita in der Gaststube, wo Angela und Valja bereits daran sind, das kleine Frühstücksbuffet aufzubauen, lässt er sich von ihr schildern, wie sie die Schmiererei interpretiert, warum sie diese so geschockt hat. »Das ist eine Drohung, eine klare Drohung! Was mir vor allem Angst macht, ist, dass ich gestern Abend keine feindlichen Anzeichen und niemanden bemerkt habe, der oder dem ich so etwas zutrauen würde. Und trotzdem war *jemand* hier, waren *sie* hier.«

»Aber kann es nicht einfach ein Scherz sein? Vielleicht wollte dir einfach jemand einen Schrecken einjagen.«

»Was mehr als gelungen ist. Ich habe Angst! Denn so, wie sie in der Nacht den Schriftzug angebracht haben, könnten sie auch das Feuer vom Himmel fallen lassen, wie es der Spruch in Aussicht stellt. Und das, was vor zehn Tagen in den Rainhütten passiert ist, trägt ja auch nicht gerade zur Beruhigung bei – auch wenn man noch nicht weiß, was dort wirklich geschehen ist.«

»Was sollen wir machen? Willst du die Polizei kommen lassen?«

»Die kann wahrscheinlich auch nicht mehr machen, als die Schmiererei festzustellen, sie als Sachbeschädigung einzustufen, und im besten Fall kann ich dann Anzeige gegen Unbekannt erheben.«

»Dann würde ich aber empfehlen, die Schmiererei abzudecken, bevor die ersten Gäste sie sehen. Entfernen könnt ihr sie ja dann in Ruhe während der nächsten Woche. Jetzt werden gleich die ersten zum Frühstück kommen – ich übernehme die Abdeckung, damit du dich deinen Gästen widmen kannst.«

»Danke, Roger, dafür bin ich dir sehr dankbar, Urban ist ja heute Morgen schon früh runter, um noch Getränke aus dem Lager zu holen. Wir haben gestern etwas mehr gebraucht, als wir gedacht hatten.«

Bevor Roger sich wieder ins Untergeschoss begibt, um im Wäscheraum ein weißes Leintuch zu holen, mit welchem er den Schriftzug abdecken kann, fragt er Anita: »Kann ich dann nachher schnell deinen Laptop benutzen, ich würde gerne etwas im Internet recherchieren.«

»Ja klar, Roger, du weißt ja, wo er steht.«

Roger wird für einmal nicht sehr schnell fündig, sitzt schließlich knapp zwei Stunden vor dem Bildschirm, taucht bei seiner Recherche ab in Google Books, findet Texte, deren alte Schrift er nur mit Mühe entziffern kann, liest biblische Interpretationen.

Als er in die noch gut gefüllte Gaststube zurückkehrt, ist auch Urban wieder zurück und bereits von Anita darüber informiert, was vorgefallen ist.

»Hallo, Roger – und hast du etwas rausgefunden?«, wird er von diesem begrüßt.

»Ja, habe ich, war aber nicht so einfach«, beginnt Roger seine Ausführungen. Und erklärt dann, wie er zuerst eine Begrifflichkeit geklärt habe, die ihm nicht ganz klar war, weil das Wort heute nicht mehr so oft gebraucht wird und dieses auch mehrdeutig ist. »Aus meiner Sicht steht ›verrucht‹ in diesem Zusammenhang für verachtenswert, weniger für perfide oder rücksichtslos. Das ist meine erste Erkenntnis.«

Dann beschreibt er dem Pächterehepaar die Quelle des Spruches, den er in der »Natürlichen Geschichte des großen Propheten von Nazareth«, die um 1800 in Bethlehem geschrieben wurde, gefunden hat. »Es ist eine Aussage von Johannes im Gespräch mit Jesus und den anderen Jüngern und seine Reaktion darauf, dass ihnen in einem samaritanischen Dorf Unterkunft und Verpflegung verweigert wurden. Mit Samarien wird übrigens der nördliche Teil des heutigen Westjordanlands bezeichnet.«

»Aber was hat das mit uns zu tun? Wir haben doch noch nie jemandem Verpflegung und Unterkunft verweigert – außer, wenn wir ausgebucht waren«, empört sich Anita.

»Das muss inhaltlich auch nicht zwingend im Zusammenhang mit euch stehen. Ebenso wie auch ›Feuer vom Himmel fallen‹ nicht unbedingt eine Drohung sein muss, dass euer Haus abbrennen wird.« Roger führt aus, dass der Wunsch »Feuer vom Himmel verzehre sie« aus dem »Zweiten Buch der Könige« stamme und auch für das Wirken Gottes und des Heiligen Geistes stehen könne.

»Ich denke, dass die Schmiererei ein Ausdruck dieser – wie soll ich es ausdrücken –, dieser schon beinahe fundamentalistisch katholischen Strömung ist, die sich in letzter Zeit zu verstärken scheint«, wirft Urban ein.

»Das denke ich auch«, bestätigt Roger »und dass ihr damit auch keine Angst vor einer Brandstiftung haben müsst.«

»Zumal ja seit dem Brand des alten und kleinen Gasthauses 1937 sehr viel in den Brandschutz investiert worden ist. Und vor allem 2010 und 2011, in unserer letzten Sanierungsphase«, bestätigt Urban.

»Man hat uns und unser Haus verflucht, das ist es, was mir Angst macht. Wir alle wissen, was Menschen mit ihrem Glauben bewirken können. Aber ich fürchte mich davor, dass sie irgendwann ihre Kräfte auch für Böses einsetzen. Denn aus ihrer Sicht ist es ja dann vermutlich etwas Gutes, wenn sie uns wieder aus ihrer Gemeinschaft vertreiben können«, wendet Anita ein.

»Du hast recht«, bestätigt Roger, »diese Gefahr besteht durchaus. Das sehen wir ja im extremen Ausmaß in anderen Ländern, in denen versucht wird, andersgläubige Gemeinschaften auszulöschen, um die eigene Religion zu stärken. Und wo dies als etwas Gutes betrachtet wird.«

»Doch was bewegt diese Menschen, uns Böses zu wünschen?« Anitas Stimme klingt traurig. »Nur weil wir Auswärtige sind?«

»Was einem nicht vertraut ist, was man nicht einordnen oder verstehen kann – bei anderen wie auch bei sich selber –, kann dazu führen, dass man etwas als fremd empfindet. Fremdes verunsichert in erster Linie und kann zu Abwehr und Isolation führen. Die Ursache muss demnach nicht bei euch als ›Fremde‹, sondern kann auch bei denen liegen, die euch als fremd empfinden, sich dadurch verunsichert fühlen«, versucht Roger zu erklären.

»Für mich bleibt ja die Kultur hier auch etwas Fremdes, trotz dem Verbindenden und dem Vertrauten. Und ich gestehe mir auch ein, dass ein Teil mir immer fremd bleiben wird, auch wenn ich mich noch so gut integriere. Das Unbekannte bewirkt bei mir aber auch eine Neugier, regt mich an, mehr darüber zu erfahren.«

»Das stimmt, Anita. Doch diese Dynamik zwischen Verbindendem und Vertrautem auf der einen und Trennendem und Unbekanntem auf der anderen Seite geht dann verloren, wenn das Fremde in ein Korsett gedrängt wird, um die eigenen Klischees zu bestätigen. Und genau das macht diese – zum Glück kleine – Gruppe von Menschen mit allem, was von außen in ihre Heimat kommt.«

Doch auch wenn Roger mit seinen Worten Anita etwas beruhigen kann, weiß er, dass seine Vorahnung, die er schon oben bei der kleinen Anhöhe mit der SAC-Hütte hatte, richtig war.

Dass ab heute auch in der »Bollenwees« nichts mehr so sein wird, wie es bisher war.

APPENZELL, HAUPTGASSE

Zahlreiche Touristen bevölkern an diesem Samstag trotz wechselhaftem Wetter und wenig Sonnenschein – oder gerade deswegen – die Hauptgasse in Appenzell. Neben den erkennbar ausländischen Gästen scheinen auch viele Schweizerinnen und Schweizer Appenzell als Ziel ausgewählt zu haben.

Dass so viele Leute hier sind, hat mit dem Beginn der Sommerferien zu tun, vermutet Klaus Fritsche, der sich zuerst einmal unter die Passanten mischt, sich in deren Strom mittreiben lässt, beobachtet, abschätzt. Einmal die ganze Länge der Gasse vom Landsgemeindeplatz runter bis zur Einmündung in die Weissbad- beziehungsweise Gaiserstrasse und zurück, um sich klar zu werden, wo sich welche Menschen etwas länger aufhalten, wo die strategisch beste Position für seine Aktion ist.

Nach gut zehn Minuten ist Chläus wieder an seinem Ausgangspunkt angelangt. Und muss schmunzeln, als er sich an die Aussage einer Bekannten erinnert, die ihm erzählt hat, dass sie jedes Jahr ein- bis zweimal nach Appenzell fahre, um dort zu shoppen. So wie andere nach Paris, London oder München reisen – mit dem Unterschied, dass die Shoppingmeile in Appenzell gerade mal 350 Meter lang ist und neben einigen wenigen Läden auch eine Menge an Restaurants und Cafés mit einschließt.

Chläus muss nicht lange überlegen, den besten Standort hat er sofort erkannt. Dort, wo die Poststrasse in die

Hauptgasse mündet, zwischen der Gelateria und Focacceria »Lokal« und der Wirtschaft »Gass 17«, in seinem Rücken den »Hersche Bazar« und den »Bücherladen« – dort will er den Menschen seine Botschaft verkünden. Dieses Mal in Hochdeutsch, damit auch die Touristen verstehen, was er zu sagen hat.

Hier baut er sich auf, nur sich, ohne zusätzliches Material, das die Passantinnen und Passanten anlocken könnte. Nur er, Chläus, mit seiner eindrücklichen Körpergröße von knapp 1,90 Metern und dem schwarzen Umhang, den er konsequent auch im Sommer und bei hohen Temperaturen trägt. Mit weißem Haar und dem noch leicht grau melierten Bart ist er eine Erscheinung, die schon Blicke anzieht, ohne dass er ein Wort sagen muss.

Doch wenn er mit kräftiger, tiefer und eindringlicher Stimme zu predigen beginnt, kommt niemand an Chläus vorbei, ohne anzuhalten und ihm mindestens einige Augenblicke zuzuhören. »Friede sei mit euch«, hebt er seine Stimme an und breitet gleichzeitig seine Arme seitlich aus. Wegen seines Umhanges erscheint er damit noch größer, mächtiger, wie ein großer Schatten in der mangels Sonnenlicht schon eher düsteren Hauptgasse.

»Friede sei mit euch«, wiederholt Chläus und wird nochmals lauter. »Hört meine Botschaft, in welcher ich euch nun erklären will, warum unser Frieden hier in unserem schönen Appenzell, in unserer Heimat, gefährdet ist. Nicht, dass diese Gefahr, die bereits unter uns ist, sichtbar wäre. Nein – und gerade deshalb ist sie eine so große Bedrohung für uns. Denn was zu weit weg oder zu nah ist, nehmen wir nur undeutlich wahr, können wir nicht genau erkennen. Doch was uns zu nah ist, empfinden wir als unangenehm – und das ist es, was ich spüre!

Und wenn ich dieses Nahe mit dem vergleiche, was früher war, erkenne ich, dass es nicht nur nah, sondern eine Bedrohung für uns ist. Ich weiß, dass ich mit meinen Äußerungen Angst auslösen kann – doch muss nur Angst haben, wer auch Angst vor Rache hat oder davor, übrig zu bleiben. Nur wer sich sicher fühlt, kann kritisch sein und etwas infrage stellen, wie ich es tue. Denn ich bin mir sicher – sicher, den richtigen Weg eingeschlagen zu haben, und sicher, darin unterstützt zu werden!«

Chläus, der seine Arme nach der Begrüßung wieder gesenkt und damit seine Rhetorik auch nonverbal unterstützt hat, hebt seinen rechten Arm wieder an und zeigt mit seinem Zeigefinger gegen den Himmel. »In allem, was wir tun, können wir auf ihn zählen, auf seine Unterstützung, auf die Kraft, die er uns gibt. Das wissen nicht erst wir, das haben auch unsere Mütter und Väter schon erlebt und gewusst. Und auch deshalb dürfen wir jetzt nicht umstoßen, was unsere Vorfahren über Jahrhunderte aufgebaut haben und was uns zu dem gemacht hat, was wir heute sind: eine kleine, aber starke und verschworene Gemeinschaft, welche die Tradition pflegt, sie aufrechterhält und sie gegen das Böse, das von außen kommt, schützt.«

Unabhängig von der religiösen Grundhaltung sind die Menschen, die unterdessen einen Halbkreis um Chläus bilden und ihn damit noch einmal verstärkt in den Mittelpunkt gerückt haben, fasziniert. Fasziniert vom Mut, den er zeigt, indem er seine Meinung öffentlich und in dieser Umgebung kundtut. Fasziniert auch von der Botschaft, die auf der christlichen Wertehaltung des Redners aufbaut, aber auch klar seinen religiösen Wahn zeigt. Das zahlreiche Kopfnicken und die murmelnde Zustimmung verraten, welche Unterstützung Chläus genießt, auch wenn sie bei vielen hinter einem Lächeln verborgen bleibt.

»Doch jetzt ist es unter uns, in uns, das Fremde, das eben diese unsere Tradition, unsere Werte und unsere Gemeinschaft gefährdet! Wer unsere Geschichte kennt und wer hier lebt, weiß, welche Kraft uns unser Glaube verliehen hat und uns noch heute gibt. Eine Kraft, die bisher weder Gelehrte noch Ärzte erklären können. Eine Kraft, von der wir aber wissen, woher sie kommt und wofür wir sie einsetzen wollen.«

Chläus ist sich seiner Wirkung bewusst, weiß, dass seine Rhetorik gut ist, ist überzeugt davon, dass seine Botschaft ankommt. In einfachen Verhältnissen auf dem elterlichen Bauernhof in Schwende, zwischen Appenzell und Wasserauen gelegen, aufgewachsen, hat er früh gespürt, dass er über außergewöhnliche Kräfte verfügt. War ein Tier auf dem Hof krank, widmete sich Chläus ihm gerne und hingebungsvoll, redete mit ihm, streichelte die betroffene Körperregion und betete zu Gott, dass das Tier wieder gesund würde.

Dass dies immer und immer wieder eintraf, blieb auch seinem Vater nicht verborgen, der seinen Sohn streng katholisch erzogen hatte und darum auch überzeugt war, dass dies eine Gabe Gottes sei. Und der sich natürlich auch der Kräfte der Geistheiler, die er und seine Frau auch schon in Anspruch genommen hatten, bewusst war.

So war es nicht mehr als logisch, dass der junge Klaus in die Obhut eines erfahrenen Heilers gegeben und dort in die geheime Kunst des Gebetsheilens eingeweiht wurde. Wo er auch dann lernte, seine Kräfte gezielt, diskret und nur für Gutes einzusetzen. Bald einmal konnte Chläus von dieser Tätigkeit leben, ohne Lohn zu verlangen. Die

Geschenke der Geheilten und derjenigen, denen er helfen konnte, waren so großzügig, dass er keiner anderen Arbeit mehr nachgehen musste.

So nutzte er die Zeit, die er nicht auf Besuch oder in Gebete vertieft war, für das Studium von Büchern im Allgemeinen und des Alten und Neuen Testaments im Speziellen. Als Autodidakt eignete er sich ein Wissen an, von dem kaum jemand in seinem Umfeld glauben kann, dass er dafür nicht weiterführende Schulen oder gar Universitäten besuchen musste.

Und obschon sich viele Menschen über seine Mission als moderner Messias, über seine äußere Erscheinung und seine lautstarken Auftritte lustig machen, wird er auch sehr bewundert ob seiner Hartnäckigkeit, seines Engagements, seines Durchhaltewillens und seiner Unbeirrbarkeit. Obwohl schon mehrfach wegen Ruhestörung verhaftet und arretiert, von öffentlichen Plätzen weggewiesen und in Medien lächerlich gemacht, lässt sich Chläus nicht beeindrucken und führt seine Mission weiter.

Seine Mission, die darin besteht, Bewährtes zu erhalten und seine Gemeinschaft vor fremden Einflüssen zu schützen.

»Doch immer häufiger«, fährt Chläus fort, »werden diese Kräfte infrage gestellt, als Scharlatanerie abgetan, werden Traditionen verdrängt und durch neuzeitliche, oft auf kurzfristigen Spaß und Lustbefriedigung ausgelegte Aktivitäten ersetzt. Doch damit muss nun endlich Schluss sein, bevor es zu spät ist!«

Chläus hebt seine Stimme nochmals an, wirkt beinahe bedrohlich durch die Eindringlichkeit, mit welcher er den letzten Satz ausspricht. Einige der Zuhörerinnen und Zuhörer zucken denn auch zusammen, als hätte der schwarz gekleidete Redner eben die Apokalypse verkündet.

Jahrelang hat Chläus versucht, die Menschen auf die sanfte Art zu überzeugen. Doch in den letzten Monaten spürte er immer stärker, dass sein Reden im Grunde genommen nichts bewirkt. Denn mehr als verbale Zustimmung und Kopfnicken löste seine Botschaft bei den Empfängern nicht aus.

Deshalb hat sich Chläus in diesem Frühling entschieden, die Glaubensgruppe »Hitz ond Brand« zu gründen, Gleichgesinnte zusammenzuführen und sie im Kampf gegen das Bedrohliche, das Fremde und Böse anzuführen. Das erste Treffen in der Furgglenhöhle vor zwei Wochen hat ihm bestätigt, dass seine Anhänger ihm folgen werden, sich der Sache verpflichten und auch gewillt sind, ihr Anliegen mit allen Mitteln durchzusetzen.

Chläus weiß, dass er mit diesem Schritt etwas eingeleitet hat, was die Ordnung im Appenzellerland für eine gewisse Zeit durcheinanderbringen wird. Doch er ist überzeugt, dass dies der einzige Weg ist, das zu erhalten, was ihm und seinen Gefolgsleuten so wichtig ist – und dass er diesen Weg gehen muss.

Denn oft muss die bestehende Ordnung aufgebrochen werden, bevor wieder eine neue hergestellt werden kann.

DONEZK, OSTUKRAINE

Die beiden jungen Frauen schlendern vergnügt die Artema-Straße, die Ulitsa Artyoma hinunter. Die ehemals bedeutende und zentral gelegene Transportstraße hat sich zu einem eleganten Boulevard mit zahlreichen Cafés, Boutiquen, Einkaufszentren und Restaurants – zum Teil auch sehr teuren – entwickelt. Zudem präsentiert die längste Straße von Donezk auch eine interessante Mischung aus traditionell russischer und moderner Architektur.

Valja und Kataryna haben aber weniger ein Auge für die schönen Bauten, sondern vielmehr für die Shops, deren Auslagen in den Schaufenstern sie anziehen. Die Frühlingsmode ist angekommen – wie jetzt gegen Ende März auch der Frühling nach einer ersten noch kalten Märzwoche und einer nur zögerlichen Erwärmung in den folgenden Wochen. Und natürlich haben die beiden noch viel zu bereden, bevor Valja ihre Saisonstelle in der Schweiz antritt.

Sie kennen sich schon seit ihrer Kindheit, sind zusammen in Styla, das rund 50 Kilometer südlich von Donezk liegt, aufgewachsen. Sie waren dort zusammen im Vorkindergarten und Kindergarten, absolvierten vier Jahre in der gleichen Grundschulklasse und weitere fünf Jahre in der gleichen Klasse der Sekundarschule. Da beide etwas schulmüde waren, besuchten sie die restlichen zwei Jahre der allgemeinbildenden Mittelschule nicht mehr, sondern wechselten in die Berufsbildung: Valja ließ sich zur Servicefachfrau ausbilden, Kataryna zur Coiffeuse. Da beide parallel zur beruflichen Ausbildung auch den Abschluss der vollen allgemeinbildenden Mittelschule nachholten, konnten sie nach der Berufslehre trotzdem noch auf den universitären Bildungsweg wechseln.

Valja und Kataryna schafften es beide, sich einen Platz an der »Donezk National University«, Studiengang Bachelor of Science in Physik, zu sichern. Womit der gemeinsame weitere Lebensweg für einige Jahre vorgezeichnet schien.

Doch die Finanzen bringen sie nun schneller auseinander, als sie es erwartet hatten. Denn obwohl die Schulbildung in der Ukraine grundsätzlich kostenfrei ist, erhalten nur etwa 50 Prozent der Studienbewerberinnen und -bewerber auch einen kostenlosen Studienplatz. Maßgebend für die Vergaben sind dabei die Resultate der Tests am Ende der elfjährigen Schulzeit oder der Berufsausbildung.

Während Kataryna dank ihren Leistungen zu diesen Auserwählten gehörte, rutschte Valja gerade noch so ins Studium rein, wurde aber mit Studiengebühren belastet.

Und jetzt, nach dem dritten Semester, muss Valja passen. Das Geld ist ihr ausgegangen, von ihren Eltern, die selbst kaum etwas haben, kann sie keine Unterstützung erwarten. So hat sie sich entschieden, im Westen ihr Glück zu versuchen, ein Zwischenjahr einzulegen und Geld zu verdienen, um ihr Studium abschließen zu können.

Dass sie eine Saisonstelle in der Schweiz gefunden hat, ist für Valja natürlich wie ein Lottosechser – das Geld, das sie dort bei freier Kost und Logis verdient, so hat sie ausgerechnet, reicht locker, um den zweiten Teil des Studiums zu finanzieren. Und ihre abgeschlossene Berufslehre hat sich als Glücksfall erwiesen: Da die Ukraine nicht zu den 25 EU- oder zu den EFTA-Staaten gehört, die von der Schweizer Personenfreizügigkeitsregelung profitieren, machte sie erfolgreich ihren Status als Stagiaire geltend, um zu einer Praktikumsstelle zu kommen. Und dass sie, wie auch Kataryna, Deutsch als Freifach besucht hat, erweist sich jetzt auch als die richtige Entscheidung.

Stagiaires sind junge Berufstätige bis 30 Jahre, die zur Weiterbildung einige Monate in die Schweiz wechseln und dort für maximal 18 Monate eine Arbeits- und Aufenthaltsbewilligung erhalten. Bedingungen dafür sind eine abgeschlossene Berufsausbildung von mindestens zwei Jahren und eine Arbeitsstelle auf dem erlernten Beruf. Und ein interstaatliches Abkommen, das glücklicherweise zwischen der Schweiz und der Ukraine besteht.

Kataryna hat sich nach längerem Hin und Her entschlossen, ihr Studium weiterzuführen – und damit erstmals ihren Weg ohne Valja zu gehen. Doch sie haben sich geschworen, auch während der temporären Trennung einen regelmäßigen und engen Kontakt aufrechtzuerhalten und danach die Zukunft wieder gemeinsam zu planen.

»Schade, dass du nicht mitkommen oder mich besuchen kannst«, beginnt Valja das Gespräch im »Loft Café«, wo sie sich eine Pause gönnen, »aber ich verstehe dich natürlich, du hast ja mit deinem Studium und den Tieren hier genug zu tun.«

»Ja, und in meinem Beruf ist es kaum möglich, als Stagiaire eine Stelle zu finden, da hast du es einfacher. Und wenn nur das Studium wäre, würde ich dich sicher besuchen. Das heißt, wenn ich das Geld für die Reise mit einem Job verdienen könnte. Doch meine Aktivitäten im Tierschutz werden mich in naher Zukunft noch mehr fordern als bisher«, muss Kataryna bestätigen.

»Du warst ja in der Vergangenheit schon sehr aktiv.« Kataryna hatte bereits zahlreiche Hunde und Katzen von der Straße geholt, sie ärztlich versorgt und kastrieren lassen, sie an Tierhalter im In- und Ausland vermittelt oder wieder gesund zurück auf die Straße entlassen. Und in diese Sache nicht nur viel Zeit, sondern auch ihr ganzes Geld investiert. »Aber was meinst du damit, dass es in Zukunft noch mehr zu tun geben wird?«

»Nun, bei dem, was in unserem Land zurzeit politisch läuft, muss befürchtet werden, dass sich die Situation für die Straßentiere noch einmal verschlechtert. Denk an die Säuberungsaktionen im Vorfeld der Fußball-Europameisterschaften 2012, bei denen Hunderte, wenn nicht gar Tausende von Tieren abgeschlachtet wurden. Nur, um darüber hinwegzutäuschen, dass unsere politische Führung dieses Problem nicht im Griff hat«, empört sich Kataryna.

»Ja stimmt, so gesehen bin ich froh, dass ich bald rauskomme. In den letzten Wochen ist ja einiges gelaufen hier, und die Lage scheint sich zuzuspitzen, vor allem nach dem Zwischenfall vor zehn Tagen«, bestätigt Valja.

Am 22. Februar 2014 hat der »Werchowna Rada«, der oberste Rat der Ukraine, im Rahmen des »Euromaidan«, welcher die seit November 2013 wütenden Proteste als »Revolution der Würde« bezeichnet, den ukrainischen Staatspräsidenten Wiktor Janukowytsch für abgesetzt erklärt. Die Proteste waren durch die überraschende Ankündigung der ukrainischen Regierung ausgelöst worden, das Assoziierungsabkommen mit der Europäischen Union nicht zu unterzeichnen.

Als dann der Rat mit einem seiner ersten Erlasse Russisch als zweite Amtssprache abschaffen wollte, kam es in Donezk immer wieder zu gewalttätigen Ausschreitungen zwischen prorussischen Demonstranten und Gefolgsleuten der ukrainischen Übergangsregierung. Das Gebäude der Regionalverwaltung wurde mehrfach von prorussischen Demonstranten besetzt, die auf dem Dach die russische Fahne hissten.

Am 6. März wurde der von prorussischen Kräften unterstützte »Volksgouverneur«, Pawel Gubarew, von den Einheiten des ukrainischen Geheimdienstes SBU, des »Security Service of Ukraine«, verhaftet, nur eine Woche später ein Demonstrant bei gewalttätigen Zusammenstößen getötet und mehrere Personen verletzt. Und seit kurzem befinden sich – wie in zahlreichen anderen Städten – OSZE-Beobachter in Donezk.

Noch ist weder für Valja noch Kataryna abzusehen, wo diese Auseinandersetzungen hinführen werden.

»Ich hoffe einfach für unser Land, dass sich alles wieder zum Guten wenden wird«, bittet Kataryna eindringlich und bekreuzigt sich auf die für die orthodoxe Kirche typische Art: Daumen, Zeige- und Mittelfinger werden zusammengelegt und ausgestreckt; der Ringfinger und der kleine Finger berühren die Handfläche. Mit den drei ausgestreckten Fingern wird die Dreifaltigkeit symbolisiert. Kataryna zieht das Kreuzzeichen von der Stirn über die Brust zu den Schultern – im Gegensatz zur katholischen Kirche zuerst auf die rechte und dann die linke Schulter.

»Ja, Kataryna, das hoffe ich auch. Und selbst wenn ich nicht mehr hier bin, in Gedanken werde ich immer bei dir und meiner Heimat Ukraine sein. Und ich leide schon jetzt, wenn ich sehe, dass Menschen, die gestern noch Freunde waren, wegen ihrer politischen Gesinnung heute zu Feinden werden, dass sich Ukrainer und Ukrainer feindlich gegenüberstehen.«

»Und gestern hat nun der russische Energiekonzern Gazprom unser Land auch noch aufgefordert, offene Rechnungen für Gaslieferungen von über 1,5 Milliarden Dollar zu begleichen. Das können wir nie und nimmer bezahlen, unser Staat ist ja schon längst bankrott! Aber wenn wir nicht bezahlen können, droht ein Lieferstopp, der zu weiteren sozialen und wirtschaftlichen Problemen führen würde«, klagt Kataryna an.

»Die Frage ist, wer dafür verantwortlich ist – wir selber, weil wir statt eines Dialogs die Auseinandersetzung suchen – oder ob alles von Russland aus gesteuert wurde«, stellt Valja in den Raum.

»Eine berechtigte Frage. Denn Russland hatte uns ja kurz vor der Forderung von Gazprom preisliche Rabatte für das Erdgas gewährt, nachdem Janukowytsch zuerst das Flottenabkommen verlängert und dann erklärt hatte, das bereits ausgehandelte EU-Abkommen nicht zu unterzeichnen«, bestätigt Kataryna.

»Und mit der Besetzung des Parlamentsgebäudes auf der Krim Ende Februar durch die bewaffneten ›Selbstverteidiger der russischsprachigen Bevölkerung der Krim‹ deutet Russland ja auch an, dass die Halbinsel annektiert werden soll. Das Gleiche kann auch uns passieren.« Valja ist beunruhigt, daran kann auch ihr bevorstehender Wechsel in die Schweiz nichts ändern. »Doch lassen wir die politischen Diskussionen für eine Weile und genießen wir die Zeit, die wir noch gemeinsam verbringen können – bald ist sie vorbei«, ermahnt sie, »und beten wir für eine friedliche Zukunft für uns und unser Land.«

Denn längst ist ihr klar geworden, dass in ihrer Heimat nichts mehr so sein wird, wie es heute ist, wenn sie wieder zurückkehren wird.

TEIL 2

FREITAGABEND, 21. FEBRUAR

Die Wohnung ist aufgeräumt und bereit für den Besuch.

Und auch Roger ist bereit, hat seinen Hausdress gegen Jeans und Hemd getauscht, sich vorher noch rasiert und kurz geduscht.

Denn das »St. Galler Tagblatt« hat sich bei ihm angemeldet, will einen kleinen Bericht über den neuen Krimiautoren, der in der Stadt St. Gallen wohnt, schreiben. Angekündigt ist eine Journalistin, doch zuerst soll noch ein Fotograf vorbeikommen, um einige Bilder zu schießen.

Sein Besuch dauert nicht lange. Er fragt Roger, wo er denn normalerweise schreibe, lässt sich den kleinen Tisch im Wohnzimmer, auf dem Rogers Laptop steht, zeigen, bittet Roger, sich hinter diesen zu setzen, und fotografiert ihn aus verschiedenen Perspektiven. Als er die Wohnung wieder verlässt, steht bereits die Journalistin vor der Tür.

»Hat's geklappt?«, fragt sie noch kurz bei ihrem Kollegen nach, der ihr bestätigt, dass er das benötigte Bildmaterial im Kasten hat, und entlässt diesen in den Abend.

Und zu Roger gewandt: »Sabrina Schmidhauser, entschuldigen Sie bitte, Herr Marty, dass ich Sie noch so spät belästige, aber ich arbeite nur als freie Journalistin für die Zeitung, schreibe nur wenige Artikel für den Kulturteil und muss solche Termine außerhalb meiner normalen Arbeitszeit wahrnehmen.«

»Roger, nennen Sie mich Roger«, korrigiert er sie, »und Sie stören mich überhaupt nicht, es ist ja auch in meinem Interesse, dass etwas über mich veröffentlicht wird.«

»Sabrina in diesem Fall, gerne, aber dann können wir uns auch duzen«, schmunzelt die Journalistin.

»Ja natürlich, Sabrina«, lacht Roger, der nicht erwartet hat, dass eine so junge – und ebenso hübsche – Frau über ihn schreiben würde.

Sabrina ist gut vorbereitet, hat offensichtlich bereits einiges über ihn recherchiert, scheint auch schon seine Bücher – oder zumindest Passagen daraus – gelesen zu haben. Sie fragt ihn nach der Motivation fürs Krimischreiben, wie er dazu gekommen ist, woher er seine Ideen nimmt, wie er beim Schreiben vorgeht, wann und wo er schreibt. Und wie er zu den Charakteren seiner Protagonisten kommt, wo und in wem wie viel von ihm selber steckt.

Und Roger kommt ins Erzählen, ins Schwärmen über den Alpstein und seine Berggasthäuser, die sich so gut als Handlungsorte für seine Geschichten eignen, über die Situation, die ihn animierte, seinen Erstling zu schreiben, über seine intuitive Art, zu schreiben, welche die Story nach und nach entstehen lässt, und über die Herausforderung, über etwas zu schreiben, von dem er selbst nicht weiß, wohin es führt.

Sabrina hört fasziniert zu, schreibt mit, macht sich aber nur zu einem Bruchteil von dem, was Roger erzählt, Notizen. Doch sie nimmt nicht nur auf, was er sagt, sondern beobachtet ihn auch in seiner Gestik, seiner Körperhaltung, versucht, aus seinen Augen zu lesen, was er vielleicht denkt, ohne es zu sagen. Sie sieht ihr Gegenüber als Gesamtbild, weiß, wie sie dieses beschreiben will, und braucht die Notizen nur für die Stellen, wo sie Roger zitieren wird.

Die erste Stunde vergeht wie im Flug, doch nach zwei Tassen Kaffee mag Sabrina keine dritte, als Roger erneut nachfragt, ob er ihr noch etwas bringen könne. Er, der gerne und immer wieder Gast ist, genießt es ebenso, Gastgeber zu sein. Oder sogar noch mehr, vor allem bei einem so gut aussehenden weiblichen Gast.

»Wie wär's mit einem Glas Wein?«, fragt Roger nach, dem es schon lange darum ist, auf ein alkoholisches Getränk zu wechseln. Um nicht einen falschen Eindruck zu erwecken, hat er aber bisher darauf verzichtet.

»Ja gerne«, stimmt Sabrina ohne Zögern zu.

Und schon bald wird das Gespräch immer weniger formal – noch weniger, als es nach dem Übergang zum Du schon war. Und auch als Roger fragt, ob sie es sich nicht lieber auf dem Sofa bequem machen wolle, statt weiterhin am Tisch sitzen zu bleiben, ist Sabrina sofort einverstanden.

So sitzen die beiden dann nebeneinander auf dem Sofa, genießen den feinen weißen Tessiner Merlot, von dem Roger immer einige Flaschen zu Hause hat, und plaudern schon längst nicht mehr nur über Roger und seine Autorentätigkeit. Der Alpstein als Rogers Leidenschaft rückt immer mehr in den Mittelpunkt, stellvertretend für seine anderen Leidenschaften, wie Sabrina zu bemerken glaubt: Wandern, Schreiben, Fotografieren, Menschen beobachten, Bewegung, Genuss, feines Essen – und Wein.

Doch auch sie hält sich nicht zurück, genießt den feinen Tropfen ebenso wie Rogers Gesellschaft.

Was auch Roger nicht verborgen bleibt. Und mit zunehmendem Alkoholkonsum wird er auch immer mutiger, berührt wie zufällig mal die Hand oder den Arm von Sabrina, legt den Arm hinter ihrem Rücken auf die Sofalehne, glaubt zu spüren, wie sie sich in die Rückenlehne zurückfallen lässt.

Der Merlot ist schnell leer, was nicht zuletzt Rogers Verdienst ist.

»Noch einen Schluck Roten?«, fragt Roger mit einem Augenzwinkern.

»Nun, eigentlich müsste ich schon längst … Aber … Ja gerne, aber nur noch einen Schluck«, stimmt Sabrina zu.

»Ich hab da noch einen guten Tropfen«, spielt Roger seine selbsterworbenen Weinfachkenntnisse aus, »einen Spanier, aus dem Weinbaugebiet in der Region Kastilien-León, ein ›Ribera del Duero‹ aus dem Jahre 2011, dunkles Rubinrot, mit dichtem, reifem Tannin und einer saftigen Frucht, erkennbaren Akzenten von schwarzen Beeren, einem vollen Bouquet und einem nachhaltigen Abgang.«

»Wow«, lacht Sabrina, »ich bin beeindruckt! Da habe ich ja heute nicht nur einen Krimiautor, sondern auch einen Weinfachmann kennengelernt!«

Roger lächelt, ohne zu antworten. Denn dazu, dass er die erhoffte Wirkung erzielt hat, muss er nichts sagen. Er spürt, dass seine Gesellschaft von der jungen Frau genossen wird und sie zumindest leichte Bewunderung für ihn ausstrahlt.

Die Gläser sind gewechselt, der Wein ist geöffnet, Roger schenkt sich wenig davon ein, hebt das Glas gegen das Licht der Lampe, legt seine Nase auf den Rand des Glases, rutscht dann gegen die Mitte. »Erste und zweite Nase«, formuliert er fachmännisch, schwenkt den Wein einige Male im Glas, zieht den Duft anschließend nochmals durch seine Nase. »Dritte«, zwinkert er Sabrina zu. Dann hebt er das Glas nochmals gegen das Licht, zeigt ihr die öligen Spuren, welche der Wein am Bauch des Glases hinterlässt. »Ein gutes Zeichen.« Dann zieht er den ersten Schluck mit einem hörbaren Schlürfen in seinen Mund, zieht den Wein mit halboffenem Mund durch seine Zähne, um nach dem Schlucken mit einem mehrmaligen Öffnen und Schließen der Lippen sowie dem Streichen der Zunge über die Lippen ein genussvolles »Perfekt« über dieselben zu bringen.

Er schenkt die beiden Gläser ein, hebt das seine und prostet Sabrina zu, indem er es leicht nach links neigt. »Leicht gekreuzt anzustoßen ist, wie wenn sich zwei Herzen treffen«, philosophiert Roger, »sieht auch schöner aus, als wenn die Gläser frontal aufeinandertreffen.«

»Dann könnten wir auch gleich noch offiziell auf das Du anstoßen«, schlägt Roger vor und zeigt mit einer weiten Ausholbewegung seines rechten Arms an, dass er in Sabrinas Arm einhängen will.

Diese zögert nicht lange, hängt ebenfalls ein und nimmt mit einem deutlich hörbaren »Zum Wohl« in dieser etwas unbequemen Stellung einen ersten Schluck.

Noch bevor sie ihr »Fein, sehr gut« über die Lippen bringen kann, spürt sie schon Rogers Mund auf ihrem. »Bruderschaftskuss, das gehört dazu«, entschuldigt sich dieser lachend.

Sabrina ist so verdutzt, dass sie nicht anders kann, als ebenfalls in Rogers Lachen einzustimmen.

Da nimmt sie Roger in seine Arme, zieht sie zu sich. Sabrina scheint sich nicht zu wehren. Roger zieht sie noch näher zu sich hin und versucht, sie auf den Mund zu küssen, mit seiner Zunge in sie einzudringen. Sabrina lässt, so glaubt Roger, ihn gewähren, er will zu einem zweiten Kuss ansetzen, doch sie dreht ihren Kopf zur Seite.

Schnell sind auch seine Hände im Spiel, seine rechte Hand umfasst ihre Taille, wandert aufwärts, sucht ihre Brust. Sabrina wehrt sich, stößt ihn zurück.

»Nein, Roger, nein, lass das, das will ich nicht. Mach nicht den ganzen Abend kaputt.«

Roger drängt weiter, versucht, seine Hand unter ihr Shirt zu bringen, sucht den Kontakt zu ihrer Haut. Sein Körper ist über dem ihren, er presst sie ins Sofa. Noch einmal versucht er, sie zu küssen, wandert mit seiner Hand unter dem Shirt den Körper hinauf.

Sabrina ist wie gelähmt, kann nicht reagieren. Erst als Roger sich kurz von ihr löst, sieht sie ihre Chance, sich aus dieser Situation zu befreien. Sie schlüpft aus seiner Umklammerung, steht mit Schwung auf, packt ihre Unterlagen und die Jacke und stürmt zur Wohnungstür.

Mit einem »Schade, Roger, sehr schade« und einem erzürnten Blick lässt sie Roger zurück und verlässt die Wohnung, ohne die Tür zu schließen.

Roger hört Sabrina noch das Treppenhaus hinunterrennen, unfähig, irgendetwas zu tun. Denn in dem Moment, als sie sich von ihm gelöst hat, ist ihm schlagartig bewusst geworden, dass er einmal mehr die Kontrolle über sich verloren hat, sich von Alkohol und Trieb hat steuern lassen. Das, was ihm in seinem Leben schon öfters passiert, bisher aber glücklicherweise ohne Konsequenzen geblieben ist.

»Was sie nun wohl über mich schreiben wird?«, geht es Roger durch den Kopf. Er weiß, dass er mit seinem Annäherungsversuch in wenigen Sekunden alles kaputtgemacht hat, was er zuvor in einem guten Gespräch aufgebaut hat. Und dass, wenn etwas davon an die Öffentlichkeit kommt, er nicht nur als Autor, sondern auch als Mensch am Ende ist.

SAMSTAG, 14. JUNI

Eine Woche ist seit dem Unfall vergangen, eine Woche, während der Marcel alles daran gesetzt hat, möglichst schnell wieder seine Flugsicherheit zurückzugewinnen. So wie Skispringer nach einem Sturz möglichst schnell wieder über die Schanze fliegen, Radfahrer wieder in den Sattel steigen oder Kunstturner das missglückte Element nochmals turnen.

Denn er wusste, dass er eigentlich alles richtig gemacht hat, jedoch im falschen Moment gestartet ist. In einem Moment, in welchem er psychisch zu stark belastet war, einem Moment, in welchem er nicht hätte fliegen dürfen.

Gleich am Montag darauf hat er seinen Deltasegler zu einem befreundeten Händler gebracht, ihn überprüfen und die defekten Teile ersetzen lassen. Und bereits am Dienstagabend war er wieder kurz in der Luft, erneut mit Start ab Ebenalp. Nur so konnte er für sich das vergessen machen, was passiert war.

Es gibt noch einen weiteren Grund für Marcels inneren Drang: In einer Woche würde sich das erste Zeitfenster für den Kreuzbergflug öffnen!

Die Wetterprognose kündigt eine sonnige und trockene Woche an, und auch die Windstärken dürften zehn Stundenkilometer nicht überschreiten. Die wechselnden Winde sollen bis Ende der Woche mehrheitlich nur noch aus nördlicher und nordöstlicher Richtung einfallen. Nicht ideal für einen Start, aber machbar, ist sich Marcel sicher. Denn im Gegensatz zu einem Hangstart muss er ja beim

Start vom Gipfel nicht abheben, sondern *nur* den freien Fall seines Deltaseglers auffangen.

So steigen sie an diesem frühen Samstagmorgen zur »Bollenwees« auf, er, Bergführer Vinzenz mit einem weiteren Kollegen seiner Zunft, Roger Marty, der Fotograf und Journalist des Unternehmens, und drei weitere Freunde von Marcel. Schon dieser Teil des Projekts ist anstrengend, lässt sich doch der Transport des 30 Kilogramm schweren und rund fünf Meter langen Fluggeräts das Brüeltobel hinauf ins Plattenbödeli und von dort weiter in die »Bollenwees« trotz eines von Marcel selbst konstruierten Fahrgestells nur dank eines großen körperlichen Einsatzes aller Beteiligten bewerkstelligen.

Und einmal in der »Bollenwees« angekommen, ist das Tageswerk noch längst nicht erledigt. Denn der Deltasegler soll ja noch vor Eintritt der Dunkelheit zum Startplatz gebracht werden. Mit Vinzenz hat er, wie bereits Mitte April besprochen, die Route rekognosziert und mit ihm die Strategie festgelegt, wie das schwere Gerät sicher auf den Gipfel gebracht werden kann.

»Vinzenz, du sicherst bitte Roger, damit er in aller Ruhe und in Sicherheit fotografieren kann, wie wir das Material zum Start bringen, dein Kollege sichert uns, die den Deltasegler tragen«, instruiert Marcel bei der kurzen Kaffeepause auf der Terrasse sein Team.

»Bei euch alles in Ordnung, oder darf's noch ein Stück ›Schlorzifladen‹ zum Kaffee sein, ihr habt ja noch einen weiten und anstrengenden Weg vor euch«, wird er von Daniela unterbrochen, die eben an ihrem Tisch vorbeikommt.

»Oh ja, gute Idee, die ideale Verpflegung vor diesem Aufstieg«, lässt sich Roger schnell überzeugen und zieht mit seiner spontanen Entscheidung gleich die ganze Gruppe mit.

Wenig später geht es los in Richtung Saxer Lücke – des einfachsten Teilstücks auf dem Weg zum Gipfel. Denn von dort aus und in Richtung Roslenalp ist der Weg teilweise schon ziemlich exponiert und fordert von der Transportcrew äußerste Konzentration. Außer dem Fluggerät und dem Klettermaterial haben sie alles Gepäck in der »Bollenwees« belassen, wo sie auch den Abend und die Nacht verbringen wollen.

In der Roslenalphütte, die von Anfang Mai bis Ende Oktober an den Wochenenden wohl bewartet, aber nicht immer bewirtet ist, kehren sie nochmals ein, bevor es zum Einstieg in den Kreuzberg III geht. Kurz nach der Roslenalphütte verlassen sie den Bergweg nach links und steigen auf der Wegspur hinauf zur Scharte zwischen dem III. und IV. Kreuzberg, die bereits von der Roslenalphütte aus gut zu erkennen war. Auf dem immer steiler werdenden Aufstieg ist kurz vor der Scharte eine Rinne zu durchklettern, bevor es dann, zum Teil etwas ausgesetzt, zum Einstieg zwischen dem III. und IV. Kreuzberg hochgeht.

Dort steigt Vinzenz mit Roger am Seil zuerst ein, sucht für seinen Gast die besten Plätze, von wo aus er mit sicherem Stand und zusätzlich durch den Bergführer gesichert gut fotografieren kann. Und Roger, der Vinzenz ohne Hemmung gestanden hat, dass er nicht restlos schwindelfrei ist, freut sich über diese Gelegenheit, spektakuläre Bilder schießen zu können.

Denn nicht alle Tage schleppt eine Seilschaft einen fünf Meter langen Deltasegler einen Berg hoch, der für die meisten Wanderer ohne Unterstützung durch erfahrene Bergsteiger kaum zu bewältigen ist. Und Roger ist zufrieden mit seinen Bildern, was regelmäßige kurze Checks der Aufnahmen bestätigen.

Schwierig wird es jeweils, wenn das Trägerteam am Fotografen vorbeigeklettert ist und dieser die Gruppe überholen muss, um wieder in eine gute Position zu kommen. Die Gruppe um Marcel muss dann jeweils auf der eh schon schmalen Route zur Seite rutschen und den Segler so in Position bringen, dass dieser den Aufstieg der Zweierseilschaft nicht behindert. Einerseits ein mühsames Unterfangen, andererseits eine willkommene Pause für die Schwerstarbeiter.

Der Aufstieg hat die beiden Seilschaften nach dem Einstieg kurz auf die Rheintaler Seite geführt, von wo der öffnende Kamin sichtbar ist, der zum Gipfel führt. Der Kamin ist gut begehbar, doch ohne Unterstützung der Hände geht es stellenweise nicht. Und da die Route sehr oft begangen wird, sind die Tritte und Griffe zum Teil schon stark abgenützt und erfordern äußerste Konzentration. Den Trägern bleibt in diesen Passagen nur noch eine Hand, um das Fluggerät in die richtige Richtung zu bringen. Ab und zu müssen sie aber auch für eine sicherere Route die Seite wechseln, bevor der Kamin dann im letzten Teil immer enger wird.

Der letzte Teil zum Gipfel hat es dann nochmals in sich. Auch wenn es nur eine kurze Kletterstelle ist, die als II. Grad eingestuft wird und damit eine Drei-Punkt-Haltung erfordert, wird deren Überwindung mit Ausnahme der beiden Bergführer für die Träger zur großen Herausforderung. Zwei von ihnen klettern gesichert vor, ziehen den Deltasegler hoch, sichern auch diesen, der Bergführer steigt wieder ab und bringt auch die anderen zwei zum neuen Standort, dann beginnt das Prozedere von Neuem. Auch wenn ordentliche Griffe und Tritte vorhanden sind, ist von den Kletterern ein erheblicher Kraftaufwand gefordert, um sich und das schwere Gerät hochziehen zu können.

Doch so schaffen es alle, auch der Deltasegler, sicher auf den Gipfel, eine kleine feste Fläche mit Geröll und einer aus losen Steinen aufgeschichteten Gipfelpyramide auf 2.020 Metern über Meer.

»Danke, meine Freunde, der erste Teil ist damit geschafft«, freut sich Marcel und bedankt sich bei jedem im Team persönlich für seine Unterstützung.

»Und du, Roger, konntest du einige gute Bilder schießen?«, fragt er beim Fotografen nach. »Ich denke, du wirst zufrieden sein«, schmunzelt dieser.

Marcel packt sein Material aus und baut seinen Deltasegler zusammen. Einerseits will er nochmals das Material durchchecken und sichergehen, dass beim Aufstieg durch den Kontakt mit dem Fels, der oft nicht zu vermeiden war, keine Teile beschädigt worden sind. Andererseits soll der aufgebaute Segler auch zeigen, wie wenig Platz dann noch auf der kleinen Gipfelfläche bleibt.

Roger bewegt sich die ganze Zeit des Aufbaus um Marcel und das Fluggerät herum, fotografiert die einzelnen Phasen des Zusammensetzens, schießt Bilder von technischen Details des Hochleistungsseglers, hält den konzentrierten und fokussierten Gesichtsausdruck von Marcel fest.

Selbst als Marcel schon längst wieder bei seinen Freunden sitzt und mit den Flugkollegen nochmals das geplante Startprozedere durchgeht, kann er sich nicht vom Deltasegler lösen. Einerseits, weil dieses technische Gerät in exponierter und freier Natur einen dieser Gegensätze darstellt, die er so gerne fotografisch festhält. Auf der anderen Seite ist er fasziniert von der filigranen Technik des

Geräts, das sich auf das Tuch, das Gestell aus Leichtmetallröhrchen und einige Verstrebungen reduziert. Ein technisches Wunder, dass das feine Material diese große Belastung aushält, überlegt er sich; da würde es vermutlich nur eine kleine Schwachstelle in einem der Rohre brauchen, dass die ganze Statik zum Teufel ist.

Nachdem das Gerät wieder verpackt ist und nach einer kurzen Pause geht es die gleiche Route hinunter, der von den beiden Bergführern professionell gesicherte Deltasegler bleibt zurück. Der Abstieg erweist sich keinesfalls als einfach, da die Schlüsselstelle rückwärts zu klettern ist und die Füße einige Male ins Leere tappen.

Am Abend ist dann in der »Bollenwees« Geselligkeit angesagt, wobei sich alle – auch Roger – mit dem Alkoholkonsum zurückhalten. Denn nach dem, was sie heute erlebt haben, wissen sie, dass es morgen auch ohne Fluggerät kein Zuckerschlecken werden wird.

Marcel verlässt seine Freunde schon früh in Richtung Zimmer, die beiden Bergführer folgen ihm, und innerhalb einer Stunde sind bis auf Roger auch alle anderen verschwunden. Daniela setzt sich zu ihm, da nur noch wenige Gäste anwesend sind, die ihre Dienste beanspruchen.

»Na, Roger, freust du dich auf morgen?«, beginnt sie das Gespräch.

»Ja schon, wenn auch ein gewisses Unbehagen bleibt. Marcel ist ja ein erfahrener Pilot, aber passieren kann immer etwas. Und einfach wird es sicher nicht werden von diesem kleinen und exponierten Startplatz aus, da muss einfach alles passen.«

»So wie ich es mitbekommen habe, hat Marcel aber auch gesagt, dass er sich, falls er nur die geringste Unsicherheit spürt, für den Abbruch des Projektes entscheiden würde.«

»Ja, das stimmt. Aber wie oft stützen wir uns auf dem Glauben ab, dass unser Leben von unseren Entscheidungen abhängt, dass wir bestimmt haben, was wir geworden sind, und wir bestimmen können, wie unser Leben weitergeht. Dabei übersehen oder verdrängen wir gerne, dass der größte Teil unseres Schicksals vom Zufall und weniger von unseren weisen Entscheidungen abhängt«, philosophiert Roger.

»Wobei wir den Zufall auch beeinflussen können, so wegen vorbereitetem Geist und so«, lacht Daniela, »das ist ja eines deiner Zitate, die du immer wieder erwähnst.«

»Wobei dies aber nicht die einzige Möglichkeit ist, den Zufall zu beeinflussen«, fügt Roger mit ernster Miene an.

Lange dauert das Gespräch nicht mehr, Daniela wird von den Gästen verlangt, und Roger muss – obschon er lieber noch eine Weile aufgeblieben wäre – ins Bett, um morgen frisch zu sein. Er verabschiedet sich von Daniela mit der Bemerkung, dass er zuerst noch ein wenig frische Luft schnappen müsse, und verlässt das Gasthaus.

Der Morgen kommt nicht nur für Roger schneller, als ihm lieb ist. So sitzen die Mitglieder des Deltaprojektes mehrheitlich ruhig beim Frühstück und genießen die Stärkung vor dem erneuten Anstieg zur Saxer Lücke, der Roslenalp und zum Einstieg in den Kamin des III. Kreuzberges.

Mit den Erfahrungen des Vortages und ohne Last empfinden Marcel und seine Trägerkollegen den Aufstieg wesentlich einfacher und weniger anstrengend. Und auch Roger genießt es, einfach drauflosmarschieren und -klettern zu können, denn von diesem Aufstieg braucht es keine Bilder.

Auf dem Gipfel baut Marcel erneut seinen Deltasegler zusammen, stumm beobachtet von seinen Kollegen, die ihn in seiner konzentrierten Vorbereitung nicht stören wollen. Und auch von Roger durch das Teleobjektiv seiner Kamera, welches er nun aufgesetzt hat, um in Distanz bleiben zu können.

Dann ist es soweit, Marcel teilt seinen Begleitern mit, dass er bereit sei. Er klickt sein Gurtzeug am Segler ein und hebt sein Fluggerät an. Roger hat sich so weit an die Kante des Startplatzes auf der Rheintalerseite begeben, wie er in Anbetracht seiner doch eingeschränkten Schwindelfreiheit kann, gesichert durch Vinzenz. Die anderen kauern hinten und seitlich des Deltaseglers – die kurze, ja sehr kurze Startbahn ist frei.

Marcel schaut nochmals links und rechts: »Danke, meine Freunde, auf geht's!«

»Viel Glück, Marcel!«, hallt es mehrstimmig zurück.

Marcel läuft los.

FREITAG, 18. JULI

»Ich hab's!« Max stürmt ins Büro von Bruno, ein Blatt Papier in der Hand. »Jetzt weiß ich, woher ich das Kreuz kenne!«

»Dann schieß mal los!« Bruno kann die Erklärungen kaum erwarten, denn seit zwei Tagen drehen sich seine Gedanken nur noch um die Tote von den Rainhütten, für die er noch keine logische Zuordnung gefunden hat. Vielleicht liefert ja das Kreuz einen ersten Hinweis.

»Das Kreuz symbolisiert die russisch-orthodoxe Kirche! Der untere schräge Querbalken mahnt zur Entscheidung zwischen ›Hölle‹ und ›Himmel‹ oder weist darauf hin, dass Jesus in eine demütigende Position gezwungen wurde, indem er auf dem Querbalken seine Füße abstellen musste – darüber gibt es unterschiedliche Auffassungen.«

»Gut«, brummelt Bruno, seinen Blick auf die Abbildung des Kreuzes gebannt, die ihm Max auf seinen Schreibtisch gelegt hat. »Das könnte darauf hinweisen, dass die Tote aus dem Osten stammt – aber ebenso kann sie aus Deutschland oder Österreich kommen, wo die russisch-orthodoxe Kirche auch stark vertreten ist, wenn ich mich recht erinnere.«

»Stimmt, aber sie kann auch aus Basel, Bern oder Genf kommen, dort gibt es auch orthodoxe Gemeinden«, ergänzt Max etwas enttäuscht, »das hilft uns nicht wirklich weiter.«

»Ich glaube nicht, dass ihre Herkunft entscheidend war für das, was ihr angetan wurde, sondern eher ihr Aussehen oder ihr Geschlecht«, wagt Bruno erste Erklärungsversuche.

»Oder ihr Glaube«, fügt Max an, »denn falls kein Sexualdelikt vorliegt – was wir ja heute Nachmittag in der Rechtsmedizin erfahren werden –, muss es doch ein anderes Motiv geben.«

»Du glaubst wirklich, dass an dem, was Anita gesagt hat, etwas dran ist, dass sich eine fundamentalistische Strömung bei uns breitmacht?«, fragt Bruno ungläubig.

»Vielleicht, ganz ausschließen dürfen wir es nicht«, fordert Max, »doch dazu müsste ich etwas tiefer in die Materie eintauchen und herausfinden, wo denn die Unterschiede zwischen der russisch-orthodoxen und unserer katholischen Kirche liegen.«

Knapp zwei Stunden später taucht Max erneut in Brunos Büro auf und klärt diesen über die Resultate seiner Recherchen auf: »Die orthodoxen Kirchen, so auch die russisch-orthodoxe, ist überzeugt, dass sie die ursprüngliche Kirche ist, von der sich alle übrigen im Laufe der Geschichte abgespalten oder entfernt hätten – auch die römisch-katholische Kirche. Dieser wirft die russisch-orthodoxe Kirche ›Proselytismus‹ vor, das heißt, der katholischen Kirche wird unterstellt, dass sie Gläubige aus anderen Konfessionen, Kirchen und Glaubensgemeinschaften abwirbt und zum Eintritt in die eigene Konfession oder kirchliche Gemeinschaft drängt. Die katholische Kirche hingegen ist überzeugt, dass auf Gläubige der römisch-katholischen Kirche Druck ausgeübt wird, um sie zum Wechsel in die Orthodoxie zu bewegen.«

»Ein Kampf um Gläubige, um Anhänger der eigenen religiösen Überzeugung, ein Verteidigungskampf um das eigene Glaubensterritorium?« Bruno schaut Max fragend an.

»Ja, könnte man so erklären«, stimmt ihm Max zu, »denn theologisch gibt es zwischen den beiden Kirchen keine großen Unterschiede. Außer dass sich die orthodoxe Kirche als eine ausschließlich Gott verehrende Religionsgemeinschaft versteht, die ihren wahren Ursprung in der Urgemeinde Jerusalems hat und die den Papst als Vertreter Gottes und die von ihm beanspruchte Unfehlbarkeit ablehnt. Die orthodoxen Russen verstehen Kirchen als definitiven Aufenthaltsort Gottes, deshalb gibt es dort nur Gesang, keine Orgel oder sonstige Musikinstrumente. Den spirituellen Zugang zur Welt Gottes bieten Ikonen, die aber nicht angebetet, sondern höchstens verehrt werden.

Während des Gottesdienstes stehen die Gläubigen aus Ehrfurcht vor dem Leiden Christi – und dies oft über Stunden. Die Kirchenfeiertage werden nach dem julianischen Kalender, nicht nach dem bei uns üblichen gregorianischen gefeiert, das wichtigste kirchliche Fest ist Ostern. Die orthodoxe Kirche pflegt einen strengen Moralkodex und verurteilt rigoros Homosexualität, vorehelichen Sex und Abtreibung. Weltweit sind übrigens nur etwa vier Prozent der Bevölkerung orthodox gläubig gegenüber 23 Prozent Katholiken.

Weit wichtiger dürften aber die Mentalitätsunterschiede sein, die zu einer arroganten Haltung einander gegenüber führen und zum jeweiligen Anspruch, die einzig wahre Kirche zu sein, zu der die anderen bekehrt werden müssen. Dazu kommen die politischen und kriegerischen Auseinandersetzungen zwischen den beiden Konfessionen – die Eroberung Konstantinopels im vierten Kreuzzug im 13. Jahrhundert, die erneute Eroberung Konstantinopels im 15. Jahrhundert und der bis heute andauernde Konflikt zwischen Kroaten und Serben.«

»Da hast du ja einiges herausgefunden«, lobt Bruno seinen Mitarbeiter, »doch wirklich schlau werde ich daraus noch nicht. Ich hoffe aber, dass uns nachher Heinz Brunner mit den Resultaten der Autopsie weiterhelfen kann.«

»Grundsätzlich denke ich, dass Andersdenkende und Andersgläubige oft als Bedrohung angesehen werden und dass es nicht so sehr darum geht, worin die Unterschiede wirklich liegen. Wobei es ja nicht die objektiven Unterschiede sind, die zu einer vermeintlichen Bedrohung führen, sondern deren subjektive Bewertung durch die Betroffenen«, ergänzt Max.

In der Rechtsmedizin in St. Gallen angekommen, lassen sie sich zuerst von Heinz Brunner die Resultate der Autopsie erläutern.

»Ich lag mit meinen Vermutungen richtig, Eintritt des Todes plus minus zehn Tage, bevor wir die Leiche gefunden haben, das heißt mit größter Wahrscheinlichkeit am Sonntag, dem 6. Juli. Todesursache, wie ebenfalls bereits vermutet, Erwürgen – Zungenbein und Kehlkopf sind gebrochen. Was darauf hinweist, dass wir es mit einem kräftigen Täter zu tun haben, eher Mann als Frau, der seine ganze Kraft eingesetzt hat, um das Opfer mit bloßen Händen zu töten.«

»Sexualdelikt?«, fragt Bruno nach.

»Ob es ein Delikt war, kann ich nicht beurteilen, da Spuren von Gewalt nicht zu erkennen sind. Aber Spuren von sexueller Aktivität konnten wir dank der RNA-Analyse nachweisen, die Frau hatte kurz vor ihrem Tod noch ungeschützten Geschlechtsverkehr. Was die Hypothese, dass der Täter ein Mann war, ebenfalls unterstützt«, führt der Leiter der Rechtsmedizin aus.

»RNA-Analyse, meinst du DNA?« Max ist verunsichert.

»Die DNA sagt etwas über die Identität des Menschen aus, das heißt, wem wir diese zuordnen können. Die RNA, die Ribonukleinsäure, gibt uns zusätzlich Hinweise auf die Umstände einer Tat und wie diese abgelaufen ist. Die RNA ist wie die DNA ein Bestandteil jeder menschlichen Zelle, die in dieser einige chemische Prozesse steuert. Sie kann uns anzeigen, von welchem Gewebe die Proben am Fundort stammen.«

»Und in unserem Fall kannst du nun nachweisen, dass es keine Vergewaltigung war?«, fragt Max ungläubig nach.

»Wir können bei einer Mischspur nach einer vermuteten Vergewaltigung feststellen, ob Speichel, Sperma, Vaginalsekret und/oder Blut enthalten sind. Und auch, um welche Art Blut es sich handelt – um Blut aus einer Verletzung oder um Menstruationsblut. Nachdem in unserem Fall keine Spuren von Blut erkennbar sind, sondern nur Sperma und Vaginalsekret, können wir davon ausgehen – aber 100-prozentig sicher ist es nicht –, dass es zu keiner Gewaltanwendung gekommen ist.«

»Nicht beim Geschlechtsverkehr, aber offensichtlich kurz danach«, fügt Bruno an.

»Da die Leiche vollständig angezogen war, würde dies heißen, dass der Täter ihr nach dem sexuellen Kontakt zumindest noch Zeit gab, sich anzuziehen, bevor er sie erwürgt hat«, ergänzt Max.

»Das heißt, wir haben eine Frau, von der wir nicht wissen, woher sie stammt, die sexuellen Kontakt mit einem Mann hatte, anschließend umgebracht und in den Wald geworfen wurde«, fasst Bruno zusammen. »Nicht wirklich viel.«

»Und die der russisch-orthodoxen Kirche angehörte«, ergänzt Max. Er erzählt dem Rechtsmediziner, was er herausgefunden hat, und versucht, ihm auch seine Überlegungen zu einem möglichen religiösen Motiv darzulegen.

»Das wäre durchaus denkbar«, stimmt ihm Heinz zu. »Menschen, die sich existenziell bedroht fühlen, schaffen sich Strukturen, die ihnen das Gefühl geben, unsterblich zu sein. Solche Strukturen beruhen psychologisch gesehen auf einem positiven Selbstwert, der auf eigenen Leistungen oder auf einer Gruppenmitgliedschaft aufbaut, die als wertvoll betrachtet wird. Oft ist es auch ein System kultureller – oder eben religiöser – Überzeugungen, das eine klare Richtung vorgibt und durch die Stabilität der Überzeugung im Leben dieser Menschen Sicherheit und Kontrolle bietet.«

»Die Religion als innerer Halt und als Stärkung des eigenen Selbstwertgefühls?«, fragt Bruno nochmals nach.

»Ja, und da diese psychologischen Strukturen den Menschen Lebenssinn, Stabilität und Kontrolle vermitteln, verteidigen sie diese ihnen so wichtigen Anliegen vehement. Diesen Menschen fällt es oft schwer, neue Ideen und Veränderungshinweise anzunehmen. Denn bedrohen diese das eigene Selbst oder die eigene Gruppe und damit auch die gemeinsame Überzeugung, resultiert daraus eine Ablehnung der neuen Ideen und ihrer Träger«, bestätigt Heinz Brunner.

»Die eigene Überzeugung wird verteidigt und alles Neue, Verändernde abgelehnt – wenn es sein muss, mit allen Mitteln«, fasst Bruno zusammen. »Doch dazu passen aus meiner Sicht die Spuren des sexuellen Kontakts nicht. Bevor der Täter die Andersartige umbringt, vereinigt er sich noch mit ihr?«

»In diesem Fall wäre auch ein anderes Motiv möglich. Hypothetisch könnte es auch ein Sexualdelikt sein, das heißt, nach einvernehmlichem Sex bringt der Mann sie um, um zu vertuschen, was vorher geschehen ist. Beziehungsweise um zu verhindern, dass sie dies weitererzählt. Was aber eher darauf hinweisen würde, dass sie sich ihm nicht ganz freiwillig hingegeben, sondern – vielleicht aus Angst – seinem Drängen nachgegeben hat.«

»Oder«, spinnt Max mögliche Szenarien weiter, »wir haben es mit einer Kombination aus beidem zu tun. Der Mann bedrängt die junge Frau, will mit ihr Sex haben, kommt zum Ziel, wie auch immer. Doch dann bemerkt er, dass sie nicht nur aus einer anderen Kultur stammt, sondern auch einer anderen Kirche angehört.«

»Das Kreuz«, unterbricht ihn Bruno.

»Ja, das Kreuz, das seine eigene religiöse Überzeugung und ihn damit auch existenziell bedroht«, erklärt Max weiter. »Und um diese Bedrohung abzuwenden, sieht er keine andere Möglichkeit, als die Frau umzubringen – und verhindert damit gleichzeitig, dass jemand von diesem sexuellen Kontakt erfährt.«

»Wir hätten es dann mit einem körperlich starken Mann zu tun, aber auch mit einem Mann, der in seinem Selbstwertgefühl sehr verletzlich ist«, versucht Bruno ein mögliches Täterprofil zu erstellen.

»Und der für den Erhalt seiner religiösen Überzeugung bereit ist, zu töten«, fügt Max an.

»Ich habe eine DNA-Probe in die zentrale DNA-Datenbank des Bundes eingegeben, die ja wie die Fingerabdruck-Datenbank von den ›AFIS DNA Services‹, dem ›Automated Fingerprint Identification System‹, beim Bundesamt für Polizei verwaltet wird. Zusätzlich wird die

DNA der Toten auch mit den Daten der Interpol-Datenbank verglichen. Bei 190 daran angeschlossenen Staaten ist die Chance groß, dass wir herausfinden, um wen es sich bei der Toten handelt – sofern ihr schon einmal eine Probe entnommen worden ist«, beschreibt Heinz Brunner weitere Schritte, die er bereits eingeleitet hat.

»Wenn wir das wissen, müssen wir noch herausfinden, was die junge Frau in den Alpstein geführt hat, wo sie von wem mit wem gesehen wurde, ob es Verbindungen zu Personen aus der Region gibt«, gehen die Überlegungen von Max bereits weiter.

»So oder so wartet noch eine Menge Arbeit auf uns. Und Erwartungen, die von uns erfüllt werden müssen. Denn die Menschen hier wollen wissen, was um sie herum passiert, wollen ein Gefühl der Sicherheit, wieder ein Gefühl der Sicherheit. Es ist genug passiert in den letzten Jahren, was das Vertrauen in uns erschüttert hat, wir können es uns nicht leisten, diesen Fall nicht aufzuklären.« Brunos Tonfall hat sich von einem eher resignierten in einen eindringlichen gewandelt, der Max zeigt, dass sein Chef wieder aus der Lethargie der letzten Monate erwacht und bereit ist, alles in die Aufklärung dieses Tötungsdeliktes zu investieren.

»Dann lass uns nach Appenzell zurückfahren und dort weiterarbeiten«, fordert er Bruno auf, »ich hab da schon eine Idee, wo wir ansetzen könnten.«

SONNTAG, 6. JULI

Nichts hält Lydia mehr im Bett, als die ersten Sonnenstrahlen ihre Bettdecke erreichen. Ein Blick aus dem geöffneten Fenster zeigt ihr: ein wunderschöner Sommertag, wolkenloser Himmel, bereits am Morgen sommerliche Temperaturen, trocken.

Schnell wählt sie Antons Nummer, kann kaum erwarten, seine Stimme zu hören. »Morgen, Schatz, gut geschlafen? Gehen wir zusammen in die Höhe, ist ja ein wunderschöner Tag, da müssen wir raus«, sprudelt es aus ihr heraus.

Eine knappe Stunde später steht Antons Auto vor ihrer Tür, wo es auch bleibt. Denn jetzt geht es gleich zu Fuß los. Zuerst dem Brüelbach nach in Richtung Brülisau, dann links hinauf Richtung Ober Leugangen und Cher, von dort wieder hinunter nach Wasserauen. Den steilen Aufstieg über das Hüttentobel meistern sie ohne Mühe, sind jedoch beide froh, als sie aus dem Schatten wieder in die Sonne kommen. Nach den Chli- und Gross-Hütten steigt der Weg an Richtung Schirmhütte. Der Schrennenweg ist exponiert und eröffnet einen wunderschönen Blick über die Seealp und den Seealpsee. Im Sommer wird der Weg an einigen Stellen mit einem Drahtseil gegen die Talseite abgesichert, was auch weniger höhenerfahrenen Wanderern ermöglicht, ihn zu begehen. Denn Lydia weiß aus eigener Erfahrung, dass im Frühjahr, wenn das Seil noch nicht gezogen ist, und erst recht, wenn noch etwas Schnee liegt, der Weg eine ziemliche Herausforderung ist. Vor allem, wenn jemand – wie sie – nicht ganz schwindelfrei ist.

Lydia wirft einen Blick in die Schirmhütte: »Wenn man hier auf über 1.400 Metern über Meer in ein Gewitter kommt oder das Wetter umschlägt, ist man sicher froh um diesen Notunterstand, auch wenn er nicht viel Platz bietet.«

»Früher wurde diese Strecke hinauf in die Meglisalp noch viel intensiver genutzt. Bereits aus dem 19. Jahrhundert, als die ›Säntisträger‹ Lebensmittel auf den Säntis schleppten, stammt auch die Hütte. Jetzt ist sie wieder schön hergerichtet worden – schade, dass einige Wanderer einfach ihren Abfall hier liegen lassen«, ergänzt Anton.

Der Weg führt im Hang weiter hinauf, rechts fällt das Gelände so steil ab, dass man das Gefühl hat, man könnte direkt von hier oben in den über 300 Meter tiefer gelegenen Seealpsee springen. Auf dem höchsten Punkt, dem Chruxböhl, angekommen, eröffnet sich den beiden die Sicht über die Meglisalp mit der markanten kleinen Kirche »Maria zum Schnee«, dem dominanten, 1898 fertiggestellten Berggasthaus und den zahlreichen kleinen Alphütten.

Kurze Zeit später sitzen sie auf der Terrasse des Berggasthauses, haben sich selber am Zapfhahn mit einem »Saft« bedient und genießen die säuerlich-fruchtige Erfrischung. Bisher war die Route noch kein Thema, sie sind einfach losmarschiert, wie sie es oft machen, sie lassen sich spontan von der Umgebung inspirieren, die Route entsteht beim Gehen.

»Wie wollen wir weiter?«, fragt Lydia ihren Freund, »hast du eine Idee, eine Vorliebe, Lust auf etwas Bestimmtes?«

»Spitzigstein, Rotsteinpass, Altmannsattel, schnell auf den Altmann klettern, wenn wir Lust haben, Häderen, Fälenalp, Bollenwees, Plattenbödeli und Pfannenstiel beziehungsweise zu dir nach Hause«, schlägt Anton vor. »Wär doch was, was meinst du?«

»Dann wissen wir am Abend, was wir gemacht haben, eine Monstertour«, lacht Lydia, »klar, ich bin dabei!«

Schnell gewinnen sie auf dem kurzen und steilen Stück bis zum Spitzigstein 100 Meter Höhe und kommen zur Alphütte mit ihrem markanten gelben Giebel. Der Sage nach ließ ein unheimlicher Fremder einen riesigen Stein auf die Alp, die einem Josua gehörte, hinunterrollen. Als Strafe dafür, dass ihm dieser nicht wie vereinbart seine Alp geben wollte, im Gegenzug dafür, dass er auf der unteren Alp, die einem Meggelin gehörte, das Wasser hatte versiegen lassen. Denn aus Sicht von Josua war der Auftrag nicht erfüllt worden, da Meggelin noch immer auf seiner Alp war. Ein Zauber von Zwergen sorgte trotz versiegter Quelle jeden Morgen für einen gefüllten Brunnen. Seine Überzeugung bezahlte der arglistige Senn Josua so unter dem schweren Stein, der auch seine Alphütte zerstörte, mit seinem Leben.

Vom Spitzigstein aus geht es dann in südwestlicher Richtung über die Alp Oberchellen und die Schafmad knapp 500 Höhenmeter hinauf auf den Rotsteinpass.

Lydia genießt die Wanderungen mit Anton. Sie sind jeweils zügig unterwegs, benötigen nur rund zwei Drittel der auf den Wegweisern angegebenen Zeiten. Und doch kommt der Genuss nicht zu kurz, beide sind sehr bewusst in der Wahrnehmung, was um sie herum abläuft, wie sich die Landschaft seit dem letzten Besuch verändert hat, freuen sich ob der vielfältigen Flora mit der Skabiosen-Flockenblume, dem weidenblättrigen Rindsauge, der Prachtsnelke, dem Blauen Eisenhut, den Alpenrosen, der Sumpfdotterblume und wie die Blumen und Sträucher alle heißen. Und ab und zu versuchen sie, das Murmeltier zu erkennen, das schon aus sicherer Distanz seine Artgenossen vor den Wanderern warnt – meist jedoch ohne Erfolg.

Lydia und Anton brauchen keine Worte, um sich zu verstehen, um zu spüren, wie es dem anderen geht. Sie reden gerne miteinander – sprichwörtlich gerne über »Gott und die Welt« –, aber bei ihren gemeinsamen Wanderungen gibt es auch oft längere Phasen, während derer sie stumm hintereinander hergehen, eintauchend in die Ruhe des Alpsteins, versunken in ihre eigenen Gedanken.

Lydia taucht wieder ab in ihre Gedankenwelt, in welcher sich seit einer Woche alles nur noch um »Hitz ond Brand«, um ihre Glaubensgemeinschaft, dreht. Noch gestern hat sie in Appenzell zufällig Chläus gesehen, der an der Abzweigung Poststrasse/Hauptgasse aus vollster Überzeugung seine Botschaft verkündet hat. Sie war erneut fasziniert von Chläus' Rhetorik, aber auch von der Wirkung, die teilweise in den Gesichtszügen der Zuhörerinnen und Zuhörer zu erkennen war. Aber auch bei denen, die eher lächelnd oder regungslos der Rede folgten, war für Lydia die Zustimmung deutlich zu spüren.

Gerne wäre sie auf Chläus zugegangen und hätte ihm nochmals ihre Faszination und Überzeugung für die Sache mitgeteilt, wie auch ihre bedingungslose Treue zugesichert. Doch es waren zu viele Menschen um ihn herum, es wäre nicht möglich gewesen, mit ihm in Kontakt zu treten, ohne die vereinbarte Verschwiegenheit zu gefährden.

Lydia braucht die Geborgenheit in dieser kleinen und engen Gemeinschaft, zu der sie nun seit einer Woche auch offiziell dazugehört. Dass sie zum Glauben und vor allem zu dieser Glaubensgemeinschaft gefunden hat, hat sicher mit dem zu tun, was sie in ihrer Kindheit erlebt hat – aber auch einfach damit, dass sie im Glauben und der Gemeinschaft Halt findet, der ihr guttut. »Hitz ond Brand« ist ein Stück Lebenshilfe für sie.

In ihrem persönlichen Umfeld hat sie wahrgenommen, dass die Kirchenzugehörigkeit schon seit längerer Zeit zurückgeht und auch keine Trendwende zu erkennen ist. Andererseits ist das religiöse Bewusstsein in der Schweiz und vor allem in Kantonen wie dem ihren sehr stark ausgeprägt und scheint bei den jungen Menschen noch stärker zu werden. Lydia kann sich diese Rückbesinnung auf religiöse Wurzeln als eine Reaktion auf eine globale Verunsicherung erklären, die durch politische Umbrüche und wirtschaftliche Krisen zugenommen hat.

Für sie stimmt es aber auch, dass in ihrer Gemeinschaft keine offene Reflexion und Diskussion über die Glaubenslehre geführt wird, sondern diese als vorgegeben akzeptiert wird. Obwohl dieser Dogmatismus von vielen verurteilt wird, gibt diese Haltung Lydia Gewissheit, bestärkt ihr Ich wie ein zusätzliches Rückgrat. Sie weiß, dass sie auf der richtigen Seite steht, genießt ihre Heilsgewissheit. Solange dieses Fundament nicht infrage gestellt wird, lässt sich damit auch gut leben. Doch gegen Kritik an ihrer Art, zu glauben, schottet sie sich ab, wehrt sich heftig dagegen – auch aus Angst, dass kritische Fragen ihren Glauben unterminieren könnten.

Glauben ist für Lydia mehr als eine Lebenshaltung, die sich an einer Glaubenstradition und -gemeinschaft orientiert – Glauben hat sich für sie zu einer verdichteten Erfahrung entwickelt, ist für sie zu einer eigentlichen Ideologie geworden.

Unterdessen haben Anton und Lydia den Rotsteinpass und das gleichnamige, 1934 erbaute Berggasthaus auf 2.124 Metern über Meer erreicht. Noch einmal genießen sie auf der Terrasse eine kurze Pause, die Sonne und die herrliche Aussicht zurück Richtung Freiheit und Hundstein, hinunter ins Toggenburg und hinauf zum Säntis. Und beobachten interessiert die Wanderer, welche die Fliswand Richtung Altmannsattel hinaufklettern oder von diesem hinuntersteigen.

»Ziemlich Verkehr heute«, lacht Anton und zeigt in die Wand, in welcher sich die Wanderer wie Farbtupfer in Einerkolonne nach oben bewegen. Immer wieder stockt der Fluss, kleinere Gruppen suchen einen sicheren Standplatz, um entgegenkommende Wanderer passieren zu lassen. Und ab und zu ist auch das Aufschlagen von Geröll, das sich gelöst hat, zu hören. »Nicht ganz ungefährlich, vor allem, wenn die Steinböcke unterwegs sind«, bemerkt Anton, »ich hab schon mehrfach erlebt, wie sie über unseren Köpfen Steine losgetreten haben.«

»Ja, eigentlich ein Wunder, dass nicht mehr passiert«, stimmt Lydia zu, »aber dafür hat man aus der Wand heraus eine herrliche Aussicht auf den Säntis.« Entlang der gespannten Drahtseile und dank zahlreicher metallener Tritte in den schwierigsten Passagen lässt sich der Anstieg, der beinahe in Falllinie auf den 2.336 Metern über Meer gelegenen Altmannsattel führt, auch ohne Klettererfahrung gut bewerkstelligen. Von dort ist der Einstieg in die kurze Kletterpassage zum Altmanngipfel, dem mit 2.436 Metern nach dem Säntis zweithöchsten Gipfel des Alpsteins, schnell erreicht.

Lydia und Anton lassen die Rucksäcke beim Einstieg zurück. Der Aufstieg zum Gipfel ist einfach zu klettern, übersteigt den zweiten Schwierigkeitsgrad nicht und wird an heiklen Stellen durch eingeschlagene Eisenstifte erleichtert. Doch der speckige Fels ist nicht nur bei Nässe rutschig und gebietet Vorsicht. Der Übergang über den Grat zum Gipfelkreuz ist ausgesetzt und erfordert auch die Durchsteigung einer Scharte. Wer wie Lydia die hier geforderte Schwindelfreiheit nicht mitbringt, kann diese Stelle, wie auf einem Pferderücken sitzend, rutschend auf dem Hosenboden überwinden.

Die Rundsicht über den Bodensee, das Appenzellerland, das Rheintal, die Allgäuer Alpen, den Bregenzerwald, das Verwall – die Untergruppe der Zentralen Ostalpen in Österreich –, die Ostalpengebirgsgruppe Rätikon, die Silvretta, die Bündner, Glarner und Berner Alpen, die Rigi und den Zürichsee ist durch die exponierte und unverbaute Lage grandios. Eine Aussicht, die Lydia und Anton einen Blick nach Deutschland, Österreich und Liechtenstein, aber auch in große Teile der Schweiz ermöglicht.

Die beiden können kaum genug kriegen von dieser Schönheit, die sich ihnen offenbart. Ohne sich abzusprechen, falten sie beide ihre Hände und fallen in ein kurzes lautloses Gebet, um sich dafür zu bedanken. Auf dem gleichen Weg geht es dann wieder zurück zu den Rucksäcken und anschließend den steilen und sehr steinigen Weg hinunter Richtung Häderen und Bollenwees.

»Eigentlich eine der Passagen, die ich nicht so gerne gehe«, bemerkt Lydia, »aber für das, was wir vorher erleben durften, lohnt es sich, die Mühen auf sich zu nehmen.« »Zumal die Variante über den Zwinglipass auch nicht wirklich einfacher ist«, ergänzt Anton.

Bei einem Stück »Schlorzifladen« und einem »Quöllfrisch« genießen sie am späteren Nachmittag die letzten

Sonnenstrahlen auf der Terrasse der »Bollenwees«. Der Abstieg hat in die Beine geschlagen, trotz guter körperlicher Verfassung sind Anton und Lydia froh, diese einige Minuten entlasten zu können.

Dann geht es weiter Richtung Rainhütten – die beiden haben sich für diese Variante entschieden, um nochmals den Ort besuchen zu können, der aus ihrer Sicht für ihr Leben bestimmend ist: die Furgglenhöhle. »Sollen wir nochmals kurz hoch in die Höhle«, fordert Lydia ihren Freund heraus, »oder bist du bereits zu müde?«

Da lässt sich Anton nicht zweimal bitten. Mit einem Satz springt er vom Weg in die Wiese und stürmt den steilen Hang hinauf zum Eingang der Höhle. Lydia versucht ihm zu folgen, muss sich aber schnell zurückfallen lassen und steigt in einiger Distanz hinter ihrem Freund her.

Dieser wartet bereits beim Eingang des Hauptganges. »Wer ist hier müde?«, lacht er. »Wir waren anscheinend mit unserer Idee nicht die Einzigen«, zeigt er mit seiner Hand in Richtung Rainhütten. Jetzt kann auch Lydia die Umrisse einer Person erkennen, die hastig die letzten Meter zum Weg absteigt. »Scheint es ja eilig zu haben, wieder von hier wegzukommen«, bemerkt Anton.

Lydias Blick bleibt an dem Schatten hängen, der sich immer weiter von ihnen entfernt. Sie dreht sich zu Anton, greift seinen Arm und zieht sich zu ihm: »Aber ist das nicht … Das ist doch … Erkennst du nicht, das ist …«

SONNTAG, 15. JUNI

Ein wunderschöner Tag, gute Freunde in meinem Umfeld und die Verwirklichung eines meiner Träume – besser kann es das Leben mit mir nicht meinen, geht es Marcel durch den Kopf, nachdem er seinem Umfeld mitgeteilt hat, dass er bereit ist. Bereit für den ersten Start eines Deltaseglers vom Kreuzberg III.

Er läuft los. Die Anlaufdistanz ist sehr kurz.

An der Kante nimmt er aus dem Augenwinkel Roger wahr, der seine Kamera auf ihn fixiert hat, stößt kräftig ab, um weit genug weg vom Felsen zu kommen. Doch die Geschwindigkeit reicht nicht für einen Start, der vergleichbar mit einem Hangstart wäre. Der Segler kippt über die Nase steil nach unten weg, Marcels Körper schwingt dabei nach hinten, sodass er mit dem Fußende des Gurtzeugs beinahe das Kielrohr berührt.

Marcel kennt dieses Gefühl von seinen Ballon-Drops, lässt sich dadurch nicht beunruhigen. Im Fall erhöht sich die Geschwindigkeit und überschreitet sehr schnell den für dieses Gerät erforderlichen Minimalspeed. Nun zieht Marcel sachte an der Basis des Trapezes, der Anstellwinkel verringert sich und die für das stabile Fliegen notwendige Strömung am Delta liegt sogleich an.

Roger hält sein Objektiv gebannt auf den Segler, zoomt ihn heran, solange ihm dies sein Objektiv erlaubt. Aus Erfahrung weiß er, dass die Zeit für Bilder, auf denen wirklich noch etwas zu erkennen ist, sehr beschränkt ist. Diese Erfahrung musste er auch beim Ballon-Drop vor der Eigernordwand machen, als Marcel nach dem Sturzflug innert Sekunden aus seinem Blickfeld verschwand.

»Sch…, ich hab ihn verloren«, entfährt es ihm im gleichen Moment, in dem seine Kollegen laut aufschreien.

Marcel spürt den Druck im Segel und die Fliehkräfte, welche die Morgenthermik beim Anheben des Seglers hinterlässt. »Jawohl, komm jetzt, gleich haben wir den Kreuzberg überhöht«, redet er seinem Deltasegler und auch sich zu. In diesem Moment geht ein Ruck durch seinen Körper, seine Beine stürzen nach unten in die Senkrechte, nur noch seine Hände bleiben über das Trapez mit dem Gerät verbunden.

Aufhängung gerissen, schießt es ihm wie ein Blitz durch den Kopf. Sich allein mit den Händen am Trapez zu halten ist nur für einen kurzen Augenblick möglich, die Kräfte sind viel zu groß. Zudem verändert sich der Schwerpunkt des Deltaseglers, da dieser sofort in einen steilen Sinkflug übergeht. Marcel lässt sich fallen. Als ehemaliger Fallschirmspringer ist er vertraut mit diesem Gefühl des freien Falls, kommt deshalb auch nicht in Panik. Fast automatisch greift er nach dem Auslösegriff des Rettungsfallschirms, der in die Liegeschürze im Bereich von Brust und Bauch integriert ist. Das Paket ist mit Klettverschlüssen gesichert, und die Rettungsleine des Fallschirms führt zum Karabinerhaken, der Marcel samt Gurtzeug mit dem Fluggerät verbunden hatte. Er wirft das am Auslösegriff hängende Paket weit weg, womit es sich durch den Fallwind öffnet und die einströmende Luft innert Sekunden den Rettungsschirm entfaltet. Mit einem kurzen Blick gegen oben vergewissert er sich, dass der Delta außer Reichweite ist und ihn nicht mehr gefährden kann.

Marcel hat es seiner großen Routine als Fallschirmspringer, Motorflieger und Deltaseglerpilot zu verdanken, dass er in dieser Notsituation richtig handelt und sozusagen sein Bewusstsein austricksen kann. Denn dieses spielt den Piloten sehr oft einen üblen Streich: Da sie versuchen, Ruhe zu bewahren und sich Zeit für die erlernten Handlungsschemen zu geben, erleben sie ihre Extremsituation in der Regel im Zeitlupentempo. Doch das Geschehen spielt sich in Wirklichkeit in Echtzeit ab, was zur Folge hat, dass nur der Handelnde sein Tun noch als angepasst und richtig erlebt, während Beobachter schon längst erkennen, dass die Situation außer Kontrolle geraten ist.

Piloten, die abgestürzt sind, berichten, dass sie zuvor auf verschiedene Arten versucht haben, ihr Fluggerät wieder unter Kontrolle zu bringen, jedoch – in ihrer persönlichen Wahrnehmung viel zu früh – auf dem Boden aufschlugen.

Als weitere Erschwernis kommt dazu, dass unter starkem Stress nur noch Handlungsabläufe eingesetzt werden, die keine verstandesmäßigen Fähigkeiten erfordern. Das Handeln beschränkt sich damit im Wesentlichen auf Abläufe, die automatisiert und ohne Nachdenken abrufbar sind.

Roger beobachtet, wie die anderen Begleiter entsetzt beobachten, was sich unter ihnen abspielt, wie sich Marcel vom Segler löst und im freien Fall nach unten schießt. Erst nach gefühlten Minuten – die in Wahrheit nur Sekunden sind – öffnet sich der Rettungsschirm, der als weißer Punkt wieder sichtbar macht, wo Marcel sich befindet.

Doch so schnell, wie sich der weiße Schirm geöffnet hat, sinkt er wieder in sich zusammen. Fortan ist keine Bewegung des weißen Flecks mehr zu erkennen.

Im selben Moment, als Marcel seinen Blick wieder nach unten wenden will, spürt er einen harten Schlag. Da die Aufhängung des Rettungsschirms am gleichen Karabiner befestigt ist, der das Gurtzeug mit dem Deltasegler verbunden hat, schlägt Marcel praktisch horizontal liegend auf. Dann wird ihm schwarz vor den Augen.

Die Schweizerische Rettungsflugwache REGA, die von Vinzenz über Notruf aufgeboten wird, findet den leblosen Körper oberhalb der Baumgrenze auf einem markanten Felsvorsprung. Nur wenige Meter haben Marcel gefehlt, um den Felsvorsprung zu überfliegen und damit wieder genügend Höhe zu haben, um den Schirm wirklich stabilisieren zu können.

Doch jede Hilfe kommt zu spät – Marcel ist, wie vieler seiner Kollegen, den limitierenden Faktoren bei einem Absturz im schroffen Gebirge zum Opfer gefallen.

Die Experten der St. Galler Kantonspolizei können auch das Fluggerät ein Stück oberhalb der Absturzstelle bergen. Da die Abflug- wie auch die Absturzstelle auf St. Galler Kantonsgebiet liegen – auf Appenzeller Gebiet wäre der Flug nicht erlaubt gewesen –, sind sie für die Untersuchung zuständig.

Beigezogene Flug- und Materialexperten checken das gesamte Flugmaterial, suchen nach Schwachstellen, prüfen die Verbindungen und Befestigungen, rekonstruieren aus den Trümmern, wie der Deltasegler vor dem Start aufgebaut war. Und stoßen schon bald auf eine mögliche Ursache für den Flugunfall: Die Aufhängung am Deltasegler, über die sich der Pilot mit seinem Gurtzeug mit dem Fluggerät verbindet und die normalerweise mit zwei Stahlplättchen und einem Bolzen am Turm des Seglers befestigt ist, hängt mit einem Ende lose herunter. Das Ende des Bolzens, welches mit einem Gewinde versehen ist, ist abgebrochen. Dieser Bruch führte dazu, dass sich der Pilot vom Gerät löste.

Die Experten sind sich nach Einvernahme der Zeugen, welche den Startvorgang detailliert beschreiben und mit Rogers Bildern zusätzlich visualisieren können, einig: Beim Auffangen des Deltaseglers nach dem kurzen Sturzflug, während dessen sich der Druck auf das Gerät erhöhte, muss der Bolzen gebrochen sein. Das Gurtzeug mit dem Piloten fiel nach unten und Marcel hing mit seinem ganzen Gewicht am Trapez. »Keine Chance, das Gerät in dieser Situation irgendwie wieder unter Kontrolle zu bringen«, sind sich die Experten einig. Die einzige Möglichkeit, die Marcel hatte, und die er wahrzunehmen versuchte, war, sich ganz vom Gerät zu lösen und den Rettungsschirm zu werfen.

»Doch Marcel war extrem erfahren und gewissenhaft in der Vorbereitung seines Geräts vor dem Start – warum hat er nicht gesehen, dass der Bolzen nicht in Ordnung war?«, fragen seine Freunde verzweifelt nach.

Die Experten erklären, dass diese Stelle eigentlich unproblematisch sei und deshalb kaum überprüft werde. Vor allem dann, wenn der Segler kurz nacheinander im Einsatz stehe, würden solche Kontrollpunkte nicht mehr beachtet. »Die gesamte Aufhängung ist eigentlich so konstruiert, dass kein Flugzustand – auch bei sehr großen Fliehkräften – die Festigkeit des Bolzens zu überschreiten vermag.«

»Marcel hat sein Gerät am Samstag, nachdem wir es auf den Gipfel gebracht haben, eingehend und lange geprüft. Am Sonntag, vor dem Start, lief die Kontrolle viel schneller ab«, gibt Roger seine Beobachtungen zu Protokoll.

»Ich kenne keinen Piloten, der den Aufhängebolzen kontrolliert, da dieser einfach und massiv konstruiert ist und im jährlichen Check durch einen Geräteprüfer oder

Hersteller gecheckt wird«, erwidert der Experte, »zudem ist die Befestigung der Aufhängung am Turm mit einem Neoprenschutz überzogen.«

»Was unsere Vermutung stützt, dass jemand den Deltasegler durch die strukturelle Schwächung des Bolzens manipuliert hat«, folgert der ermittelnde Beamte, »vielleicht sogar zwischen Ihrem Abstieg am Samstag und dem Start am Sonntag.«

»Was bedeuten würde, dass Marcel nicht verunglückt ist, sondern umgebracht wurde?«, fragt Roger fassungslos nach.

»Richtig, und deshalb werden wir von Amts wegen Anklage gegen Unbekannt wegen Mordes erheben«, wird seine Vermutung bestätigt.

»Warum nicht wegen vorsätzlicher Tötung?«, will Roger wissen, den nun trotz großer Betroffenheit wieder sein kriminalistisches Interesse gepackt hat.

»Weil die für einen Mord qualifizierenden Merkmale der besonderen Skrupellosigkeit nach Artikel 112 des Strafgesetzbuches vorhanden sind«, klärt ihn der Ermittler auf, »dazu gehören täterbezogene Merkmale wie Mordlust oder extremer Egoismus und tatbezogene wie außerordentliche Grausamkeit und Heimtücke. Bei der vorsätzlichen Tötung hingegen wird der Tod eines anderen Menschen in objektiv zurechenbarer Weise verursacht, zum Beispiel durch Gewalt oder List.«

Routinemäßig folgen nun auch noch die Fragen nach Feinden von Marcel, möglichen Personen, die ein Interesse an seinem Tod haben könnten, und nach dem Umfeld, welches von diesem Extremflug gewusst hat.

Auf die ersten beiden Teilfragen finden Marcels Freunde keine Antwort. Und auch der dritte Teil der Frage kann nicht konkret beantwortet werden: »Das Umfeld, welches von unserem Vorhaben wusste, ist sehr groß – Marcels und unsere Familienangehörigen und Freunde, zum Teil auch deren Freunde, die Presse, die mit Bildern und Berichten versorgt werden sollte.«

»Und alle, welche die Nacht vom Samstag auf den Sonntag in der ›Bollenwees‹ verbracht haben«, fügt Roger an.

DIENSTAG, 10. JUNI

Valja ist froh, in der Schweiz zu sein und hier arbeiten zu können. Die »Bollenwees« ist nun ihr neues Zuhause, doch bis zu ihrem Eintreffen vor einem Monat haben sich in ihrer Heimat die Ereignisse überschlagen.

Bereits am Tag ihres Einkaufbummels mit Kataryna Ende März drangen prorussische Soldaten mit Gewalt in einen ukrainischen Luftwaffenstützpunkt auf der Krim ein, später protestierten in Donezk mehr als 5.000 prorussische Demonstranten für ein Referendum über den Anschluss an Russland.

Tags darauf fand in Donezk erneut eine Demonstration mit mehreren Tausend Menschen statt, die sich gegen die auf den 25. Mai geplanten Präsidentschaftswahlen richtete. Erneut wurde vom Regionalparlament die Durchführung eines Referendums gefordert.

Am 6. April wurde in Valjas Wohnort das Gebäude der Gebietsverwaltungen gestürmt, auf den Dächern russische Fahnen gehisst und das Gebäude von Aktivisten verbarrikadiert. Einen Tag später riefen prorussische Aktivisten in Donezk eine souveräne »Volksrepublik Donezk« aus, zogen aber am nächsten Tag ihre Erklärung wieder zurück.

Im April gab es aber auch proukrainische Demonstrationen in Donezk, und es kam zu Angriffen und Besetzungen von Polizeiwachen durch bewaffnete Demonstranten. Ende des Monats musste Übergangspräsident Turtschynow eingestehen, dass die ukrainische Regierung die Kontrolle über Teile der Gebiete Donezk und Luhansk an moskautreue Aktivisten verloren hat.

Nach den Zwischenfällen mit einigen Toten im April flammten die Kämpfe im Mai dann noch einmal auf und forderten weitere Opfer, wie Valja auf ihrem Weg in die Schweiz aus den Medien erfahren hat.

Mit Kataryna hatte sie sich noch regelmäßig getroffen und konnte sich so auch richtig verabschieden. Denn je näher der definitive Abschied kam, desto klarer wurde, dass es Kataryna nicht möglich sein würde, ihre Freundin in der Schweiz zu besuchen oder ihr zu folgen.

Valjas Start in ihre neue Arbeit verlief gut, betreut von Daniela und Angelika fand sie sich schnell zurecht, lernte Produkte und Abläufe kennen und kam von Anfang an mit ihren Deutschkenntnissen einigermaßen gut über die Runden. Es gab bisher nur wenige Situationen, die problematisch waren, die sie aber dank Unterstützung ihrer Kolleginnen – und einmal auch durch Anita – gut überstanden hat.

Und heute nun genießt sie einen ihrer wenigen freien Tage bei einer Wanderung, die sie bei schönstem Sommerwetter durch den Stiefelwald hinunter und hinauf zur Bogartenlücke, über die Obere Mans auf die Alp Sigel und zum ersten Zwischenhalt im »Plattenbödeli« führt. Dort nutzt sie die Gelegenheit, mit ihren Kolleginnen, zu denen sie dank Angela und Daniela schnell Kontakt gefunden hat, einige Worte zu wechseln. Der Weg führt sie weiter hinunter zum Sämtisersee und über die Rainhütten hinauf auf die Staubernkanzel, wo sie im Berggasthaus heute zum ersten Mal auf Monika trifft.

Valja hat bereits von ihr gehört, davon, dass sie eine sehr erfahrene Servicefachkraft sei, aber auch davon, dass sie in den letzten Jahren so einiges durchgemacht habe. Im Detail wollte ihr niemand erklären, was genau vorgefallen ist – nur, dass Monika beide Male in *dem* Berggasthaus gearbeitet habe, in welchem eben »etwas« geschehen sei. Man wolle aber nicht mehr darüber reden, um nicht neues Unglück heraufzubeschwören.

Damit kann Valja leben, denn auch sie ist abergläubisch, trotz ihres starken christlichen Glaubens. Wenn auch in der orthodoxen Kirche nicht die Ikone selbst verherrlicht wird, sondern der durch diese dargestellte Heilige, werden der Ikone oft wundersame Kräfte zugeordnet. Und selbst in orthodoxen Kirchen, die in ihrer Geschichte immer heidnischen, kirchenfeindlichen Aberglauben zu bekämpfen hatten, lassen sich solche Verhaltensweisen und Überzeugungen erkennen.

Mit Monika kommt sie schnell ins Gespräch, nachdem sie sich vorgestellt und erzählt hat, wo sie arbeitet. »Tja, die ›Bolle‹, die fehlt mir noch in meinem Palmarès«, lacht sie, »soll aber sehr gut sein, dort zu arbeiten. Angelika und Daniela schwärmen immer wieder von der guten Atmosphäre im Team und von Anita und Urban als Chefs.«

»Das stimmt«, bestätigt ihr Valja, »wir haben es wirklich gut untereinander und werden auch sehr gut von unseren Chefs unterstützt. Macht wirklich Spaß!«

»Es wird ja im Alpstein langsam zur Tradition, dass Osteuropäerinnen hier arbeiten, auch wenn es nicht von allen gerne gesehen wird«, wird Monika etwas ernster.

»Wie meinst du das?«, ist Valja verunsichert.

»Nun, ich weiß, dass es einige Einheimische gibt, die es lieber sähen, wenn nur einheimische Frauen im Service arbeiten würden. Selbst gegenüber Frauen von außerhalb unseres kleinen Halbkantons sind sie skeptisch eingestellt.

Aber wenn du das noch nicht zu spüren bekommen hast, bin ich froh.«

»Aber wir nehmen doch euch die Arbeit nicht weg! Ich sehe es eher so, dass wir euch unterstützen – so wie ich gehört habe, gibt es hier zu wenige junge Frauen, die solche Jobs übernehmen wollen.«

»Das stimmt, ich sehe das auch nicht als Problem. Aber eben, es gibt Menschen, die das anders sehen.«

»War das schon immer so?«, fragt Valja nach.

»Ich hab das Gefühl, dass diese Ablehnung von allem, was nicht aus den eigenen Reihen kommt, zugenommen hat. Wobei ich nicht denke, dass das, was in den letzten Jahren hier geschehen ist, damit zu tun hatte ... Aber lassen wir das«, klemmt Monika ab und lenkt das Gespräch in eine andere Richtung: »Du wirst sicher bei den Gästen gut ankommen, so wie du aussiehst.«

»Danke, Monika, das ist sehr lieb von dir. Ich weiß nicht, ob das wirklich mit meinem Aussehen zusammenhängt. Aber ich gebe mir Mühe, nett zu allen Gästen zu sein und mein Bestes zu geben.«

»Ja, das höre ich immer von denen, die neu beginnen. Nur ist es in Tat und Wahrheit so, dass sich die Gäste – vor allem natürlich die männlichen – kaum darum scheren, ob du deinen Job gut machst. Sie wollen einfach von einer hübschen Frau bedient werden! Denn das Wissen, das es braucht, um Gäste wirklich fachlich gut zu beraten, könnt ihr euch in einer Saison nie aneignen. Versteh mich nicht falsch, Valja, das soll kein Vorwurf sein, aber es ist Tatsache.«

»Ich glaube, ich weiß, was du meinst, Monika, ich bin dir nicht böse. Es stimmt, dass ich genug damit zu tun habe, zu lernen, was was ist und wie die Speisen und Getränke heißen – ich kann aber keine Auskunft darüber geben, wie die Speisen zubereitet werden oder woher die Zutaten stammen.«

»Genau das meine ich, du hast mich richtig verstanden. Und darum nervt mich auch, wenn ich meinen Job auf hohem Niveau ausübe, dafür aber nicht viel mehr als ein ›Danke‹ oder im besten Fall ein Lächeln erhalte. Und meine Kolleginnen nur dank ihres Aussehens die ganze Aufmerksamkeit auf sich ziehen.«

Valja spürt die Frustration in Monikas Stimme und versucht, sie etwas aufzumuntern: »Aber du bist doch auch eine attraktive Frau, du musst dich nicht verstecken!«

»Gut gemeint, Valja, aber neben Frauen wie dir bleib ich chancenlos, das musste ich schon zu oft erfahren. Und wenn sich mal ein Mann für mich zu interessieren scheint, ist es dann doch der falsche.«

»Wie meinst du das?«, schaut sie Valja fragend an.

»Nun, dass es dann nur um das eine geht und nicht um Anerkennung oder Wertschätzung«, klärt Monika sie auf, »sondern im Gegenteil um Ausnutzung und Erniedrigung.«

Valja schweigt und traut sich nicht zu fragen, was sie vermutet. Zu kurz ist dafür die Zeit, seit sie Monika kennengelernt hat und während der sie sich mit ihr austauschen konnte.

»Welche Erfahrungen hast du denn hier mit Männern gemacht«, unterbricht Monika das Schweigen, »wurde noch keiner aufdringlich?«

Nach einer kurzen Pause fasst sich Valja wieder: »Nein, bisher ist noch nichts Ernsthaftes vorgefallen. Einmal versuchte einer, mit mir zu flirten, ich bin aber nicht darauf eingestiegen. Als er dann eine dumme Bemerkung gemacht hat, ist Anita eingeschritten und hat ihn zurechtgewiesen. Seither hat er sich nicht mehr in der ›Bolle‹ blicken lassen.«

»Hast du einen Freund?«, fragt Monika überraschend.

Valja fühlt sich etwas überrumpelt. »Nein, nein … weder hier noch zu Hause in der Ukraine. Und ich will auch frei bleiben, ich bin zum Arbeiten in die Schweiz gekommen und möchte nachher auch wieder heim – ein Freund würde das nur komplizieren. Und du?«

Monika scheint einen kurzen Moment zu überlegen. »Nein, doch, ja, irgendwie schon. Ist aber etwas kompliziert, nicht so, wie du dir vielleicht eine Freundschaft, eine Beziehung vorstellst. Ja, es gibt einen Mann in meinem Leben, der eine besondere Rolle spielt … Aber das kann ich dir vielleicht mal erklären, wenn wir uns etwas besser kennen und auch mehr Zeit haben.«

»Das würde mich freuen, Monika, wenn wir diese Zeit finden könnten«, zeigt Valja ihr Interesse daran, die Beziehung zu Monika zu vertiefen. »Doch ich muss jetzt auch langsam weiter, ist ja noch ein Stück hinunter in die ›Bollenwees‹. Wir sehen uns sicher bald wieder!«

Noch lange beschäftigt sie das Gespräch auf ihrem Weg über den Furgglenfirst und den Abstieg von der Saxer Lücke. Sie wird das Gefühl nicht los, in Monika einen Menschen kennengelernt zu haben, über den es sich lohnt, noch mehr zu erfahren.

Und den sie vielleicht auch in der Auseinandersetzung mit ihrer Rolle als Frau etwas unterstützen kann.

MITTWOCH, 30. JULI

»Du schon wieder hier«, begrüßt Anita erfreut Roger, der vor dem Eintritt in die Gaststube seine nasse Wanderjacke auszieht und ausschüttelt, »nicht gerade optimales Wanderwetter heute.«

»Musste trotzdem raus«, erklärt Roger, »hat mich zu stark beschäftigt, was vorletzte Woche und letztes Wochenende geschah und was wir diskutiert haben. Ich dachte, vielleicht habt ihr ja bei diesem Wetter Zeit, noch etwas weiterzureden.«

Da die Gaststube nur schwach belegt und die Hauptessenszeit bereits vorbei ist, nehmen sich Urban und Anita Zeit, sich zu Roger zu setzen, der sich trotz des für diese Jahreszeit nasskalten Wetters ein ›Quöllfrisch‹ bestellt hat.

»Was mich in den letzten Tagen beschäftigt hat, ist diese Widersprüchlichkeit, die ich hier im Alpstein – oder besser: im Appenzellerland – erlebe«, beginnt Roger das Gespräch, »die Widersprüchlichkeit zwischen der Ablehnung von allem Fremden einerseits und dem Gefühl, als Fremder hier immer willkommen zu sein, andererseits. Wobei ich mit ›hier‹ nicht nur die ›Bolle‹, sondern den ganzen Alpstein meine.«

Urban nimmt den Faden auf: »Nun, für den zweiten Teil deiner Aussage haben wir ja auch hart und gemeinsam gearbeitet, haben vor vier Jahren nach einer detaillierten Trend- und Marktanalyse die 27 Berggasthäuser unter ›alpstein.ch‹ zusammengeführt und eine gemeinsame Strategie ausgearbeitet. Und der erste von 15 Erfolgsfaktoren, den wir für den alpinen Tourismus mit höchster Relevanz definiert haben, lautet ›Gut ausgebildetes und freundliches Personal sowie innovative und herausragende Unternehmerpersönlichkeiten‹ – schön, wenn das spürbar ist.«

Dann führt er auf Rogers Nachfragen aus, wie es zu diesem Zusammenschluss gekommen ist. Generell profitiere der Tourismus von der gut eingeführten Marke »Appenzell« mit großem Bekanntheitsgrad, einem Image, das vermittelt, dass hier noch alles in Ordnung ist, und einem gelebten authentischen Brauchtum, das in vielen Teilen einen religiösen Hintergrund hat.

Spezifisch für die Berggasthäuser wurde in einer Umfrage ermittelt, dass diese aus Sicht der Gäste eine überdurchschnittlich hohe Qualität und gute Infrastruktur haben und dank einer hohen Dichte beste Voraussetzungen für Bergwandern ohne Gepäck bieten. Viele Gastgeber schaffen aus der Gästeperspektive eine familiäre Atmosphäre und pflegen den persönlichen Kontakt zum Gast, die Freundlichkeit von Einheimischen und zum großen Teil einheimischem Personal wird sehr geschätzt.

»Tönt ja alles super«, unterbricht ihn Roger, »gibt es denn noch Entwicklungspotenzial?«

Urban erklärt, dass sie die Marke »Alpstein« gegenüber der Marke »Säntis« stärken wollen und verhindern müssen, dass typische Appenzeller Gasthäuser und Gastronomieangebote verschwinden und dass sie sich der Herausforderung des veränderten Gästeverhaltens stellen. Denn die Gäste gehen kein Schlechtwetterrisiko mehr ein, reisen lieber öfters an, bleiben aber kürzer, Stammgäste sterben langsam aus, die Senioren gewinnen an Bedeutung, der Qualitätsanspruch steigt, gesucht wird wieder vermehrt das Ursprüngliche, Heimatliche.

»Wofür wir ja eigentlich prädestiniert sind«, wirft Anita ein, »auf der anderen Seite birgt unsere ausgeprägte Fokussierung auf ausschließlich *unsere* Traditionen, unseren ›Kantönligeist‹, auch Gefahren des Gegeneinanders statt eines Miteinanders. Und die Einheimischen fühlen sich übersättigt von der Gästepräsenz, viele junge Einheimische sind nicht mehr bereit, in der Gastronomie oder im Tourismus zu arbeiten.«

Dann stellt sie die auf sechs Jahre ausgerichtete Strategie dar: »Es ist eigentliche eine Weiterentwicklung der Ferienregion Appenzell–Alpstein über Appenzeller Kultur, Brauchtum, Tradition und Handwerk, Landschaft und Natur sowie individuelle Angebote der touristischen Leistungsträger. Dies alles soll über humorvolle, freundliche und eigenwillige Menschen vermittelt werden, die ein Gefühl und Image von ›Heile Welt‹ und Mystik schaffen und welche die Marke ›Appenzell‹ echt, zuverlässig und glaubwürdig vertreten.«

»Diese Innerrhoder Eigenwilligkeit lässt sich ja auch teilweise mit eurer Geschichte erklären«, wendet sich Roger wieder Urban zu – stolz, einem Appenzeller zeigen zu können, was er als St.Galler über dessen Geschichte weiß. »Da ist zum einen der historische Sieg in der Schlacht am Stoss im Jahre 1405, als sich die Appenzeller gegen eine zehnfache Übermacht die Unabhängigkeit vom klösterlichen St. Gallen erstritten. Dann kam es durch die Reformation zu Beginn des 16. Jahrhunderts zu einer ersten Trennung zwischen dem reformierten Ausserrhoden und dem katholischen Innerrhoden, wodurch die Glaubenskriege abgewendet wurden. Dann wollte Innerrhoden im Zuge der Gegenreformation 1588 den Protestanten den Kirchgang ins reformierte Gais verbieten und sie zu katholischen Gottesdiensten in Appenzell oder zum Wegzug zwingen. Was dazu führte, dass viele Protestanten Appenzell wirklich verließen oder zum alten Glauben konvertierten, und zahlreiche Katholiken mittellos wieder aus Ausserrhoden zurückkehrten. Erst 1597 wurde ja dann die religiöse Trennung durch die Aufteilung in zwei Halbkantone offiziell.«

»Es gibt ja noch weitere, neuere Beispiele dieser Engstirnigkeit, wenn ich das als Außerkantonale so sagen darf«, bringt sich Anita wieder ein. »Denk nur an die 600-Jahr-Feier zur Schlacht am Stoss im Jahre 2005, welche die beiden Halbkantone getrennt feierten, die langjährige Ablehnung des Frauenstimmrechts und den Nein-Anteil von 74 Prozent von 2004 zur nachträglich doch eingeführten Mutterschaftsversicherung. Oder das einzige Nein eines Kantons in der eidgenössischen Abstimmung von 2006 über Mindestkinderzulagen von 200 Franken. Und die Ablehnung des obligatorischen zweijährigen Kindergartens für Kinder ab vier Jahren an der Landsgemeinde nach dem eindringlichen Plädoyer einer sechsfachen Mutter, die Kinder müssten doch zu Hause großgezogen werden.«

»Ja«, lacht Roger, »was heute die Schweiz in der EU ist, ist Appenzell Innerrhoden für die Schweiz. Nichts ist so wichtig wie die Selbstbestimmung, vom Staat wird wenig erwartet, aber auch nur ein Minimum gegeben, der Halbkanton sieht sich als autarke und autonome Gemeinschaft.«

»Und verkauft sich gegen außen, als würden hier nur Bauern leben, denen Haus und Hof heilig sind, welche sie über Generationen weitervererben, und die sich nicht dreinreden lassen, was damit zu geschehen hat – obwohl nur knapp ein Sechstel der Bevölkerung in der Landwirtschaft tätig ist«, ereifert sich Anita.

»Aber ›Appenzell‹ ist eine Marke, die für Eigenständigkeit, Originalität und Föderalismus steht. Wir wollen uns einfach nicht vereinheitlichen und bevormunden lassen«, versucht sich Urban zu wehren.

»Aber die Zuschüsse und Direktzahlungen des Bundes lehnt ihr auch nicht ab«, schmunzelt Roger. »Und der ›Fünfliber im Kuhfladen‹ seid ihr auch nur dank der guten Verkehrsinfrastruktur der umliegenden Kantone, welche den Gästen den Weg nach Appenzell ermöglicht, und der Arbeitsstellen außerhalb eures Kantonsgebietes.«

»Wie extrem sich die Innerrhoder auf ihre Einzigartigkeit fokussieren, hat ja unser einheimischer Kabarettist Simon Enzler einmal treffend formuliert«, ergänzt Anita. »Er sagte, dass die Appenzeller am Ende selber an das Bild glauben, das sie von sich geben, oder sich über die Klischees beschweren, die sie selber schaffen.«

»Und aus gleichem Munde stammt auch die Beurteilung, wie schwierig es für Auswärtige ist, sich hier jemals eingliedern zu können«, fügt Roger an. »Enzler meinte, dass der Vorteil für einen Türken ist, dass er es nicht schwerer hat als der Thurgauer, sich zu integrieren. In Appenzell sei man eben schnell ein ›frönter Fötzel‹, ein Fremder.«

»Und glaubt ihr wirklich, dass das, was in letzter Zeit hier passiert ist, mit dieser Fremdenfeindlichkeit zu tun hat«, fragt Urban etwas ungläubig nach, »die Tote in den Rainhütten, die Schmiererei im Trockenraum?«

»Und der verunglückte Deltasegler«, ergänzt Roger.

»Das geschah aber nicht auf Innerrhoder Kantonsgebiet«, interveniert Anita, »die Kreuzberge liegen auf St. Galler Kantonsgebiet! Und das war doch ein Unfall.«

»Stimmt, aber Ausgangspunkt für das Projekt war hier bei euch, und daran hat sich anscheinend jemand gestört. Denn der Segler ist manipuliert worden – es war kein Unfall.«

»Als wolle jemand den Fluch, der mit der Schmiererei im Trockenraum über unser Haus verhängt wurde, verstärken«, folgert Anita. »Weißt du schon mehr über die Tote, die bei den Rainhütten gefunden wurde?«

»Nein, mein Kontakt zur Polizei ist etwas abgebrochen, habe Bruno Fässler schon lange nicht mehr gesehen. Aber ich müsste eigentlich wieder mal auf ihn zugehen, brauche ja bald wieder Stoff für ein nächstes Buch«, lacht Roger.

»Er hat sich ja ziemlich zurückgezogen, ist auch nicht mehr so oft im Alpstein unterwegs wie früher«, bestätigt Urban, »aber mach das, vielleicht findest du ja einen Zusammenhang zwischen all diesen Vorfällen. Wäre nicht das erste Mal, dass du der Polizei gedanklich einen Schritt voraus bist.«

Roger lacht. »Ja, langsam beginnt mich die Sache wirklich zu interessieren!«

SONNTAG, 6. JULI

Der Samstag ist aus seiner Sicht ein Erfolg gewesen, er hat Aufmerksamkeit erweckt, seine Botschaft ist gehört worden, es hat Zustimmung gegeben. Seine Mission hat Chläus einmal mehr erfüllt.

Er weiß, dass die Zeit nun reif ist für den nächsten Schritt. Für den Schritt von Worten zu Taten. Taten, die auch Gleichgesinnte in seinem Umfeld fordern.

Bei mehreren Treffen wurde immer wieder die Forderung geäußert, dass »man« doch endlich »etwas« tun müsse – auf sein Nachfragen wurden dann jedoch weder das »man« noch das »etwas« konkretisiert. Er wisse ja am besten, was damit gemeint sei, hieß es dann lapidar.

Womit ihm auch die Verantwortung übertragen und die Freiheit gewährt wurde, zu entscheiden, was zu tun ist. »Zum Anführer macht man sich nicht selber, man wird dazu gemacht«, geht es Chläus durch den Kopf. Er hat diese Rolle nie gesucht, sondern ist einfach immer für seine Überzeugung eingestanden, ist hartnäckig geblieben, hat seinen Weg nie verlassen. »Konsequent« nennen es die einen, »stur« die andern.

Er spürt eine Verunsicherung in seinem Umfeld, oft auch Angst. Angst davor, zu verlieren, was über Jahrhunderte aufgebaut worden ist, Angst davor, dass Traditionen und traditionelle Werte verschwinden. Aber auch Angst vor dem Neuen, Schnellen, Kurzlebigen, vor neuen Einflüssen, vor Fremdem.

Die Befürchtung, dass Genuss durch Konsum, Leben

durch erlebte Momente, Herausforderung durch einen kurzfristigen Kick, Zeit durch die Uhr oder Beziehung durch Abenteuer ersetzt wird.

Und dass Wertehaltungen durch Verhalten, das situativ angepasst wird und damit jeglicher Beständigkeit entbehrt, verdrängt wird.

»Ich kann das Problem nicht alleine lösen, ihr könnt mir nicht einfach die Verantwortung zuschieben«, hat er sich gewehrt, »wir müssen zusammenstehen und das gemeinsam angehen.« Sein Vorschlag, in einem ersten Schritt alle Gleichgesinnten zu versammeln und eine Gemeinschaft zu gründen, der sie sich verpflichten sollten, wurde sofort akzeptiert.

So machte sich Chläus auf die Suche nach einem geeigneten Ort für dieses erste Treffen. Er wollte einen der Orte aussuchen, die für ihn als Kraftorte gelten, Orte, wo er das Gefühl hat, dass etwas passiert, ohne dass er direkt etwas dazu beitragen muss.

Er kennt einige dieser Orte im Alpstein, doch nicht alle waren gleich gut für seinen Plan geeignet. Denn es galt ja auch zu berücksichtigen, dass sich doch eine größere Gruppe zusammenfinden dürfte, aber auch, dass die meisten Menschen, die erwartet wurden, nicht in dieser Gruppe gesehen werden wollten. Ein Ort damit, der einerseits bekannt und gut zu erreichen ist, der aber abgelegen genug liegt, um eine gewisse Diskretion zu gewährleisten.

Was konnte sich da besser eignen als eine Höhle – die Furgglenhöhle, in welcher vor einer Woche das erste Treffen stattgefunden hat.

Doch heute will Chläus einfach nur das schöne Wanderwetter genießen, will abseits der Hauptrouten die Ruhe des Alpsteins für seine Meditation nutzen, in sich gehen und sich nochmals Kraft holen für das, was auf ihn zukommen wird.

Sein Weg führt ihn von Wasserauen hinauf Richtung Brülisau bis zur Alp, von wo der Weg steil ansteigt zur Zahmen Gocht. Diese wird nach einem kurzen Kletterstück durch den engen und markanten Felseinschnitt, der durch Stahlseile gesichert und mit einigen Stahltritte ausgebaut ist, erreicht. Chläus steigt links noch die wenigen Meter bis zum Grillplatz auf, von wo sich ihm ein uneingeschränkter Rundblick über den Bodensee nach Deutschland und Österreich, über den Hohen Kasten, den ganzen Grat bis zur Saxer Lücke und zu den Kreuzbergen, die Fälentürme, die Marwees und zu seinen Füßen die Alp Sigel eröffnet.

Der Grillplatz ist leer. Scheinbar hat es sich noch nicht herumgesprochen, wie schön es hier oben ist und dass es hier diese Möglichkeit gibt, überlegt sich Chläus und ist froh, dass dem so ist. Statt hinunter auf die Alp Sigel wandert er weiter über den Grat in Richtung Obere Mans, quer über die Alpweiden abseits des Weges. Erst kurz bevor der Weg zwischen Alp Sigel und Mans im bewaldeten Gebiet verschwindet, steigt er in der Falllinie auf diesen ab, um ihn dann sofort wieder zu verlassen. Über den Jägersteig, einen der verborgensten Pfade im Alpstein, erreicht er über den Südhang die Alp Bogarten. Kein Wegweiser kennzeichnet diesen Pfad, dessen Markierung erst abseits der ausgeschilderten Wege einsetzt, was verhindert, dass sich ahnungslose Wanderer auf diesen verirren können. Der Jägersteig erfordert speziell bei der Durchquerung des Waldes, wo die erdigen Tritte nur gerade Platz für einen Wanderschuh bieten, erhöhte Vorsicht, vor allem bei nassen Verhältnissen. Von der Alp steigt er Richtung Bogartenfirst auf, um dann auf halbem Weg zum First linkerhand den steilen, blau-weiß markierten Bergweg zur Marwees in Angriff zu nehmen.

Damit ist es nun auch fertig mit der Ruhe – immer wieder überholt und kreuzt Chläus Wandergruppen, welche die gleiche Route wie er gewählt haben. Auf dem Widderalpsattel kommen dann auch noch jene dazu, welche den Aufstieg über die Meglisalp oder den Abstieg vom Rotsteinpass gewählt haben.

Deshalb weicht er nochmals aus, klettert in Richtung Hundstein hoch, in der Hoffnung, hier eher wieder alleine zu sein. Der ebenfalls blau-weiß markierte Weg ist in dieser Richtung für geübte Wanderer gut zu bewältigen, erfordert jedoch Trittsicherheit und ein wenig Klettererfahrung.

Der Abstecher hat sich gelohnt, die Aussicht vom Gipfel mit dem hölzernen Gipfelkreuz ist grandios. Da der höchste Punkt ziemlich exponiert liegt, schränken keine anderen Felsen oder Berge den Panoramablick ein. Chläus genießt es, für eine Weile ganz alleine hier oben zu sein, sieht jedoch bereits die nächste Gruppe, die sich von der Hundsteinhütte her kommend dem Gipfel nähert.

Noch bevor diese das letzte Kletterstück unter dem Gipfel erreicht hat, macht er sich auf den Abstieg in Richtung Fälensee und Bollenwees. Im Berggasthaus setzt er sich an den am weitesten vom Eingang entfernten Tisch. Er hat keine Lust, sich mit Anita oder Urban, die beide immer wieder ihre Blicke über die Terrasse schweifen lassen, auf ein Gespräch einzulassen. Denn nachdem er ihnen – freundlich, aber bestimmt – seine Meinung über die Anstellung von Valja kundgetan hatte, war die Bereitschaft zu lockeren und freundschaftlichen Gespräche beiderseits nicht mehr allzu groß.

Aus sicherer Entfernung beobachtet er den regen Betrieb, der am späteren Nachmittag noch herrscht. Beobachtet Angela und Daniela, die fast im Alleingang die Wünsche ihrer zahlreichen Gäste abdecken. Nur ab und zu wird ihnen von ihren Kolleginnen – zu denen Valja, die heute scheinbar frei hat, aus Sicht von Chläus glücklicherweise, nicht gehört – etwas vom Buffet zugeliefert, was sie nicht dem Getränkedepot, das draußen aufgebaut ist, entnehmen können.

Chläus weiß aus Erfahrung, dass um diese Zeit die meisten Gäste, die wieder Richtung Brülisau ziehen, die direkten Wege über den Stiefelwald oder die Furgglenalp ins Plattenbödeli und dann über das Brüeltobel hinunter in den Pfannenstiel wählen. Und dass damit auf dem Weg zu den Rainhütten – und auch zum Einstieg in die Furgglenhöhle, die er nochmals besuchen will – nur wenige Wanderer anzutreffen sein werden.

So macht er sich nach kurzer Rast auch auf den Weg, biegt bei der Alp Furgglen rechts ab Richtung Rainhütten und nur einige Hundert Meter weiter nochmals hangwärts zum Höhleneingang. Nach dem steilen Aufstieg versichert er sich nochmals, dass niemand ihm gefolgt ist oder ihn gesehen hat, und betritt den Hauptgang der Höhle. Nicht, dass er um keinen Preis hier gesehen werden darf – aber es macht alles einfacher.

Die Höhle strahlt für Chläus die Ruhe und Kraft aus, die er von ihr gewohnt ist. Doch nicht nur. Irgendetwas scheint sich seit dem letzten Mal, als er hier war, verändert zu haben. Als wäre etwas im Raum, in seiner Sphäre, das nicht hierher gehört.

Chläus bleibt stehen, lässt seine Stirnlampe umherwandern, versucht, Geräusche in der Stille zu erkennen. Gerüche, die nicht hierher passen würden, kann er in dieser kühlen und feuchten Umgebung nicht wahrnehmen.

Erst als er in den hinteren Bereich des Hauptganges, wo der enge Durchstieg in den Dom liegt, vordringt, wird ihm bewusst, dass er doch nicht alleine ist. Er spürt, dass eine andere Person in der Höhle ist, auch wenn er diese nicht erkennen kann, spürt deren Aura. So wie er auch oft bei seinen Heiltätigkeiten spürt, was seinem Gegenüber fehlt, ohne zu wissen, welche Beschwerden diesen Menschen plagen. Dass seine Rezeptoren sehr empfindsam sind und die Umgebung sehr präzise wahrnehmen, weiß Chläus schon seit seiner Jugend und seit seinen ersten Erfolgen im Heilen von Tieren.

Und auch heute bestätigt sich seine Gabe, das zu sehen, was eigentlich nicht zu sehen ist. In einer Nische des Hauptganges hockt zusammengekauert eine junge Frau, am ganzen Körper zitternd, ihren Blick angstvoll zu Chläus hochgerichtet.

»Hallo«, begrüßt sie Chläus mit ruhiger und leiser Stimme, »was machst du denn hier?« Ohne es zu merken, ist er in sein Muster gefallen, alle Menschen – auch die, welche er nicht kennt – mit »Du« anzureden.

Doch die junge Frau scheint dies nicht zu stören. In gebrochenem Deutsch versucht sie ihm zu erklären, wer sie ist, woher sie kommt und was sie eigentlich vorhat. Und wie sie den Weg in die Höhle gefunden hat.

Chläus ist nicht nur überrascht, die Frau hier anzutreffen, sondern auch von ihrer Geschichte. Eine Geschichte, die so abenteuerlich wie auch überraschend ist. Und die ihm im Moment so gar nicht in seine Pläne passen will. Damit hätte er nun wirklich nicht gerechnet!

Damit, dass diese junge Frau seine Grundhaltung auf

die Probe stellt. Nicht nur als Frau, sondern noch stärker als *fremde* Frau. Eine Fremde, die eigentlich seine Hilfe bräuchte – Hilfe, die er aus tiefster christlicher Überzeugung jedem Menschen aus seiner Umgebung geben würde. Nicht aber einer Fremden, dafür ist – nach dem Treffen hier vor einer Woche erst recht – seine andere Überzeugung, dass eben dieses Fremde nicht hierhergehört, zu stark.

Als Chläus die Höhle verlässt, weiß er, dass er die Frau in dieser Verfassung nicht hätte zurücklassen dürfen. Doch, überlegt er im Davonstürmen, vielleicht ist dies ein weiteres Zeichen, das ich für unsere Sache setzen musste. Und wenn es etwas Gutem dient, ist auch mal etwas weniger Gutes angebracht.

Und für einmal verlässt ihn bei seinem überstürzten Rückzug aus der Höhle auch seine Sensibilität, die ihm normalerweise erlaubt, alles in seiner Umgebung wahrzunehmen.

So merkt er auch nicht, dass Lydia und Anton ihn beobachten, wie er den Hang hinunter auf die Straße in Richtung Rainhütten stürmt.

FREITAG, 30. MAI

Roger schaut ihn sich immer und immer wieder an, den Artikel im »St. Galler Tagblatt«, der knapp zwei Wochen nach dem Treffen mit Sabrina erschienen ist – den Artikel »Mord-Idee beim Wandern«, der beschreibt, wie er, Roger Marty, zum Krimischreiben gekommen ist und wie er seine Romane schreibt.

Das Foto ist gut und zieht die Aufmerksamkeit der Leser auf den Bericht, davon ist Roger überzeugt. Und der Text von Sabrina ist ebenso gut, umschreibt genau das, was er ihr mitteilen, wie er sich darstellen wollte. Kein Wort von dem, was nach dem Interview geschehen ist.

Roger schämt sich gleichermaßen, wie er die Professionalität dieser jungen Frau bewundert. Er hat seither nichts mehr von ihr gehört, hat auch vermieden, nochmals mit ihr in Kontakt zu treten. Dafür hat es nach dem abrupten Ende ihres Treffens keinen Anlass mehr gegeben, dafür war die Botschaft von Sabrina zu deutlich.

Trotzdem – oder gerade deswegen – schaut er immer und immer wieder diesen Artikel an. Und kann es nicht begreifen, dass Sabrina diesen Entscheid gefällt hat. Den Entscheid, der ihm nur wenige Tage nach dem Erscheinen des Artikels ins Haus geflattert ist.

Ein Brief einer Anwältin aus St. Gallen. Ein Brief, der ihm in unmissverständlicher Weise nahelegt, dass er sich von Sabrina Schmidhauser fernhalten solle und dass sie Strafklage wegen sexueller Nötigung gegen ihn erhoben habe. Und dass, wenn er die Anweisung missachte, weitere Schritte gegen ihn eingeleitet würden.

Roger ist geschockt, kann es nicht begreifen, obschon er sich bewusst ist, dass er einen großen Fehler gemacht hat. Ja, es war ein Fehler, doch sicher nicht der Tatbestand einer sexuellen Nötigung, überlegt er sich.

Denn in der Schweiz wird sexuelle Nötigung im Strafgesetzbuch beschrieben als »Nötigung einer Person zur Duldung einer beischlafsähnlichen oder einer anderen sexuellen Handlung, namentlich, indem er sie bedroht, Gewalt anwendet, sie unter psychischen Druck setzt oder zum Widerstand unfähig macht.«

Und das habe ich doch nicht gemacht, redet sich Roger selbst zu, ich habe sie vielleicht bedrängt, aber mehr nicht. Wobei das »Sich-gut-zureden« auch vor dem Hintergrund der angedrohten Strafe für dieses Delikt geschieht, für welches eine Geldstrafe oder gar eine Freiheitsstrafe von bis zu zehn Jahren vorgesehen ist.

Im ersten Moment denkt Roger daran, sofort mit Sabrina Kontakt aufzunehmen, sie um Verzeihung zu bitten und sie aufzufordern, die Anzeige zurückzuziehen. Dafür wäre er auch bereit, etwas Geld in die Hand zu nehmen, falls dies nötig sein sollte. Doch als er den Brief noch einmal liest, verwirft er seinen Plan, denn so, wie dieser formuliert ist, würde er sich noch tiefer in die Sache reinreiten.

Stattdessen vertieft sich Roger in eine Internetrecherche, um auszuloten, wie groß die Gefahr ist, dass er zu einer Gefängnisstrafe verurteilt werden könnte. Denn mit einer Geldstrafe könnte er noch leben. »Das wäre dann Lehrgeld, das ich für meine Dummheit bezahlen müsste«, geht es ihm durch den Kopf.

Nach einigen Stunden vertiefter Nachforschungen kommt er zum Schluss, dass die Chancen eigentlich gut stehen, dass das Gericht es bei einer Geldstrafe belassen wird. Ein Anruf bei einem befreundeten Anwalt bestätigt ihm seine Erkenntnisse. Doch empfiehlt ihm dieser dringend – und nicht aus persönlichem Interesse, wie er immer wieder betont –, sich anwaltlich vertreten zu lassen. Doch Roger ist, wie er es von seiner Unschuld ist, überzeugt, dass er diese Angelegenheit alleine durchziehen kann.

»Das Wichtigste ist jetzt aber«, überlegt Roger, »dass Tanja nichts von dem erfährt, was war und was läuft.«

Nur wenige Tage nach dem ersten Brief flattert ein weiterer in Haus: das Aufgebot der Polizei zu einer Aussage. Im Detail muss er dem Beamten schildern, was sich an jenem Abend zugetragen hat, was er genau gemacht habe, was er und Sabrina gesagt hätten.

Roger ist es peinlich, seinem wesentlich jüngeren Gegenüber sein Fehlverhalten zu beschreiben, beteuert jedoch immer wieder, dass dieses niemals den Tatbestand einer sexuellen Nötigung erfülle. Der Beamte weist ihn darauf hin, dass diese Beurteilung nicht in seinem Ermessen liege, da er nur für die Aufnahme der Aussage zuständig sei. »Gewaltentrennung«, fügt er emotionslos an.

Es vergehen dann weitere drei Wochen, bis Roger nach Ostern auf dem Untersuchungsrichteramt erscheinen muss. Dort wird er von der Untersuchungsrichterin noch einmal und aufgrund des bereits verfassten polizeilichen Vernehmungsprotokolls befragt. Doch nicht nur er, sondern auch Sabrina wird vernommen. Da sie eine gemeinsame Einvernahme abgelehnt hat, sitzt sie mit ihrer Anwältin im Nebenzimmer, hört aber alles, was Roger sagt, und hat auch die Möglichkeit, von dort aus der Untersuchungsrichterin Fragen zu beantworten oder ihre Sicht der Dinge zu schildern. Obwohl Roger mehrmals versucht ist, sie direkt anzusprechen, unterlässt er dies und richtet seine Aussage an die Untersuchungsrichterin, auch wenn die Botschaft klar an Sabrina geht.

Beim Hinausgehen und nachdem ihn die Untersuchungsrichterin darüber aufgeklärt hat, dass es nun mit der Einladung zur Gerichtsverhandlung weitergehen werde, sieht er Sabrina nochmals. Diese verlässt vor ihm zusammen mit ihrer Anwältin das Gebäude, würdigt ihn jedoch keines Blickes.

Es wird Ende Mai, bis es endlich zur Hauptverhandlung im Kreisgericht kommt. Sabrina ist nicht anwesend und wird durch ihre Anwältin vertreten. Der Gerichtsdiener informiert die Anwesenden über den Ablauf der Verhandlung und über die Regeln, die einzuhalten sind. So ist es beispielsweise nicht erlaubt, etwas zu sagen, ohne dazu aufgefordert worden zu sein. Roger ist froh, dass auch Sabrina verlangt hat, dass die Verhandlung unter Ausschluss der Öffentlichkeit stattfindet. Denn wäre diese zugelassen worden, wäre er als Schriftsteller und auch als Berater wohl geliefert gewesen.

Als Beschuldigter wird Roger nochmals zu den Vorgängen befragt, wobei die Richterin diese Befragung mit einem, wie es Roger scheint, empörenden »Was haben Sie sich denn dabei gedacht, Herr Marty?« eröffnet.

In diesem Moment wird Roger klar, dass er bereits verloren hat.

Wenn eine Richterin so fragt, hat sie eine persönliche Haltung zu dem, was passiert ist, ist sich Roger sicher, und davon wird sie nichts abbringen, auch nicht, was ich zu meiner Verteidigung sage. Und zum zweiten Male beurteilt eine Frau sein Fehlverhalten.

Nach der Rede der Anklagevertretung hat Roger das Wort. Er fasst sich kurz, beteuert nochmals, dass er in dem, was ihm vorgeworfen wird, nicht schuldig ist. Er gibt jedoch zu, dass er einen Fehler begangen hat, dass es ihm leidtue, er sich dafür entschuldige.

Die Richterin schließt die Verhandlung, nachdem sie geklärt hat, ob Roger das Urteil noch heute in einer kurzen Mitteilung erhalten oder lieber auf die ausführliche Begründung warten wolle, was aber einige Tage dauern würde. Obwohl die erste Variante kostenpflichtig ist, entscheidet er sich für diese – zu lange schon hat sich die ganze Sache hingezogen.

Das Urteil trifft, überrascht ihn aber nicht wirklich: eine bedingte Freiheitsstrafe von 30 Tagen mit einer Probezeit von zwei Jahren und eine Buße von 2.500 Schweizer Franken, Übernahme sämtlicher Gerichtskosten und der Auslagen für die psychologische Betreuung, welche Sabrina in Anspruch genommen hat. Dazu kommt zivilrechtlich eine Genugtuung von 3.000 Schweizer Franken, die er ihr zahlen muss.

Die bedingte Freiheitsstrafe heißt für Roger, dass er die 30 Tage Haft nicht antreten muss, sich aber während der zweijährigen Probefrist auch kein weiteres Vergehen erlauben darf. Bei Bestehen der Probezeit wird auf den Vollzug der Strafe definitiv verzichtet; sollte zwischenzeitlich etwas vorfallen, kann das Gericht die bedingte Strafe nachträglich vollziehen.

Roger weiß, dass eine Berufung bei diesem Urteil wenig Sinn macht und außer zusätzlichen Kosten nichts bringen würde.

Nach der Verhandlung sitzt Roger zu Hause in seinem Wohnzimmer, versucht, bei einem Schnaps mit der Leere zurechtzukommen, welche das Urteil in ihm erzeugt hat. Und da er im Moment niemanden hat, mit dem er darüber reden kann, entschließt er sich, seine Gefühle niederzuschreiben – was er auch besser kann, als sie in gesprochene Worte zu fassen.

Doch das Geschriebene hat eine klare Adressatin – die Richterin, welcher er einen Brief schreibt:

Sehr geehrte Frau Richterin.

In meinem Leben habe ich gelernt, dankbar zu sein für alles, was ich erleben darf und muss, denn alles leistet einen wesentlichen Beitrag zu meiner weiteren persönlichen Entwicklung.

Deshalb bedanke ich mich auch bei Ihnen für die Erfahrung der Hauptverhandlung in der Strafsache gegen mich, die Sie geleitet haben, sowie das Urteil gegen mich – auch wenn ich im Moment noch nichts Positives und Bereicherndes aus beidem nehmen kann. Aber dies wird sich mit einer gewissen Distanz sicher ändern.

Was mir vorgeworfen wird, ist schwerwiegend, den Vorfall gerecht zu beurteilen ist aufgrund seiner Intimität und der Beweislage extrem schwierig. Deshalb sind meiner Meinung nach auch nicht die von Ihnen ausgesprochene Strafe und das Strafmaß für meine Entwicklung maßgebend, sondern wie ich mein weiteres Leben gestalte und was es mir bringen wird. Denn: »Selbst ein Leben, das wir anscheinend vertan haben, lässt sich noch rückwirkend mit Sinn erfüllen, indem wir gerade durch die Selbsterkenntnis über uns hinauswachsen«, hat Viktor E. Frankl treffend formuliert.

In dem Moment, in welchem ich mit mir klar wurde und eingestehen konnte, was ich gemacht habe und was von dem, was mir vorgeworfen wurde, nicht stimmt, konnte ich auch mit der Belastung der Beschuldigung umgehen. Das hat nichts mit Bagatellisierung zu tun, sondern damit, zum eigenen Fehlverhalten zu stehen – aber auch zur persönlichen Wahrheit.

Zu dieser muss auch die Klägerin stehen und damit ein Leben lang umgehen können – mit dem, was sie mir vorgeworfen hat, aber auch mit dem, was sich wirklich ereignet hat. Nur die Klägerin und ich wissen, was wirklich geschehen ist und was von dem, was bei allen Einvernahmen und Verhandlungen gesagt wurde, auch zutrifft. Und nur wir wissen, was selbst bei Berücksichtigung individueller Interpretationen und persönlicher Wahrheiten am Schluss als Lüge bestehen bleibt.

Es wurde wahrscheinlich Recht gesprochen, aus meiner Sicht aber nicht Gerechtigkeit – denn Recht und Gerechtigkeit leben nicht unter dem gleichen Dach. Ob der Weg in die Berufung dies ändern würde, wage ich aufgrund der bisherigen Erfahrung zu bezweifeln. Als Mann, kräftiger und wesentlich älter als die Klägerin, von dem die Initiative ausging und der kein Motiv beschreiben kann, habe ich eine schlechte Ausgangsposition, v. a. in der Beurteilung – wie zweimal erlebt – durch Richterinnen.

Doch auch wenn ich diesen Weg nicht gehe, ist dies kein Schuldgeständnis, sondern vielmehr ein Zeichen mangelnden Glaubens an die Rechtsprechung. Vielmehr glaube ich, dass Ungerechtigkeiten, die ein Mensch erlebt, irgendwann in seinem Leben durch Gerechtigkeit ausgeglichen werden.

Frau Richterin, es war mir wichtig, Ihnen diesen Brief zu schreiben, nachdem ich am Ende der Verhandlung nicht mehr die Gelegenheit hatte, meine Gedanken mündlich zu formulieren.

Roger schließt sein Schreiben mit den besten Wünschen für ihre weiteren Entscheidungen und der üblichen Grußformel, lässt den Brief aber noch liegen, will ihn erst am anderen Tag zur Post bringen. Er hat gelernt, dass er oft zu schnell handelt und erst aufgrund der Reaktion merkt, dass er sich besser mehr Zeit gelassen hätte. So baut er jetzt meist eine Denkpause ein, bevor er seine spontanen Reaktionen auch nach außen kommuniziert.

Und als Roger den Brief am folgenden Tag wirklich zur Post bringt, weiß er, dass er damit die Angelegenheit nur für sich selber abgeschlossen hat.

Denn was bleibt, ist die Gewissheit, dass er ab sofort als vorbestraft gilt, dass er sich während der zweijährigen Probezeit nichts zuschulden kommen lassen darf und dass dieses Vergehen in seinem persönlichen Strafregister für die nächsten zehn Jahre festgehalten bleibt. Mit der für Roger positiven Einschränkung, dass bedingte Strafen im Auszug nicht mehr aufgeführt werden und damit nur noch für gewisse Behörden sichtbar bleiben, wenn er sich bis zum Ablauf der Probezeit pflichtgemäß verhält.

Doch so oder so ist dies ein einschneidendes Ereignis in Rogers Leben.

SAMSTAG, 19. JULI

Bruno sitzt bereits früh am Morgen wieder in seinem Büro, obwohl er eigentlich dienstfrei hätte. Noch einmal lässt er Revue passieren, was er und Max gestern nach der Rückkehr aus dem IRM noch erarbeitet haben.

Schon auf der Heimfahrt von St. Gallen nach Appenzell hatte er Max erklärt, wo er mit seinen Ermittlungen weiterzumachen gedenkt: »Für mich gibt es verschiedene Ansatzpunkte, wie wir weiterkommen könnten. Zum einen müssen wir recherchieren, ob es in unserer Region Tendenzen religiösen Fanatismus' gibt, zum anderen gehen wir mal die letzten Sexualdelikte, die erfasst wurden, durch. Vielleicht ergeben sich ja von vermuteten Abläufen her Parallelen oder Ähnlichkeiten zum aktuellen Fall.«

Max war mit dem vorgeschlagenen Vorgehen grundsätzlich einverstanden, fügte aber noch an, dass er gerne auch herausfinden würde, ob es Verbindungen zwischen Menschen aus der Region und der russisch-orthodoxen Kirche gebe.

So machten sich die beiden an die Recherchen. Und während sich Max auf die religiöse Schiene fokussierte, stieg Bruno in die Datenbank ViCLAS, das »Violent Crime Linkage Analysis System«, ein. Diese Datenbank, von der »Royal Canadian Mounted Police« RCMP entwickelt, ist ein Werkzeug im Bereich der Recherche, Auswertung und Analyse von Gewaltverbrechen. Es hilft den Strafermittlungsbehörden, über einen »Verhaltens-Fingerabdruck« der Täterschaft bei bestimmten Gewalt- und Sexualstraftaten Gemeinsamkeiten und Serien-Zusammenhänge mit anderen Delikten zu erkennen.

Erfasst werden in ViCLAS Tötungsdelikte, Vermisstensachen, Sexualstraftaten und das verdächtige Ansprechen von Kindern und Jugendlichen. Mit einem umfassenden Fragenkatalog werden alle relevanten Informationen zur Täterschaft, zum Opfer und zu den Tatumständen erfragt und analysiert. Dazu gehören Daten über die Täterschaft und ihre Lebenssituation, die Täter-Opfer-Beziehung, die Tatorte, Verletzungen oder Todesursache, verbales, physisches und sexuelles Verhalten bei der Tatvorgehensweise, verwendete Waffen, Gegenstände und Fahrzeuge.

ViCLAS liefert Ermittlungsansätze, denen die zuständigen Behörden nachgehen können, und findet in erster Linie bei der vergleichenden Fallanalyse Anwendung. Zudem bilden die erfassten Daten die Basis für Verhaltens- und Persönlichkeitsprofile.

Die Fallanalyse kommt als kriminalistisches Werkzeug vor allem bei Tötungs- und sexuellen Gewaltdelikten zur Anwendung. Sie baut auf der Grundlage objektiver Daten und möglichst umfassender Informationen zum Opfer auf und hat zum Ziel, ein vertieftes Fallverständnis zu erarbeiten und ermittlungsunterstützende Hinweise zu erhalten.

In der Schweiz wurde ViCLAS im Rahmen der »Konferenz der kantonalen Justiz- und Polizeidirektorinnen und -direktoren« KKJPD über eine interkantonale Vereinbarung, ein Konkordat, flächendeckend eingeführt und trug bereits im Pilotbetrieb zu mehreren Ermittlungserfolgen bei. Das ViCLAS-Centre Schweiz ist bei der Kantonspolizei Bern angesiedelt. Unterstützt wird das Zentrum durch diverse Außenstellen, so auch durch eine in der Ostschweiz.

Die von Bruno festgelegten Parameter – wie einvernehmlicher Sexualkontakt oder eventuelle Nötigung, Tötungsdelikt danach an vollständig bekleidetem Opfer – führten zu keinem Ergebnis, das wirklich weiterhelfen könnte. Ähnliche Fälle sind wohl erfasst, aber nicht in der Schweiz, geschweige denn in der näheren Umgebung.

Doch bei der Suche nach möglichen Motiven für sexuell motivierte Tötungen stieß er auf interessante Erkenntnisse. Das Täterprofil weist meist auf ungünstige, häufig instabile und unbeständige Beziehungen in der Familie hin, oft auch auf eigene Erfahrungen von körperlicher Misshandlung und sexuellem Missbrauch. Dazu kommen fehlende Unterstützung, mangelhafte Kontrolle und fehlende Intervention bei aggressiven Übergriffen in der Kindheit auf Tiere oder andere Kinder.

Heute nun will sich Bruno nochmals der Datenbank und auch dem Schweizer Strafregister widmen und die in der Region erfassten Fälle der letzten Monate und Jahre analysieren.

Und schnell stößt er auf einen Namen, der ihm bestens bekannt ist, den er aber hier und in diesem Zusammenhang nicht erwartet hätte: Roger Marty! Im April wurde dieser wegen sexueller Nötigung zu 30 Tagen bedingt auf zwei Jahre, einer Buße von 2.500 Schweizer Franken und einer Genugtuung von 3.000 Schweizer Franken verurteilt.

Bruno pfeift durch die Zähne: »Jetzt wird mir klar, warum es in letzter Zeit so ruhig um Marty war, ich hab diesen Frühling und Sommer weder etwas von ihm noch über ihn gehört.«

Sofort ruft er Max an und erzählt ihm, auf was er gestoßen ist. »Sorry, Max, dass ich dich am Wochenende störe, aber das muss ich dir schnell erzählen. Unser Freund Roger

Marty wurde im Frühling wegen sexueller Nötigung verurteilt! Ich habe schon immer vermutet, dass der nicht ganz ›sauber‹ ist – jetzt haben wir den Beweis, dass ich mit meinem Gefühl richtig lag.«

»Und du glaubst, dass er mit unserem Fall etwas zu tun hat?«, fragt Max ungläubig nach.

»Nun ja, er ist ja sehr oft im Alpstein unterwegs«, führt Bruno aus, »und dass er gerne mit jungen Frauen zusammen ist und flirtet, wissen wir ja von eigenen Beobachtungen. In unsere weiteren Ermittlungen einbeziehen müssen wir ihn auf alle Fälle. Ich werde nächste Woche sicher mal zu klären versuchen, wo er an besagtem Sonntag unterwegs war.«

»Aber glaubst du wirklich, dass er dem Profil eines Sexualtäters entspricht, wie wir es kennen?«

»Nun, einige Aspekte treffen sicher auf ihn zu: überdurchschnittlicher Intelligenzquotient, die verübte Nötigung weist aber auch auf Verdeckungstendenzen, sexuell dranghafte Bedürfnisse oder Verhaltensweisen und deren Ausrichtung auf nicht einwilligende Personen hin.«

»Das stimmt – aber ich kann mir nicht vorstellen, dass er zu so etwas fähig wäre. Er stand ja bisher eher auf unserer Seite, war an der Aufklärung interessiert.«

»Vor allem stand er uns bei dieser im Weg«, bemerkt Bruno trocken. »Was hast du gestern noch herausgefunden, du warst dann ja plötzlich weg.«

Max erklärt seinem Chef, dass er noch einen privaten Termin hatte und ihn nicht stören wollte, da er so vertieft in seine Recherche schien. Und dass er bis jetzt erst auf eine Person gestoßen ist, die bezüglich Religion und Glaube sehr auffällig ist. »Doch dafür musste ich nicht groß recherchieren! Es ist ja allseits bekannt, dass Klaus

Fritsche oder ›Chläus‹, wie er genannt wird, sehr offensiv seine Glaubensbotschaft verkündet und vehement für diese einsteht.«

»Chläus – ja natürlich! Doch der ist harmlos, im Grund genommen ein lieber Kerl. Er ist ja auch einer unserer Geistheiler, und erst noch ein sehr erfolgreicher und beliebter. Und die haben sich dem Guten verpflichtet, ich glaube nicht, dass er mit der Sache etwas zu tun hat.«

»Aber erinnere dich an die Aussagen von Anita, die glaubt, so etwas wie zunehmend fundamentalistische Tendenzen zu erkennen. Auch wenn sie den Namen von Chläus nicht erwähnt hat. Vielleicht ist doch etwas dran.«

»Okay, dann geh nächste Woche der Sache mal weiter nach. Und zur Verbindung zur russisch-orthodoxen Kirche, hast du da was rausgefunden?«

»Kam ich leider noch nicht dazu – am Montag dann«, entschuldigt sich Max.

»Kein Problem, ich bin eh noch im Büro, ich versuch, mich mal schlauzumachen«, verabschiedet sich Bruno von seinem Kollegen.

Schnell findet Bruno im Netz Hinweise auf Veranstaltungen mit russisch-orthodoxen Sakralgesängen, doch das hilft ihm nicht wirklich weiter. Ebenso wenig wie der Artikel über die Einweihung der Auferstehungskirche der russisch-orthodoxen Gemeinde in Zürich im Jahre 2002, die als einziger Ableger des Moskauer Patriarchats in der deutschsprachigen Schweiz Gläubige aus Basel, Graubünden, Bern und Appenzell betreut.

Deshalb sucht Bruno nun nach Personen, die in den letzten Monaten neu zugezogen sind und sich mit dieser Konfessionszugehörigkeit angemeldet haben. Und nach solchen, die aus Ländern, in denen die russisch-orthodoxe Kirche verbreitet ist, nach Appenzell gekommen sind. Nach Menschen aus Russland, Weißrussland, Kasachstan, Armenien, Georgien, Moldawien, der Ukraine, Rumänien, Serbien, Bulgarien, Mazedonien oder Montenegro.

Zur ersten Kategorie findet er keine Treffer, doch bei der zweiten wird er fündig. Es sind jedoch nur wenige Saisonarbeiter aus Bulgarien und Rumänien registriert, da nur diese beiden Länder von der Erweiterung der Personenfreizügigkeit profitieren und deren Bürger als Arbeitskräfte in der Schweiz zugelassen sind. Und eine Praktikantin, die von einem der Stagiairesabkommen profitiert, welche die Schweiz mit 15 Staaten getroffen hat: Valja Nowikowa.

»Natürlich«, entfährt es Bruno, »warum bin ich nicht schon früher darauf gekommen?« Doch welche Beziehung besteht zwischen Valja und der unbekannten Toten?

Bruno ruft in der »Bollenwees« an und erkundigt sich bei Anita, ob sie etwas wisse über eine Freundin von Valja, ob es Pläne für einen Besuch gab, ob sie diese eventuell gar schon getroffen habe.

»Valja hat mir von ihrer Freundin, mit der sie beinahe die ganze Schul- und auch die Studienzeit verbracht hat, erzählt. Aber auch davon, dass diese leider nicht in die Schweiz kommen könne – weder zur Arbeit noch auf Besuch –, da sie sehr stark im Tierschutz engagiert sei und ihre Tiere nicht alleine lassen wolle. Und für einen Besuch fehle ihr schlichtweg auch das Geld«, klärt Anita Bruno auf.

»Was aber nicht vollständig ausschließt, dass sie sich doch anders entschieden hat und Valja mit ihrem Besuch überraschen wollte. Und Gründe, das Land zu verlassen, gab es in den letzten Wochen und Monaten genug. Man redet ja davon, dass schon über 150.000 Ukrainerinnen und Ukrainer außer Landes geflohen sind.«

»Doch falls sie es ist, warum ist sie nicht hier aufgetaucht? Von wem wurde sie auf dem Weg hierher aufgehalten, wer ist für ihren Tod verantwortlich«, fragt Anita verzweifelt nach, »und warum wurde sie umgebracht?«

»Fragen, die wir uns in ähnlicher Form schon einmal stellen mussten«, hält Bruno sachlich fest, »aber es ist die einzige Spur, die wir bisher haben und die wir schon deshalb weiterverfolgen müssen. Vielleicht erfahren wir am Montag mehr, wenn wir von den internationalen Datenbanken Rückmeldungen erhalten oder wir die Suche mit unserer Vermutung konkretisieren können.«

»So sehr ich dir wünsche, dass du den Fall klären kannst, so sehr wünsche ich mir und Valja, dass du mit deinen Vermutungen nicht richtig liegst«, schließt Anita das kurze Gespräch ab.

MONTAG, 5. MAI

»Habe schon beinahe nicht mehr daran geglaubt, dass ich dich noch treffen werde«, freut sich Roger, als sich Monika seinem Tisch nähert. Der wolkenlose Himmel gestattet eine direkte Sonneneinstrahlung, welche ein Verweilen draußen auf der Terrasse des Berggasthauses »Staubern« ermöglicht.

»Gleichfalls«, schmunzelt Monika, »du warst ja dieses Jahr auch nicht oft hier oben.«

»Und wenn ich hier war, warst du nicht hier oder wir haben uns verpasst«, kontert er. »Wie geht es dir?«

»Gut, danke, sehr gut«, antwortet Monika, ohne ihn jedoch direkt anzuschauen.

Roger spürt sofort, dass sie nicht die Wahrheit sagt. »Hast du nachher mal Zeit, um ein wenig zu quatschen? Kamen ja schon lange nicht mehr dazu.«

»Ich habe gleich Zimmerstunde, ich komme dann zu dir raus.«

Wenig später sitzen die beiden am Tisch und finden wie immer, wenn sie zusammen sind, sofort ein Thema, über das sie diskutieren können. Direkt und ohne Umwege über das schöne Wetter oder die herrliche Aussicht.

»Monika, was denkst du, wie stehen die Menschen grundsätzlich zur Wahrheit? Sind sie eher ehrlich oder eher unehrlich?«

»Wieso fragst du?« Monika ist etwas verwirrt. Weiß Roger etwas über das, was geschehen ist, was ihr geschehen ist?

»Ach, entschuldige, dass ich so einfach mit der Tür ins Haus falle«, lacht Roger, »aber das ist einfach im Moment ein Thema, das mich interessiert und über das ich oft nachdenke.«

»Einfach so, oder ist etwas vorgefallen?«, fragt Monika nach.

»Einfach so«, bestätigt Roger und weiß, dass er sich damit in den Reigen der Unehrlichkeiten eingereiht hat, den Monika eröffnet hat – denn wirklich gut scheint es ihr nicht zu gehen.

»Nun, es kommt darauf an, was man als Unehrlichkeit oder Lüge definiert. Denn manchmal muss man lügen, um einen Menschen nicht zu verletzen, zu enttäuschen oder bloßzustellen.«

»Das stimmt, nicht immer ist die volle Wahrheit angebracht«, pflichtet ihr Roger bei. »Hast du gewusst, dass wir durchschnittlich 25-mal pro Tag lügen – oder sagen wir, zumindest schwindeln?«

»Nein, das hätte ich nie gedacht«, gibt sich Monika erstaunt. »Aber eben, wenn man die Lügen dazu zählt, mit denen sich Männer stärker, wichtiger, reicher und potenter geben wollen, kann das schon zutreffen.« Monika lacht laut heraus.

»Oder Frauen bei ihrem Gewicht und Alter schummeln, alles versuchen, begehrt und gebraucht zu werden«, gibt Roger zurück und muss ebenfalls herzlich lachen.

»Ich denke, es gibt so etwas wie eine moralische Grenze der Lüge. Dann, wenn jemand anderem bewusst Schaden zugefügt wird. Zum Beispiel, wenn ein Mann des Missbrauchs bezichtigt wird, obwohl dies nicht stimmt. Selbst wenn sich der Vorwurf als nichtig erweist, bleibt der Ruf des Mannes für immer geschädigt«, ergänzt er.

»Wobei gerade in deinem Beispiel oft Aussagen von Frauen als Lügen bezeichnet werden, obwohl es keine sind. Denn über das, was geschehen ist, zu reden, fällt der Frau, dem Opfer, nicht leicht«, korrigiert ihn Monika.

»Aus polizeilichen Verhören weiß man, dass wenn eine Geschichte stark reduziert, streng chronologisch und mit Allgemeinwissen ergänzt, das eigentliche Vergehen aber eher beiläufig behandelt wird, es sich sehr oft um eine Lüge handelt. Was wirklich erlebt wurde, wird hingegen logisch verknüpft und ausführlich erzählt, Geräusche und Gerüche werden geschildert, ohne Widersprüche. Und im Wiederholungsfall wird die Geschichte zumindest ähnlich erzählt«, führt Roger aus.

»Die Motivation, in einem strafrechtlichen Fall zu lügen, ist auch eine andere als bei einer Alltagslüge. Man will ja niemanden schützen – außer sich selbst –, will aber jemandem Schaden zufügen oder sich rächen.«

»Das ist richtig, Monika. Zudem verfälschen oft auch gezeigte Emotionen die Wahrheit der Aussage und verleiten in der Beurteilung dazu, eher emotionalen Aussagen, die oft noch von Tränen unterstützt werden, Glauben zu schenken. Wobei wissenschaftlich noch nie belegt werden konnte, dass Lügner nervös sind und sich dies auf ihre Körpersprache auswirkt, sie Blickkontakt aus dem Weg gehen, erröten, sich ihre Stimmlage verändert und die Stimme unsicher wird.«

Monika fühlt sich ertappt, obwohl ihr Roger eben bescheinigt hat, dass ihr Wegsehen bei ihrer Lüge eben kein Zeichen ist, das sie entlarvt. Aber Roger könnte ja auch lügen und dieses doch als Indiz für eine falsche Aussage deuten. »Aber das könnte ja mit einem Lügendetektor nachgewiesen werden«, versucht Monika, das Gespräch wieder in Gang zu bringen und sich von ihren Gedanken abzulenken.

»Der bei uns in der Schweiz als Beweismittel nicht zugelassen ist«, korrigiert Roger sie, »denn das Gerät zeigt ja nicht an, ob die Wahrheit gesagt wurde oder nicht, sondern nur die Reaktionen auf bestimmte Fragen. Reaktionen, die auch unter Stress oder bei Angst, dass einem nicht geglaubt wird, entstehen können. Zudem wird ein Lügner um jeden Preis zu verbergen versuchen, dass er lügt, er wird ruhig sitzen, wird keinem Blick ausweichen oder sogar Beruhigungsmittel einsetzen, um ein verräterisches Mienenspiel zu vermeiden.«

»Die Wahrheit herauszufinden, ist und bleibt schwierig«, stimmt ihm Monika zu, »überleg zum Beispiel, was du denkst, wenn ein als Lügner bekannter Mensch sagt, dass er lüge. Lügt er?«

»Es gibt Theorien, die davon ausgehen, dass eine Aussage dann wahr ist, wenn sie frei ist von inneren Widersprüchen oder wenn vernunftmäßig urteilende und gut informierte Experten überzeugt sind, dass sie wahr ist. Die Frage bleibt, ob wirklich das Fehlen einer Widersprüchlichkeit oder eine Expertenmeinung ausreicht, um über wahr oder unwahr zu entscheiden.«

»Ist Wahrheit gleich Richtigkeit, das, was wir als Wert für uns festlegen, die innere Norm, der unsere Wahrheit genügen muss?«

»Dann wäre aber Wahrheit etwas Relatives«, folgert Roger, »kann ich wirklich behaupten, dass es *die* Wahrheit ist, wenn ich weiß, dass es *meine* ist? Denn selbst wenn ich die Wahrheit für mich beanspruche, muss ich andere Meinungen tolerieren, die auf einer anderen Wahrheit basieren. Und nur im Widerspruch zwischen zwei Wahrheiten, wenn nur eine Seite recht haben kann – wie bei der Beurteilung eines strafrechtlichen Vergehens –, wird die Akzeptanz der anderen Meinung zu einem Eingeständnis, die Wahrheit nicht gepachtet zu haben.«

»Aber könnte man Wahrheit nicht einfach definieren als das, was mit der Realität übereinstimmt?«, fragt Monika nach.

»Mit welcher? Mit deiner oder meiner Realität?« Roger zieht fragend seine Schultern hoch. »Wahrheit heisst für mich, mir einen objektiven Tatbestand so bewusst zu machen, dass jede Täuschung ausgeschlossen ist. Wobei zahlreiche Philosophen der Überzeugung sind, dass wir Menschen keine objektive Wahrheit erreichen können. Oder dass im Vergleich zu den Vermutungen und zu dem, was nicht erkennbar ist, die Menge der objektiven Wahrheiten eines Menschen sehr gering ist. Womit wir wieder bei der subjektiven, relativen oder einfach praktischen Wahrheit sind – bei der Wahrheit, die mir nützlich ist. Der pragmatische Ansatz!«

»Ich gehe nach wie vor davon aus, dass dem Menschen Ehrlichkeit am Herzen liegt und wir damit grundsätzlich bestrebt sind, die Wahrheit zu sagen. Das Problem ist jedoch, dass unser Kontrollorgan, welches unsere Ehrlichkeit überprüft, nur dann aktiv wird, wenn wir einen großen Verstoß planen oder begangen haben. Bei kleinen Vergehen ist dieses außer Kraft gesetzt.«

»Du meinst so, wie wir locker ein Glas aus einem Restaurant mitgehen lassen, aber uns überwinden müssen, Geld, das auf dem Tisch liegt, einzustecken?«

»Ja richtig! Wobei betrügen immer leichter ist, wenn es um Geld geht.«

»Aber um nochmals auf das zurückzukommen, was wir am Anfang diskutiert haben: In einem Verhör zu einem strafrechtlichen Fall die Wahrheit zu sagen oder nicht, hängt auch immer davon ab, was ich von meinem Gegenüber, zum Beispiel dem Richter, denke. Ich muss mich entscheiden, entweder zu leugnen oder zu gestehen, ohne zu wissen, ob mir der Richter glaubt oder nicht. Das typische Gefangenendilemma!«

Monika braucht eine Weile, das zu ordnen, was Roger gerade gesagt hat. »Reichlich kompliziert! Aber stimmt – wir machen unsere Wahrheit zu oft abhängig von unseren Erwartungen, die wir in andere projizieren.«

»Und – um bei unserer Frage zu bleiben, was wir unter Gerechtigkeit verstehen – liegt eine Provokation vor, die einen Menschen zur Straftat animiert hat, kann es ja nicht sein, dass dieser dafür die ganze Strafe übernehmen muss und das ›Opfer‹ dafür belohnt wird.«

Monika lacht: »Sprichst du etwa doch aus Erfahrung?«

»Wir alle haben doch damit im weitesten Sinn unsere Erfahrungen gesammelt«, erwidert Roger in ruhigem Ton und fixiert Monikas Augen.

Diese kann für einen Moment nicht reagieren, bleibt sprachlos, fühlt, wie Wärme ihren Hals hoch ins Gesicht strömt, weiß, dass sich ihre Emotionen nun auch in ihrer Hautfärbung widerspiegeln.

»Aufgrund dieser Erfahrungen bestimmt jeder Mensch für sich die Wahrheit und definiert, was Gerechtigkeit für ihn bedeutet«, nimmt sie nach kurzer Pause den Faden wieder auf.

»Wobei Gerechtigkeit nichts mit Recht zu tun hat, um nochmals auf unser Ausgangsbeispiel zurückzukommen«, fügt Roger an.

»Was heißt, dass es auch nicht immer Sinn macht, dass über etwas, was durchaus als nicht gerecht beurteilt werden kann, auch Recht gesprochen wird«, fügt Monika an.

»Richtig«, bestätigt sie Roger, »womit wir uns einmal mehr einig sind!«

»Vielleicht ja auch, weil wir nicht nur gleich *denken*«, fügt Monika zweideutig an.

TEIL 3

MONIKA

Seit der ersten Begegnung mit Valja vor gut drei Wochen hat Monika ihre neue Kollegin noch einige weitere Male getroffen. Mal in der »Bolle«, wenn Monika abschätzen konnte, dass es dort eher ruhig ist und Valja auch Zeit für sie hat, mal an gemeinsamen freien Tagen, an denen sie zusammen durch den Alpstein gezogen sind.

Monika sucht den Kontakt zu Valja mehr als diese zu ihr, versucht dies aber so gut wie möglich zu vertuschen. Deshalb stellt sie die Begegnungen an Valjas Arbeitsplatz auch als zufällig dar, will nicht den Anschein erwecken, dass sie ihr nachlaufen würde.

Und doch ist es so, muss sie sich eingestehen. Denn schon zu lange hatte sie keine wirkliche Freundin mehr, der sie sich anvertrauen, mit der sie über alles reden kann. Doch bei Valja hat sie dieses Gefühl, hatte dieses bereits bei der ersten Begegnung. Selbst das, was sie ihr mitteilen wollte, aber nicht sagen konnte, schien diese verstanden zu haben.

Und die Gespräche gehen weiter, Gespräche, denen vor allem Monika den Stempel aufdrückt, bei denen sie bestimmt, worüber geredet wird. Über Themen, die ihr wichtig sind und die sie mit niemandem sonst – auch nicht oder erst recht nicht mit Roger – besprechen kann. Und Valja ist eine gute Gesprächspartnerin. In erster Linie darum, weil sie gut zuhören kann.

Was Monika beschäftigt, ist nicht nur ihr Verhältnis zu Männern im Speziellen, sondern Fragen zu Beziehung, zu Distanz und Nähe, zu Macht in Beziehungen im Allgemeinen.

»Eine Beziehung aufzubauen, braucht Zeit, denn es geht ja immer darum, die oder den anderen zuerst mal wahrzunehmen, als Gesamtheit, und sie oder ihn sich gegenüberzustellen, zu vergleichen. Alles, was zu schnell geht, führt oft zu Vorurteilen«, leitet Monika in das Thema ein, über das sie sich mit Valja austauschen will.

Die beiden haben ihre Tour unterbrochen und sich auf dem Furgglenfirst, auf dem Hang unterhalb des Hochhus und mit Blick in Richtung Fälensee, hingesetzt.

»Wobei Vorurteile nicht grundsätzlich schlecht sind. Sie helfen auch, Bekanntes von Unbekanntem zu unterscheiden. Und damit kann die Aufmerksamkeit auf Neues gelenkt werden, um dieses genau und in Ruhe zu prüfen«, hakt Valja ein.

»Es darf aus meiner Sicht auch nicht zu schnell zu nahe werden, denn was zu nahe ist, nimmt man nicht mehr richtig wahr. So, wie man das, was zu weit weg ist, aus den Augen verliert.«

»Und ist man einmal in einer Beziehung, geht es dann darum, wer das Sagen hat.«

»Macht, ja, Valja, es geht doch immer um Macht. Macht, die Männer oft in Form von Gewalt ausüben – und darunter fällt nicht nur körperliche Gewalt. Auch eine Partnerin runterzureden, gehört dazu, das führt ebenso zu Stress und einer geistigen Schockstarre, verhindert den Austausch unterschiedlicher Sichtweisen, macht das Gegenüber zu einem ›Nichts‹ – und sich selbst zum Sieger. Und dieser Zwang, dass es immer einen Sieger oder eine Siegerin geben muss, verhindert den Aufbau einer funktionierenden Beziehung.«

»Dazu braucht es oft auch klare Abgrenzung oder dann ein Aufbrechen der Grenzen«, ergänzt Valja.

»Ich habe die Erfahrung gemacht«, führt Monika aus, »dass mich vor allem Konfliktsituationen in Beziehungen weitergebracht haben, mehr als vorbildliche Partnerschaften, von denen ich hätte etwas übernehmen können. Denn im Konflikt zeigt sich, ob jemand seine Streitenergie so steuert, dass es zu einer friedlichen Lösung kommt und auf eine Gewinner-Verlierer-Strategie verzichtet wird. Es geht dann vor allem darum, diese emotionale Energie bei sich behalten zu können, statt sie rücksichtslos und unbedacht auf die oder den anderen loszulassen.

Friedliche Beziehungen brauchen Zeit und werden über verschiedene Phasen aufgebaut – vom Blick- oder Sprachkontakt über eine erste Annäherung, die nicht zu schnell geschehen sollte, um zu spüren, wo und wann Grenzen gesetzt werden sollen, um nicht überfahren zu werden. Erst wenn man spürt, dass man zueinander passt, dass eine Gleichschaltung oder auch ein erster Körperkontakt möglich ist, ist der Knackpunkt, dass sich die eine Seite gegenüber der anderen durchsetzen will, überwunden. Dann ist man nicht mehr, wie ein Psychoanalytiker gesagt hat ›einsam in Gegenwart anderer‹, sondern gemeinsam. Und auch erst dann – und die ersten Phasen können ja durchaus auch schnell durchlaufen werden – sollte es aus meiner Sicht zur körperlichen Vereinigung kommen, alles andere ist zu früh oder unterliegt wieder dem Prinzip von Macht, von Durchsetzung.«

»Was willst du damit sagen?«, wagt Valja nun erstmals ein Thema anzusprechen, von dem sie schon längst glaubt, dass dieses Monika sehr beschäftigt.

»Dass sehr oft, wenn es in einer noch jungen Beziehung schnell zu einem sexuellen Kontakt kommt, dies auf Drängen des Mannes geschieht, der damit seine Machtposition durchsetzt«, weicht Monika noch aus.

»Aber es braucht doch immer zwei dazu«, schwächt Valja ab, »eine Frau mit starker Persönlichkeit lässt sich nicht einfach dazu drängen.«

»Oft reicht die starke Persönlichkeit aber nicht aus, wenn der Mann körperlich stärker ist«, fügt Monika emotionslos an.

»Was ist dir geschehen, was wurde dir angetan, Monika?«, fragt Valja eindringlich.

Monika ist froh, endlich darauf angesprochen zu werden und mit jemandem darüber reden zu können. Nach der Vergewaltigung durch Fabian stand sie unter Schock, fühlte sich total erstarrt, verstört und leer, so, als ob alles in ihr tot wäre. Die Leere führte auch dazu, dass sie keine Träne vergießen konnte. Sie verspürte auch nie den Wunsch, weinen zu können, verspürte keine Gefühle mehr, hatte nur den innigen Wunsch, wieder etwas fühlen zu können. Sie konnte nicht mehr schlafen, kam nicht mehr zur Ruhe, lebte wie in Trance, wie in einer anderen Welt.

Sie erzählt Valja von Fabian, von ihrer Hoffnung, dass sich zwischen ihnen etwas ergeben könnte, vom Gefühl, beachtet und vielleicht sogar begehrt zu werden. Dass für einmal das eintreffe, was sie sich so sehnlichst gewünscht hat – als Frau wahrgenommen zu werden.

Aber sie schildert auch, wie sie sich gefühlt hat, als sie wieder zu sich kam, als sie spürte, dass ihr Fabian seinen Willen aufgezwungen hat, ihre sexuelle Selbstbestimmung verletzt hat. Zu dieser massiven Verletzung ihrer Persönlichkeit und ihrer körperlichen Unversehrtheit kam noch dazu, dass Fabian, der für sie kein Unbekannter war, auch ihr Vertrauen aufs Gröbste verletzt hat. Monika erzählt stockend, dass sie in dieser Situation nur noch einen völligen Kontrollverlust über ihren Körper und ihren Willen erlebte, sich der Willkür einer anderen Person ausgesetzt fühlte, ohnmächtig, hilflos. Und dass sie Ekel empfand, sich beschmutzt fühlte.

Sie habe dann versucht, so schnell wie möglich wieder in ihr normales Leben zurückzufinden, habe nach der Schockphase bewusst begonnen, viel zu arbeiten und alle Aufgaben wie gewohnt zu erledigen.

Monika erklärt Valja aber auch, dass es für sie in dieser Zeit wichtig war, ihre Wut über das, was ihr zugefügt wurde, ihren Schmerz und ihre Trauer zu verleugnen, da die emotionale Verunsicherung nach der Gewalttat kaum auszuhalten war. Zudem wollte sie verhindern, dass auch nur irgendjemand von der Vergewaltigung erfährt, aus Angst, dass sie als an der Tat mitschuldig verurteilt wird.

»Du hattest Scham- und Schuldgefühle, glaubtest, dass du auch Schuld trägst?«, fragt Valja ungläubig nach.

»Ich war mir und meiner Umwelt wie entfremdet, mein bisheriges Leben schien wie ausgelöscht, ich war völlig orientierungslos. Ich hab versucht zu verstehen, was geschehen ist, und mich wieder unter Kontrolle zu bringen. Ich war verzweifelt, irritiert, ohnmächtig, wurde emotional so richtig durchgeschüttelt. Ich habe mich vor mir selbst geekelt, mich geschämt, kämpfte mit Schuldgefühlen, machte mir Vorwürfe, dass ich die Tat provoziert hatte und dass ich nicht anders reagiert habe.«

»Auch du bist, wie viele Frauen, damit dem Mythos erlegen, welcher behauptet, dass eine Frau die Vergewaltigung genießt und dass Frauen, die Nein sagen, dies eh nie ernst meinen. Oder der These, dass Frauen mitspielen müssten, da sie eigentlich nicht vergewaltigt werden könnten. Oder aber auch, dass Frauen Männer zu Unrecht einer Vergewaltigung beschuldigen – vor allem dann, wenn der Mann ihnen nicht genügend Zuneigung zeigt«, empört sich Valja.

»Ja, es scheint, dass man sich als Frau gegen diese Selbstvorwürfe kaum wehren kann, auch wenn diese Mythen schon längst widerlegt worden sind. So wie auch die Meinung von Sigmund Freud, der überzeugt war, dass es biologisch bedeutsam ist, dass der Mann der Werbung um die Frau auch Aggression und Überwältigungsneigung beimischt, da diese eh latente masochistische Tendenzen aufweise«, ergänzt Monika deprimiert. »Und Valja, es tut mir übrigens gut, dass ich endlich mit jemandem darüber sprechen kann.«

»Das ist ja ganz normal nach einem solchen Ereignis, dass du zuerst nicht darüber reden kannst. Es braucht zuerst eine gewisse Distanz und dann vielleicht auch den richtigen Moment und die richtige Gesprächspartnerin«, versucht Valja, ihrer Freundin Mut zu machen, weiter zu berichten.

»Das ist richtig, Valja, zuerst musste ich versuchen, mit meinen gefühlsmäßigen Reaktionen klarzukommen. Denn diese begannen sich dann auch körperlich auszuwirken – ich hatte Schlafstörungen, Albträume und Ängste. Ich hatte Mühe, Männern wieder normal gegenüberzutreten, mit Ausnahme von Roger vielleicht, musste mich zeitweise überwinden, wieder runter ins ›Stübli‹ zu gehen. Beides hat mich zu sehr an das erinnert, was passiert ist.«

»Hast du nie Rachegefühle gegenüber dem Täter verspürt?«, fragt Valja nach.

Monika erklärt ihr, dass sie sich oft gewünscht hat, dem Täter heimzuzahlen, was er ihr angetan hat. Oder das Bedürfnis verspürte, dass er für seine Tat bestraft wird. »Doch war mir die Strapaze einer Anklage und eines Prozesses, sofern es überhaupt zu diesem gekommen wäre, zu groß, ebenso das Risiko, dass man mir nicht glaubt und mich als Lügnerin hinstellt. Und wenn es zu einer Bestrafung kommt, fällt sie ja meist so gering aus, dass es keine wirkliche Strafe ist im Vergleich dazu, was ich erleiden musste. Und dann war da noch die Bemerkung von Fabian, dass man mir eh nicht glauben würde und man ja wisse, dass ich schon lange einen sexuellen Kontakt gesucht habe – das hat mich sehr stark verunsichert.«

»Das heißt, du hattest auch Angst vor einer Rache des Täters oder dass er ein Gerücht in Umlauf setzt, das dir noch mehr schadet!«

Monika bestätigt, verschweigt aber ihre wirklichen Pläne. Denn sie weiß, dass ihre gegen innen gerichtete Aggression noch eine gewisse Zeit braucht, um sich zu einer Wut zu wandeln, die sie in ihrem Strafbedürfnis handlungsfähig macht.

»Doch wie kommt er denn auf diese Aussage?«, empört sich Valja. »Kannst du dir das erklären?«

»Nun, es war ihm vielleicht bekannt, dass ich schon länger in keiner Beziehung mehr war. Und zusätzlich scheint er meine Freundlichkeit gegenüber Gästen, im Speziellen männlichen, wohl falsch als Anmache interpretiert zu haben«, sucht Monika nach einer möglichen Erklärung. »Oder jemand hat ihm zugesteckt, dass ich so sei, wie er mir unterstellt hat.«

»Unser Leben ist doch geprägt durch die Sehnsucht nach Zweisamkeit, das ist ganz natürlich. Und wenn du dich nach längerer Zeit als Single wieder nach einer Partnerschaft sehnst, ist dies auch verständlich. Daraus so etwas abzuleiten, wie dieser Fabian das gemacht hat, ist echt krank.«

»Genauso wie unser Leben schon seit frühester Kindheit geprägt ist von der Angst, verlassen oder in einer Beziehung alleine gelassen zu werden, von der Furcht vor Ausgrenzung in der Familie, in der Schule, am Arbeitsplatz, aus einer sozialen Gruppe«, ergänzt Monika, »das beginnt bereits mit der Geburt – erst dem Tod muss jede und jeder wieder alleine begegnen.«

»Diese Sehnsucht oder auch diese Angst ist vermutlich bei Frauen stärker ausgeprägt als bei Männern. Es heißt ja auch, dass Männer durch einsame Entscheidungen stark werden, während Frauen nach Geborgenheit suchen«, versucht sich Valja in weiteren Erklärungen.

»Ich denke nicht, dass das immer so schwarz-weiß beurteilt werden kann«, wirft Monika ein, »denn auch Männer sehnen sich oft nach echter Geborgenheit.«

Und mit einer Stimme, die Entschlossenheit verrät: »Aber auch Frauen können einsame Entscheidungen fällen, die sie stark machen.«

ROGER

Es war eine harte Zeit. Aber auch eine schöne. Roger genießt es, wieder öfters im Alpstein unterwegs sein zu können. Und vor allem auch, zu merken, dass er dazu wieder Lust verspürt.

Denn diese war ihm nach dem, was im Februar mit Sabrina geschehen ist – oder besser: Was er damals scheinbar falsch gemacht hat – und was sich dann bis zum Urteil Ende Mai hingezogen hat, etwas vergangen. Zweimal war er kurz in den »Staubern«, doch ging es ihm dabei weniger ums Wandern als vielmehr um den Wunsch, Monika wiederzusehen, wieder mit ihr reden und philosophieren zu können. Was sich dann auch Anfang Mai erfüllte.

Dann gibt es zum Glück auch noch die Beziehung mit Tanja, mit der er seit März zusammen ist, mit der er viele schöne Momente verbracht hat, ohne diese mit der Schilderung dessen, was ihn belastet, wieder zu zerstören.

Nach so langer Zeit wieder in einer Beziehung zu leben, ist für Roger eine große Herausforderung. Einerseits genießt er die Zeit der Zweisamkeit, die körperliche Nähe zu einer Frau, eine feste Gesprächspartnerin zu haben, gemeinsam etwas erleben und Freude teilen zu können. Auf der anderen Seite spürte er schon sehr schnell, dass er sich eingeschränkt fühlt. Wenn sie in seiner Wohnung zusammen sind, kann er sich nicht mehr so frei bewegen, wie er will, fühlt sich verpflichtet, auf sie Rücksicht zu nehmen, kann nicht mehr ganz frei entscheiden, wann er reden oder schweigen will. Und in Phasen der Trennung fühlt er sich verpflichtet, sich bei Tanja zu melden – unabhängig davon, ob er wirklich Lust hat oder nicht. Trotzdem ist er froh, dass es eine Beziehung auf Distanz ist – wenigstens zeitweise. Und er ist sich auch sicher, dass es eine auf Zeit sein wird, dass das Ende absehbar ist.

Es ist ein Hin und Her, ein Auf und Ab, ein emotionaler Wellenritt zwischen gewünschter Zweisamkeit und ebenso gewünschter Unabhängigkeit. Roger ist mit der Situation im großen Ganzen zufrieden – doch ob er auch glücklich ist, darüber ist er sich selbst nicht im Klaren.

Seine Verurteilung trägt das ihre zu seiner Verunsicherung bei. Da ist zum einen die Angst, dass Tanja oder jemand anderer in seinem Umfeld von diesem Vorfall etwas erfährt, zum anderen aber auch die Selbstzweifel über sein Verhalten gegenüber Frauen. Und der Wunsch, mit jemandem darüber sprechen zu können.

Doch auch im Gespräch mit Monika konnte er das Thema nur ansatzweise einbringen. Weil für ihn die Situation noch nicht passte, um ihr alles zu erzählen, und weil er instinktiv spürte, dass auch mit ihr etwas nicht stimmt.

All das, was ihn in den letzten Monaten beschäftigte, verhinderte auch, dass er sich ernsthaft mit dem Schreiben auseinandersetzte. Eigentlich hatte er dem Verlag wie auch seinem Umfeld einen dritten Band in Aussicht gestellt, doch fehlten ihm dazu in dieser schwierigen Zeit die Idee und die Energie, sich hinzusetzen und damit zu beginnen.

Doch die Vorfälle auf dem Kreuzberg, in den Rainhütten und in der »Bollenwees« weckten sein kriminalistisches Interesse wieder. Während er den Tod von Marcel – von dem er überzeugt ist, dass Fremdeinwirkung im Spiel war – selbst miterlebt und von der Bedrohung Anitas im Berggasthaus »Bollenwees« aus erster Hand erfahren hat, ist er nur über Medien und durch andere Personen zu Informationen über die Tote in den Rainhütten gekommen.

Es wäre doch wieder mal Zeit, mit Bruno Fässler Kontakt aufzunehmen, fasst Roger Marty den Entschluss, sich nun endgültig der Sache anzunehmen und selbst Nachforschungen anzustellen.

Zumal der Zeitpunkt günstig ist. Es ist Mitte August, und Bruno Fässler ist damit aus seinen Ferien, die er traditionsgemäß in der letzten Juli- und der ersten Augustwoche macht, wieder zurück in der Schweiz.

Der Entschluss ist gefasst – und wenn dies einmal der Fall ist, kennt Roger kein Pardon. Obwohl es Sonntagmorgen ist, ruft er den Leiter der Kriminalpolizei Appenzell Innerrhoden an.

Bruno Fässler glaubt zu träumen, als erneut am Sonntagmorgen, am Sonntagmorgen nach seinen Ferien, das Telefon läutet. Und auf dem Display eine ihm fremde Nummer aufleuchtet.

Sonntagmorgen, einmal mehr: Sonntagmorgen! Und einmal mehr am letzten Tag seiner Ferien! Denn noch gestern war er, nicht wie die Jahre zuvor an der italienischen Adria, sondern für einmal im Schwarzwald, in den Ferien, hatte die feine, einfache und bäuerliche Küche und das würzige »Tannenzäpfle-Bier« genossen, leichte Wanderungen unternommen, sich hervorragend erholt. Nachdem mit dem »Rainhütten-Fall« seine Motivation langsam zurückgekehrt war, wollte er diese nicht wieder mit alten Mustern zerstören – und hatte deshalb ausnahmsweise sein Ferienziel gewechselt.

Und heute Morgen, nach einer doch auch langen nächtlichen Autofahrt zurück nach Appenzell, heute Morgen, kurz vor 8.00 Uhr läutet bereits wieder das Telefon.

Sonntagmorgen!

»Fässler, Bruno Fässler«, meldet er sich mit verschlafener und belegter Stimme.

»Marty, Roger Marty«, hallt es aus dem Hörer, »störe ich?«

»Ob Sie stören? Ob Sie stören, wenn Sie mich am ersten Tag nach meinen Ferien um 8.00 Uhr in der Früh wecken? Ob Sie stören … müssten Sie wohl selbst beurteilen können!« Bruno Fässler ist mürrisch und hätte den Hörer am liebsten wieder aufgelegt.

Doch er kommt nicht einmal dazu, daran zu denken, denn Roger fährt unbeirrt weiter: »Entschuldigen Sie, Herr Fässler, aber es ist wichtig. Wichtig sicher für mich – aber es kann auch wichtig für Sie sein. Ich würde gerne dem Delta-Absturz in den Kreuzbergen, dem Mord in den Rainhütten und der Bedrohung der ›Bolle‹ nachgehen und Sie in Ihren Ermittlungen unterstützen. Mit meinen Erfahrungen könnte ich vielleicht etwas zur Lösung der Fälle beitragen, so wie ich es …«

»So wie Sie mich in den letzten Jahren in den Ermittlungen eher behindert als unterstützt haben«, reagiert Bruno, der nun auf einen Schlag wach geworden ist, heftig auf das Angebot von Roger. »Und zudem fällt der Tod des Deltaseglers nicht in mein Rayon, die Kreuzberge gehören ins Hoheitsgebiet meiner St. Galler Kollegen.«

»Eben deshalb«, antwortet Roger schlagfertig, »als Nicht-Polizist und Augenzeuge kann ich vielleicht Informationen liefern, die Sie nicht einfach so bekommen. Und eventuell besteht ja eine Verbindung zu den anderen beiden Vorfällen, die auf Ihrem ›Hoheitsgebiet‹ passiert sind.«

»Wie meinen Sie das?« Bruno findet trotz früher Morgenstunde langsam in seinen kriminalistischen Alltag zurück. »Haben Sie Hinweise auf eine Verbindung?«

»Eher Vermutungen«, versucht Roger die Diskussion abzuschließen, »aber lassen sie uns das alles nächste Woche in einem persönlichen Gespräch erörtern. Ich muss noch Einiges erledigen, denke aber, dass ich bis Mittwoch die Informationen zusammenhabe, mit denen ich Ihnen vielleicht weiterhelfen kann.«

»Okay, kommen Sie in meinem Büro vorbei, Sie wissen ja, wo Sie mich finden. Bis dann bin auch ich sicher wieder in meinen laufenden Fällen angekommen«, stimmt Bruno zu, nicht ohne nochmals auf die spezielle und für ihn unpassende aktuelle Situation hinzuweisen.

Roger macht sich auf in Richtung Fälensee. Die einzigen Spuren, die er heute, Sonntag, verfolgen kann, sind die, welche einen Hinweis auf die Manipulation an Marcels Segler oder eine Verbindung zur Bedrohung von Anita geben könnten.

»Und alle, welche die Nacht vom Samstag auf den Sonntag in der ›Bollenwees‹ verbracht haben«, hatte Rogers Bemerkung gelautet, als er und seine Freunde, die Marcel in seinem Projekt begleitet hatten, von der Polizei gefragt wurden, wer denn für eine Manipulation infrage käme.

Was damals für Roger eine spontane Reaktion war, hat sich unterdessen – und auch in Anbetracht dessen, was er zwischenzeitlich mit Anita diskutiert hat – zu einer festen Überzeugung entwickelt: Es muss einen Zusammenhang geben zwischen den Gästen der »Bolle«, welche von dem Projekt wussten, und der Manipulation am Segler. Aber nicht gezwungenermaßen eine Verbindung zu den Gästen, welche dort in der Nacht vor dem Todesflug übernachtet haben.

Zusammen mit Anita geht er nochmals den Tag vor dem Absturz durch. Was sich in Anbetracht der acht Wochen, die seither vergangen sind, als schwierig erweist. »Das hat doch die Polizei auch schon alles nachgefragt«, sträubt sich Anita zuerst gegen die Fragen von Roger. »Auch sie wollte wissen, wer am Tag vor dem Absturz hier übernachtet hat und wer welche Verbindung zum Piloten, zu euch Helfern und zum Projekt hatte.«

»Aber das ist nicht meine Frage«, insistiert Roger, »mich interessiert vielmehr, wer am Nachmittag, als wir hier eine kurze Rast machten, von unserem Projekt hätte erfahren können. Wir waren ja so in die nächsten Schritte und unseren ›Schlorzifladen‹ vertieft, dass wir unsere Umgebung kaum wahrgenommen haben.«

Anita muss über diese Bemerkung schmunzeln – der »Schlorzifladen« scheint bei Roger einen nachhaltigen Eindruck hinterlassen zu haben. »Lass mich mal überlegen, ist ja schon eine ganze Weile her … Es war diese ziemlich sonnige und trockene Woche, der Samstag war nicht speziell warm, aber trocken, teilweise auch sonnig – ja, ich erinnere mich wieder. Es waren nicht sehr viele Gäste bei uns, höchstens durchschnittlicher Besuch.«

»Ist dir jemand aufgefallen, jemand, der oder die sich schon früher dir gegenüber auffällig benommen hat? Oder als auffällig bekannt ist?«

Anita überlegt lange. »Da war eine Wandergruppe aus Süddeutschland, völlig unauffällig, dann noch einige Kletterer, die vom Hundstein herunter kamen, zwei Familien mit Kindern und … und dann … dann war da doch noch diese Gruppe Einheimischer, die am Tisch dort in der Ecke, ganz nahe bei der Getränkestation, saßen. Und welche die ganze Zeit lästerten.«

»Lästerten? Worüber?« Roger nimmt die Spur auf wie ein Bluthund, will dranbleiben an dem, was er eben gehört hat.

»Lästerten über uns, die Fremden, das, was von außen auf uns zukommt«, fasst Anita genervt zusammen, »eben das, worüber wir schon mehrere Male gesprochen haben.«

»Worüber wir schon mehrere Male gesprochen haben?« Roger ist für einen Moment irritiert, orientierungslos.

»Ja, diese Fremdenhasser, diese Fundis, diese Extremen, die alles, was von außen kommt, verdammen. Chläus und seine Clique eben – du kennst sie ja alle.«

»Chläus, unser religiös-fanatischer Chläus! Er war also auch hier! Ich hab ihn gar nicht bemerkt, obschon er ja eigentlich kaum zu übersehen – oder besser: zu überhören – ist!«

»Genau, er war hier, nicht das erste Mal … Und immer die gleiche Predigt, die gleiche Botschaft – ich kann es nicht mehr hören!« Anita zeigt Roger mehr als deutlich, dass sie über dieses Thema nicht weiter reden will.

»Okay, ich hab verstanden, Anita. Das reicht mir auch, ich hab die Informationen, die ich brauche, um weiter recherchieren zu können. Danke, Anita.«

Auf dem Rückweg nach Appenzell fasst Roger für sich zusammen, was er an neuen Informationen hat und wie er diese interpretieren kann. Chläus und seine Anhänger haben zumindest vom bevorstehenden Projekt gehört, wären auch in der Lage gewesen, dieses zu sabotieren oder zu verhindern. Denn selbst wenn sie den Anschein erweckten, ins Tal abzusteigen, wäre es möglich gewesen, nachts wieder auf den Kreuzberg aufzusteigen, um den Deltasegler zu manipulieren. Aber dies, dessen ist sich Roger bewusst, hätte nur ein erfahrener Berggänger bewerkstelligen können.

Wer aus dieser Gruppe, überlegt sich Roger, wäre dazu fähig gewesen?

KATARYNA

Es ist für sie langweilig geworden, seit Valja Anfang Mai in die Schweiz gereist ist, um dort ihre Saisonstelle im Berggasthaus »Bollenwees« anzutreten. Kataryna versucht sich damit abzufinden, dass es ihr nicht möglich sein wird, ihrer Freundin nachzureisen oder sie zu besuchen. Für Ersteres fehlt ihr die notwendige berufliche Qualifikation, fürs Zweite das Geld. Und die Aufrechterhaltung des Kontaktes, den sie regelmäßig und intensiv pflegen wollte, erweist sich schwieriger, als geplant. Durch die politischen Unruhen und die kriegerischen Ereignisse sind die Telekommunikationsnetze und die Internetverbindungen sehr oft gestört und unterbrochen – dazu kommt, dass auch Valja nicht immer Empfang zu haben scheint.

Die Sehnsucht nach ihrer Freundin nagt an ihr, immer wieder schweifen ihre Gedanken ab zu ihr, Trauer kommt auf, oft muss Kataryna weinen. So stürzt sie sich in ihre Arbeit mit den Tieren, engagiert sich für kranke und verletzte Straßenhunde, streunende Katzen, bringt Futter und Decken ins schlecht geführte Tierheim, in welchem die Tiere oft mehr leiden als auf der Straße. Holt mehrere Jungtiere aus diesem raus, bringt sie zum Tierarzt, sucht über die sozialen Netzwerke Plätze für die armen Kreaturen, ruft zu Spenden auf – selbstlos für die Tiere, nicht für sich, obwohl sie das Geld ebenso gut brauchen könnte.

Die politischen Unruhen in Donezk gingen weiter, die Situation verschlimmerte sich von Tag zu Tag. Nachdem am 2. Mai bei Straßenschlachten zwischen nationalistischen und prorussischen Gruppen in Odessa nahezu 50 Menschen ums Leben gekommen waren, stürmten tags darauf 5.000 Krimtataren die Grenze zwischen der von Russland annektierten Krim-Halbinsel und dem ukrainischen Festland, um ihrem Anführer Mustafa Abduldschemil Dschemilew die von Russland untersagte Einreise auf die Krim zu ermöglichen.

Am 26. Mai wurde der Flughafen von Donezk durch Separatisten besetzt, die bereits einige Tage zuvor eine Brücke bei Lyssytschansk gesprengt hatten. Ukrainische Kampfhubschrauber und Truppen griffen die Rebellen sofort an, um den Flughafen zurückzuerobern, und töteten über 50 der Besetzer.

Kataryna muss miterleben, wie die Stadt, in der sie wohnt, seit Wochen umkämpft wird, wie junge und oft unerfahrene Ukrainer kampf- und kriegserprobten prorussischen Söldnern gegenüberstehen, die gemäß Medien bis zu 80 Prozent aus Russland und den Nachfolgestaaten der ehemaligen Sowjetunion rekrutiert worden sind.

Nach dem Abschuss einer Iljuschin Il-76 der ukrainischen Luftwaffe beim Landeanflug auf den Flughafen Luhansk durch prorussische Milizen, dem Tod aller 49 Besatzungsmitglieder und einem erneuten russischen Truppenaufzug im Grenzgebiet zur Ukraine verschlechterten sich die diplomatischen Beziehungen zwischen Kiew und Moskau im Juni zusehends.

Diese Entwicklung macht Kataryna Angst, sie sieht ihre persönliche Zukunft in der Ukraine gefährdet, kann sich nicht vorstellen, wie jene ihres Landes aussehen wird. Das erste Mal tauchen Gedanken auf, die Ukraine zu verlassen – so, wie es bereits Tausende ihrer Landsleute bis Ende

Mai gemacht haben, vor allem aus der Ostukraine, besonders aus der Krisenregion Donezk.

Nachdem am 21. Juni vom ukrainischen Präsidenten Petro Poroschenko zunächst einseitig ein einwöchiger Waffenstillstand ausgerufen wurde, bestätigten die prorussischen Separatisten im Raum Donezk diesen zwei Tage später auch. Das Feuer wurde bis zum 27. Juni eingestellt, und Verhandlungen über eine Friedensregelung begannen. Doch trotzdem gingen die Kämpfe weiter, da nicht alle Rebellengruppen der Feuerpause zugestimmt hatten – noch am letzten Tag der Feuerpause eroberten Aufständische eine Munitionsfabrik bei Donezk.

Am 30. Juni gab Präsident Poroschenko bekannt, dass die ukrainische Armee alles daran setzen werde, dem Terror der Separatisten ein Ende zu setzen und ihr Land zu befreien. Und dass deshalb die ausgelaufene Waffenruhe in der Ostukraine nicht verlängert werde. Bereits am ersten Julitag beschossen ukrainische Streitkräfte mit neuen Luftangriffen Separatistenstellungen in der Ostukraine.

Der Beginn dieser Offensive, welche die Rückeroberung von Slowjansk und den Vormarsch auf Donezk und Luhansk zum Ziel hatte, brachte für Kataryna das Fass zum Überlaufen – jetzt war auch für sie der Zeitpunkt gekommen, an dem sie ihr Heimatland verlassen *musste*.

Doch sie will nicht wie knapp die Hälfte der Flüchtlinge in Richtung Russland, sondern Richtung Westen ziehen. Von denen, die den Westen als Fluchtrichtung wählen, bleiben die meisten innerhalb der Landesgrenzen, nur ein kleiner Prozentsatz überschreitet die Grenze ins benachbarte Weißrussland oder nach Polen, um von dort nach Deutschland weiterzureisen. Doch Kataryna hat schon gehört, dass nur rund zehn Prozent der Flüchtlinge in

Deutschland bleiben dürfen, ein Viertel der Asylanträge wird abgelehnt. Für die restlichen sind andere europäische Staaten zuständig, der Antrag wird zurückgezogen oder das Verfahren eingestellt.

Auch deshalb will sie weiter in die Schweiz, obwohl sie weiß, dass es dort nicht einfacher sein wird, Asyl zu erhalten. Und da bereits die Einreise schwierig sein dürfte, hat sie sich entschieden, es über die grüne Grenze zu versuchen.

In ihrem Kollegenkreis hat sie eine kleine Gruppe Gleichgesinnter gefunden, die sie in ihren Plänen unterstützen wollen oder gar das gleiche Ziel haben. Mit der Ansage des Präsidenten, dass die Waffenruhe nicht verlängert wird, entschließt sich die Gruppe zur Flucht. Zuerst geht es in einer Tagesreise mit der Bahn in Richtung Nordwesten nach Charkiw, der nach Kiew zweitgrößten Stadt der Ukraine, dann weiter in die Hauptstadt, in südwestlicher Richtung nach Winnyzja und bis nach Lwiw, der wichtigsten Stadt der Westukraine, die nur noch rund 80 km östlich der Grenze zu Polen liegt.

Mit einem der zahlreichen Minibusse fährt die Gruppe zur ukrainischen Grenzstation Schehyni, anschließend über die polnische Durchlassstelle Medyka nach Przemyśl, von wo es wieder Bahnverbindungen nach Kostrzyn und weiter nach Berlin gibt.

Der Grenzübertritt aus Polen nach Deutschland verläuft problemlos. Den Flüchtlingen ist bekannt, dass Ausländer, die sich länger als 90 Tage in Deutschland aufhalten wollen, dort arbeiten oder studieren wollen, grundsätzlich ein Visum benötigen. Ihre Personalien werden erfasst und sie dazu verpflichtet, dieses nach ihrer Einreise zu beantragen.

Nach weiteren eineinhalb Tagen ist die deutsche Hauptstadt erreicht. Einige von Katarynas Kollegen wollen dort ihr Glück versuchen und Asyl beantragen, nur zwei ihrer Begleiter zieht es weiter nach Süden. Ab München bleibt sie dann aber ganz auf sich alleine gestellt, da sich ihre letzten Begleiter größere Chancen bei einem Verbleib in Deutschland als in der Schweiz versprechen.

So zieht Kataryna alleine und ohne Probleme weiter nach Österreich, da zwischen den beiden Ländern die Grenzkontrollen schon längst aufgehoben sind. Schwieriger wird es mit dem Übertritt in die Schweiz werden, ist sich Kataryna bewusst. Denn trotz des Beitritts der Schweiz zum Schengener Abkommen werden noch regelmäßig Personenkontrollen an der Grenze durchgeführt. Auch wenn nur ein Bruchteil des grenzüberschreitenden Verkehrs davon betroffen ist, will es Kataryna nicht riskieren. Deshalb schleicht sie sich nachts über den unbewachten Grenzübergang Rheineck in die Schweiz.

Von dort geht die abenteuerliche Reise weiter. Nach einem gut sechsstündigen Aufstieg zu Fuß erreicht sie gegen Samstagmittag endlich Appenzell. Kataryna ist stolz und zufrieden, es geschafft zu haben, wagt es aber kaum, sich selber im Spiegel der Schaufenster in der Hauptgasse anzuschauen. Wie sie wohl aussieht nach dieser strapaziösen Flucht, auf der sie kaum richtig gegessen hat, sich nur an Tankstellen und Bahnhöfen notdürftig waschen konnte und nun am Ende auch noch an ihre körperlichen Grenzen gehen musste?

Von ihrem Ersparten sind nur noch wenige Euros übrig, mit denen sie sich im »Gass 17« trotz des für sie horrenden Preises einen Kaffee gönnt. Durch die Fenster beobachtet sie das rege Treiben in den Gassen. Und sieht, wie sich vor dem Café ein kräftiger und großer Mann postiert und beginnt, auf die Passantinnen und Passanten einzureden. Kataryna ist fasziniert von der Ruhe, welche dieser Mann ausstrahlt – obwohl sie beobachten kann, dass sich die Zuhörer teilweise über ihn lustig zu machen scheinen. »Was er den Leuten wohl zu erzählen hat?«, fragt sich die junge Ukrainerin.

Da sich das Ganze draußen etwas in die Länge zieht, entscheidet sie sich nach dem Kaffee spontan, dem Mann auch noch etwas zuzuhören. Sie hört und versteht – trotz ihrer nur beschränkten Deutschkenntnisse – seine Botschaft, Bewährtes zu erhalten, Neues und Fremdes nicht zu stark werden zu lassen und Gott zu vertrauen.

Diese Worte vermitteln ihr das Gefühl, angekommen, nie von ihrer Heimat weggewesen zu sein. Denn das, was der Mann hier erzählt, ist genau das, was viele ihrer Landsleute empfinden: Sie wollen ihre Ukraine behalten, wollen keine fremden Mächte wie Russland in ihrem Land, wollen auch keine radikale Veränderung, vertrauen Gott, dass alles gut wird.

Fasziniert hört sie dem Mann zu, getraut sich jedoch nicht, ihn anzusprechen. Einerseits wirkt er in seiner Erscheinung und seiner Körpergröße doch sehr bedrohlich, andererseits ist sie ja für diesen eine Fremde, gegen die sich seine Rede gerichtet hat.

In der gegenüberliegenden Touristeninformation fragt sie nach, wie sie am besten ins Berggasthaus »Bollenwees« komme. Die Auskünfte sind ernüchternd und beschränken sich auf die Verbindungen mit öffentlichen Verkehrsmitteln nach Brülisau. Doch dazu fehlt ihr das Geld.

So nimmt sie denn den Weg nach Steinegg und von dort der Straße nach hinauf nach Brülisau zu Fuß in Angriff. Da es bereits dunkel ist und sie die Anstrengung der langen Flucht immer stärker spürt, entschließt sie sich, irgendwo in der Nähe des Dorfes zu übernachten. Es ist eine warme Sommernacht – deshalb würde es ihr auch nichts ausmachen, im Freien zu schlafen. Doch auf der Rückseite des ersten großen Stalls an der Rossbergstrasse sieht sie im angebauten Schopf einen Einstieg in eine kleine Kammer, die teilweise mit Holz gefüllt ist. Sie schaut sich um, vergewissert sich, dass sie nicht beobachtet wird. Über die an der Holzwand befestigten Sprossen erreicht sie ohne Mühe den Einstieg, der knapp zwei Meter über dem Boden ist. Sie schlüpft hinein, macht es sich zwischen den Holzpfählen bequem und fällt schnell in einen tiefen Schlaf. Erst mit dem Gelächter der auftauchenden Wanderer erwacht sie wieder, macht sich auf in Richtung Ruhesitz, nicht ohne sich zuvor am Brunnen auf der anderen Seite des Bauernhofs kurz frisch gemacht zu haben.

Kataryna wählt instinktiv den Weg Richtung Hoher Kasten hinauf, da der Weg in der Sonne liegt, während die Straße in den Pfannenstiel noch mehrheitlich schattig ist. Auf der großen Karte bei der Talstation der Luftseilbahn »Hoher Kaste« versucht sie sich zu orientieren, lernt die wichtigsten Zwischenstationen auf dem Weg zu ihrem Ziel, dem Berggasthaus »Bollenwees«, auswendig: Ruhesitz, Alp Soll, bis zum höchsten Punkt der Lawannen, dann *nicht* Richtung Plattenbödeli, sondern zur Seewees und auf der linken Seite des Sämtisersees zu den Rainhütten. Von dort ist es dann nur noch ein Katzensprung zum Fälensee und zur »Bollenwees«.

Sie weiß, dass sie sich Zeit lassen kann, denn bei diesem schönen Wetter wird Valja eh keine Zeit haben für sie, wird mit der Bedienung ihrer Gäste beschäftigt sein. Kataryna überlegt sich auch, dass es wohl besser ist, wenn sie erst am Abend bei ihrer Freundin eintrifft, da sie von dieser dann besser versteckt werden könnte als tagsüber. Denn Kataryna ist sich bewusst, dass sie sich illegal in der Schweiz aufhält und zuerst einmal mit Valjas Hilfe und eventuell der Unterstützung ihrer Arbeitgeber klären muss, wie sie zu einem legalen Aufenthaltsstatus kommen kann.

Kataryna nimmt es gemütlich, muss es langsam angehen lassen. Denn es sind nicht nur die Müdigkeit und die mangelhafte Energiezufuhr, die ihr immer stärker zu schaffen machen, sondern auch die ungewohnte Höhenlage. Schon zwischen Donezk und dem Ruhesitz beträgt der Unterschied über 1.100 Höhenmeter. Auch wenn bei dieser Differenz sich der Sauerstoffgehalt in der Atmosphäre nur um zehn Prozent reduziert, hat sie das Gefühl, keine Luft mehr zu bekommen, muss ihre Schrittlänge verkürzen, immer wieder stehen bleiben, tief durchatmen und einen neuen Anlauf nehmen.

Im Ruhesitz gönnt sie sich eine längere Pause, schaut dabei sehnsüchtig auf die Gäste, die auf der Terrasse sitzen, essen, trinken, lachen. Sie hat kein Geld mehr, muss sich den heutigen Tag mit Wasser durchschlagen und hoffen, einige Beeren zu finden. »Zum Betteln bin ich mir zu stolz, diese letzte Phase meiner Flucht werde ich auch so noch überstehen«, redet sich Kataryna ein.

Trotz starkem Hungergefühl und ihrer körperlichen Müdigkeit versucht sie die Eindrücke, die sich ihr auf dem Weg Richtung Sämtisersee bieten, zu genießen. Den Blick hinunter nach Appenzell und bis zum Bodensee, hinter sich den Resspass und den Fähnerenspitz, links den Hohen Kasten und vor sich die Sicht bis weit hinein in den Alpstein – ohne natürlich alle Orts- und Flurnamen zu kennen.

Eine so schöne Naturlandschaft hat sie in ihrem Leben noch nie gesehen, ist fasziniert von der beeindruckenden Bergwelt, der Stille, die nur von den freundlich grüßenden Wanderern, welche sie kreuzen oder überholen, unterbrochen wird, genießt die frische Bergluft.

Bis zur Seewees ist der Weg einfach, gut ausgebaut und schön zu gehen, dann geht es in den Wald hinein, auf und ab. Der Weg ist von den Niederschlägen von Ende Juni noch immer feucht und rutschig. Kataryna freut sich, als sie kurz vor den Rainhütten wieder ans Sonnenlicht kommt, und beschließt, auf der kleinen Wiese vor der Alphütte eine weitere, längere Pause einzuschalten. Es geht nicht lange, und sie sinkt, im Gras liegend und von der nun steil einfallenden Sonne gewärmt, in einen tiefen Schlaf.

Gefühlte Stunden sind vergangen, als Kataryna wieder erwacht. Der Sonnenstand und die Tatsache, dass kaum mehr Wanderer unterwegs sind, scheinen sie in ihrem Gefühl zu bestätigen.

So setzt sie ihren Weg in Richtung Bollenwees fort. Kurz bevor sie die Furgglenalp erreicht, stoßen vom Hang unterhalb des Hüser-Bergmassivs her Wanderer auf die Straße hinunter. Im Vorbeigehen hört sie etwas von »Höhle« und »faszinierend« und richtet ihren Blick gegen den Furgglenfirst hinauf. Und dort erkennt sie oberhalb des Weges in den Felsen den dunklen Fleck, der wohl der Eingang zur besagten Höhle sein dürfte. Kataryna wartet noch, bis die Wandergruppe verschwunden ist, bevor sie den teilweise steilen Anstieg zum Höhleneingang in Angriff nimmt.

Es ist die Neugier, die sie zur Höhle hochtreibt, aber auch die Idee, dass sie sich dort für längere Zeit verstecken könnte, wenn es Probleme mit Valjas Arbeitgebern geben sollte. Denn jede Nacht wird nicht so warm, trocken und schön sein wie die letzte, dass sie im Freien übernachten kann.

Kataryna hat den Einstieg erreicht, von wo sie freien Blick auf den Aufstieg von der Straße zwischen der Furgglenalp und Rainhütten hat. Sie steigt in den hinteren Bereich des Hauptganges der Höhle. Nachdem sich die Augen etwas an die Dunkelheit gewöhnt haben, kann sie die Felsstrukturen erkennen und die Tiefe des gesamten Raumes abschätzen. In einer der Nischen könnte sie gut versteckt schlafen, ist Kataryna überzeugt. Den letzten Satzbrocken, den sie von der Wandergruppe aufgeschnappt hat, interpretiert sie so, dass die Höhle vor allem im Winter ein Ziel von Forschern und Forschungsgruppen ist. Umso besser, denkt sie sich, dann wäre die Chance, hier ungestört zu sein, noch größer.

Just in dem Moment, als sie diese Überlegung anstellt, hört sie Schritte. Kollerndes Gestein verrät, dass jemand den Hauptgang betreten hat. Kataryna verkriecht sich in eine Felsnische, versucht, sich im Halbdunkel zu verstecken.

Ein greller Lichtpunkt am Boden verrät ihr, dass sich diese Person ihr nähert. Der Lichtkegel wandert umher, als würde der Eindringling etwas suchen. Doch erst als das Licht auf ihr haften bleibt und eine tiefe Stimme sie mit »Hallo, was machst du denn hier?« begrüßt, weiß sie, dass es ein Mann ist, der vor ihr steht.

Diese Stimme kenne ich, schießt es Kataryna durch den Kopf. Wie ein Film laufen die Bilder der letzten Tage nochmals vor ihrem geistigen Auge ab und bleiben hängen bei ihrem Besuch im »Gass 17« in Appenzell, ihrem Blick nach draußen, der mächtigen und imponierenden

Gestalt, welche den Passanten eine Botschaft vermittelte, die sie sehr beindruckt hat.

In gebrochenem Deutsch versucht sie dem Mann zu erklären, wer sie ist, woher sie kommt und was sie eigentlich vorhat. Dieser scheint überrascht zu sein, hört ihr aber aufmerksam zu. Die Überraschung scheint nicht nur auf ihre Anwesenheit zurückzuführen zu sein, sondern auch auf die Geschichte über ihre Flucht aus der Ukraine in den Alpstein, hat Kataryna das Gefühl.

Der Mann scheint nicht wirklich glücklich zu sein, dass sie hier ist. Deshalb fügt Kataryna sofort an, dass sie ihn gestern gesehen habe, dass sie seine Botschaft im Wesentlichen verstanden habe und dass sie fasziniert sei von seiner Ausstrahlung wie auch von den Inhalten seiner Botschaft. Denn dies sei genau das, was die Menschen in ihrer Heimat beschäftige – die Abwehr des Fremden, der Erhalt des Traditionellen und der starke Glauben an Gott.

Chläus spürt die Furcht, die er mit seiner Präsenz bei der jungen Frau auslöst und die in ihrem leichten Zittern am ganzen Körper sichtbar wird. Und die sie mit ihren Erzählungen zu verdecken sucht. Chläus fühlt die Macht, die er in diesem Moment gegenüber der jungen Fremden hat, die sie ihm durch ihre Angst verleiht.

Chläus setzt sich neben Kataryna auf den Boden, nimmt sie in seinen Arm, spürt, wie sie sich an ihn schmiegt. Beide schweigen.

Kataryna genießt die starke Schulter, an die sie sich anlehnen kann, die Kraft und den Schutz dieses Mannes, die Wärme, die er ihr gibt. Vor ihr taucht das Bild auf, wie sie sich als junges Mädchen an ihren Vater anlehnt, seinen Schutz sucht, sich geborgen fühlt.

Doch dann dreht Chläus plötzlich das Gesicht zu ihr, küsst sie auf den Mund.

Da er keinen Widerstand spürt, macht er weiter. Er greift ihr an den Körper, sucht mit seinen Händen ihre Brüste, greift ihr zwischen die Oberschenkel, spürt ihre Haut, steigert sich in eine Erregung hinein, die er so von sich nicht kennt. Es ist jedoch nicht nur eine sexuelle Erregung, sondern vor allem auch die Erregung, die Macht zu spüren, die er über das Fremde, über diese Fremde hat. Die Macht, sie zu unterdrücken und ihr seinen Willen aufzuzwingen. Sex ist dafür nur das Mittel, nicht die primäre Motivation.

Kataryna ist wie gelähmt, weiß nicht, was sie machen soll, ist überrascht von der Situation und gleichzeitig auch zu erschöpft, um sich zu wehren.

Dann geht alles sehr schnell. Sie spürt, wie Chläus in sie eindringt, hört sein Stöhnen aus weiter Ferne, verspürt selber weder Lust noch Leid, sondern nur ein kurzes, stechendes Brennen, bevor sie eine lähmende Schwere überkommt und alles in Zeitlupe und weit weg abzulaufen scheint – die rhythmischen Bewegungen des Mannes auf ihr, sein Stöhnen, wie Wärme in ihren Körper strömt und er von ihr ablässt.

Und noch bevor sie wieder richtig zu sich kommt, ist Chläus verschwunden, hat fluchtartig die Höhle verlassen.

Kataryna beginnt sich wieder anzuziehen.

BRUNO

»Schlafen kann ich eh vergessen«, nervt sich Bruno Fässler und steht auf. Nach dem Anruf von Roger Marty hält ihn nichts mehr im Bett zurück.

Obwohl: Sonntagmorgen, Sonntagmorgen nach den Ferien!

Doch so abstoßend für ihn dieser freundschaftliche Annährungsversuch von Roger auch war, so fasziniert ist er auch von der Idee, dass der Mann, der ihm – auch wenn er es selber nicht gern zugibt – in den letzten beiden Fällen in seinen Ermittlungen geholfen hat, ihm Unterstützung anbietet. Jetzt ausdrücklich, nachdem sie ihm bei den anderen Fällen eher zufällig und sehr eigennützig erschienen ist.

Also warum nicht, überlegt sich Bruno, zu verlieren hab ich ja nichts. Und den Marty kenne ich ja unterdessen ausreichend, um ihn einzuschätzen und mir das rauszunehmen, was ich brauchen kann.

Bruno legt sich noch seine Strategie fest, mit der er Rogers Wissen und Können – und auch sein Interesse und sein Engagement für kriminalistische Fälle – für sich nutzen kann. Zuerst geht es einmal darum, herauszufinden, was Roger schon weiß, aber noch nicht ausgesprochen hat, dann darum, ihn auf Fährten anzusetzen, von denen Bruno denkt, dass sie von Bedeutung sein könnten, die er aber selber nur schwer verfolgen kann.

Und auch wenn der Absturz des Deltaseglers nicht in seinen Verantwortungsbereich fällt, würde es ihn doch sehr interessieren, was Roger darüber weiß. Und welche

Verbindung er zu den Vorfällen in der »Bollenwees« und zur Leiche in den Rainhütten herstellt.

Unterdessen ist auch der Bescheid der DNA-Datenbank des Bundes eingetroffen. Gemäß den übermittelten DNA-Spuren muss es sich um eine Kataryna Saizewa handeln, die seit dem 1. Juli als flüchtig registriert ist und zu diesem Zeitpunkt Donezk verlassen hat. Dass sie überhaupt identifiziert werden konnte, erinnert sich Bruno, kann darauf zurückgeführt werden, dass sie in der Ukraine im Rahmen einer Protestaktion gegen die Abschlachtung von Straßenhunden festgenommen und ihr eine DNA-Probe entnommen worden war.

Bruno ist gespannt, was das Gespräch am Mittwoch mit Roger bringen wird.

Als Roger das Büro betritt, ist Bruno noch voll in ein Aktenstudium vertieft. »Guten Morgen, Herr Fässler, schon fleißig«, begrüßt ihn sein Besuch.

»Guten Morgen, Herr Marty, was gibt's Neues seit unserem kurzen Telefongespräch am Sonntag?«, steigt er sofort ins Gespräch ein, wobei er »Sonntag« speziell betont.

»Nun, Herr Fässler, ich hatte ja schon nach dem Absturz meines Freundes vom Kreuzberg III gegenüber Ihren St. Galler Kollegen die Äußerung gemacht, dass eigentlich alle, die am Vorabend in der ›Bollenwees‹ waren, grundsätzlich für eine Manipulation am Segler infrage kämen. Dass es eine war, wurde von der Polizei ja auch mit der Anklage von Amts wegen gegen Unbekannt bestätigt.«

»Aber diese Leute haben wir doch zusammen mit den St. Gallern längst alle überprüft«, wirft Fässler enttäuscht ein, »mehr haben sie nicht zu berichten?«

»Langsam, Herr Fässler, langsam. Doch, natürlich habe ich mehr für Sie! Ich bin mit Anita die Gäste durchgegangen, die bereits am Nachmittag in der ›Bolle‹ waren, zu der Zeit, als unser Team dort Pause machte und über das weitere Vorgehen im Projekt diskutierte.«

»Und gibt es jemanden unter diesen Gästen, der oder die speziell auffällt?«, hakt Bruno nach.

»Ob ›Chläus‹ zu den auffälligen Personen zählt, müssen Sie selbst beurteilen! Ich denke – ohne Sie beeinflussen zu wollen –, dass er in letzter Zeit einige Male durch Äußerungen auffiel, die ziemlich extrem, ich würde sogar sagen, fundamentalistisch sind.«

»Womit Sie mich schon beeinflusst haben«, schmunzelt Bruno Fässler, »wobei Sie natürlich richtig liegen mit Ihrer Äußerung. Übrigens – wir könnten uns auch duzen, wir sind ja fast im gleichen Alter. Ich erlaube mir jetzt mal diesen Vorschlag, auch wenn ich der Jüngere bin.«

Roger lacht: »Ja klar! Und wenn dir diese wenigen Jahre wichtig sind, bestätige ich dir gerne, dass ich etwas älter bin als du.«

»Chläus und seine Freunde haben zumindest vom bevorstehenden Projekt gehört, wären damit in der Lage gewesen, dieses zu sabotieren oder zu verhindern. Selbst wenn wir den Eindruck hatten, dass sie wieder ins Tal absteigen, wäre es möglich, dass einige oder einer von ihnen nachts auf den Kreuzberg aufsteigt, um den Deltasegler zu manipulieren. Wobei dies nur für geübte Bergsteiger möglich gewesen wäre.«

»Chläus *ist* ein erfahrener Berggänger, der den Alpstein kennt wie seine Westentasche! Und der auf seinen Wanderungen und Streifzügen auch immer wieder in Kontakt mit Piloten kommt und auf diesem Weg erfahren haben könnte, wie sich ein solcher Deltasegler manipulieren lässt.«

»Für einen handwerklich Begabten wäre es auch keine große Herausforderung herauszufinden, welches die tragenden Teile sind, die bei einem Defekt einen Absturz auslösen könnten. Aber vielleicht wollte er Marcel auch nur einschüchtern. Denn hätte dieser den Defekt bei der Startkontrolle entdeckt, wäre ihm sofort klar geworden, dass ihm jemand Böses will oder versucht, den Flug zu verhindern.«

»Doch selbst wenn es so gewesen ist, wie du sagst, blieben zwei Fragen offen. Erstens, was war sein Motiv für eine solche Tat, und zweitens, wie können wir ihm diese nachweisen?«, stellt Bruno etwas resigniert fest.

»Als Motiv könnte ich mir vorstellen, dass es auch hier um eine generelle Ablehnung von Neuem und Fremden geht. Marcel war auch keiner von ihnen, und würden die Kreuzberge auf Appenzeller Kantonsgebiet stehen, wäre ein Start gar nie möglich gewesen. Aber vielleicht ging es auch um eine Art ›Entweihung‹ der Kreuzberge. Ein Nachweis der Tat wäre vermutlich nur über Indizien möglich, aber zuerst müssten noch weitere dazukommen.«

»Indizien sind Tatsachen, die einen Schluss auf eine andere, unmittelbar erhebliche Tatsache zulassen. Beim Indizienbeweis wird vermutet, dass eine nicht bewiesene Tatsache gegeben ist, weil sich diese Schlussfolgerung aus bewiesenen Tatsachen, den Indizien, nach der Lebenserfahrung aufdrängt«, zitiert Bruno aus dem Straf- und Strafprozessrecht. »Doch Indizien weisen nur immer mit einer gewissen Wahrscheinlichkeit auf die Tat oder den Täter hin und beinhalten auch immer die Möglichkeit des Andersseins und Zweifel, ob die Beweisführung auch wirklich ›rechtsgenügend‹ ist, wie es in der Juristensprache heißt. Doch wo und wie finden wir weitere Indizien?«

»Wir müssen untersuchen, ob nicht Chläus auch mit dem Mordfall in den Rainhütten zu tun hatte. Und auch mit den Schmierereien in der ›Bollenwees‹, die eigentlich als Drohung aufgefasst werden können«, schlägt Roger vor.

»Schmierereien?«, fragt Bruno nach, »davon habe ich noch nichts gehört.«

»Ach ja, stimmt, das war unmittelbar vor deinen Ferien, und Anita hat auch auf eine Anzeige verzichtet. Irgendjemand hat im Trocknungsraum einen religiösen Spruch an die Wand gemalt: ›Herr, wir wollen hingehen und aussprechen den Fluch Gottes, dass Feuer des Himmels herabfalle und die Verruchten mit all ihrer Habe verzehre.‹ Anita glaubt, dass dies eine Drohung war, dass jemand ihr Haus anzünden wolle. Und Urban vermutete, dass die Schmiererei ein Ausdruck dieser fundamentalistischen katholischen Strömung ist, die sie in letzter Zeit verstärkt bemerkten.«

»Und warum hat sie das nicht angezeigt, das wäre doch für uns wichtig gewesen, auch davon zu erfahren?«

»Weil Anita dachte, dass ihr auch nicht viel mehr machen könnt, als eine Anzeige wegen Sachbeschädigung aufzunehmen.«

»Was nicht von sehr viel Vertrauen in uns zeugt«, folgert Bruno ernüchtert.

»Was gibt es denn Neues zur Toten?«, lenkt Roger das Gespräch wieder in eine andere Richtung.

»Es soll sich um eine Kataryna Saizewa handeln, 27-jährig, aus Donezk in der Ostukraine. Ihre DNA wurde ihr im Rahmen eines Polizeieinsatzes gegen eine Protestaktion entnommen. Sie scheint aus Donezk wegen der politischen

Unruhen geflohen zu sein, wurde letztmals am Mittwoch, 2. Juli, bei ihrem Grenzübertritt von Polen nach Deutschland registriert. Wir haben die DNA-Probe Mitte Juli eingeschickt, bis zu meinen Ferien habe ich nichts gehört, ich hab den Bescheid auch erst diesen Montag erhalten.«

»Deine Kollegen in der Ukraine scheinen auch Sommerpause zu haben – könnte aber natürlich auch sein, dass die politischen Unruhen solche Nachfragen verzögern. Doch was wollte die junge Frau in der Schweiz, wohin wollte sie?«

»Wir vermuten in die ›Bollenwees‹ zu ihrer Freundin Valja, die ja auch eine Ukrainerin ist. Aber das haben wir noch nicht geprüft, wir warten noch auf das komplette Dossier der jungen Frau, das uns unsere Kollegen aus der Ukraine versprochen haben. Dürfte einfacher sein, Valja mit einem alten Foto zu konfrontieren als mit einem der Bilder, die wir geschossen haben«, erklärt Bruno.

»Valja kenne ich natürlich. Sie weiß noch nichts von dem, was passiert ist?«

»Nein, wir haben noch nichts rausgelassen, sprechen noch immer von der unbekannten Toten. Die Medien waren ja im Juli auch nicht wirklich aktiv und haben uns in Ruhe gelassen.«

»Dann werde ich mich mal umhören, ob jemand diese Kataryna noch gesehen hat, bevor sie umgebracht wurde. Ich bewege mich ja in einem anderen Kreis von Menschen als dem, den ihr bereits befragt habt, da kann sich durchaus noch etwas Neues ergeben.«

»Ja, mach das. Und ich werde mit dieser Valja reden, sobald ich die Unterlagen habe. Hat dir denn Valja nie etwas von ihrer Freundin erzählt?«

Roger ist für einen Moment überrascht. »Warum meinst

du? Ich habe bisher noch nicht oft mit ihr gesprochen, schon gar nicht über Privates.«

»Oh, ich dachte nur, weil du ja einen sehr guten Zugang zu den jungen Fr…, zu den Servicemitarbeiterinnen in den Berggasthäusern hast«, begründet Bruno seine Frage.

Roger fragt Bruno direkt zurück, ob er denn das Gefühl habe, dass er mehr wisse, als er ihm gesagt habe. »Dieses Gefühl hattest du ja bereits während der beiden letzten Jahre! Und auch immer den Verdacht, dass ich etwas mit den Fällen zu tun hatte. Stimmt doch, oder etwa nicht?«

Bruno ist ob dieser Direktheit etwas irritiert, fasst sich dann jedoch sehr schnell. »Nun, im Zusammenhang mit deiner kürzlichen Verurteilung ist ja ein solcher Verdacht nicht mehr grundsätzlich von der Hand zu weisen«, kontert er.

Nun ist Roger in der Defensive, aus der er sich aber wieder wortgewandt herauswindet. »Bruno, es ist für mich keine große Überraschung, dass du davon weißt, du hast ja Zugriff auf das Register. Aber der Eintrag sagt ja nur *eine* Wahrheit!« Und er erklärt Bruno in aller Offenheit, was passiert ist, welche Fehler er gemacht hat und dass er zu diesen stehen kann. Aber dass ihm etwas unterstellt wurde, was nicht richtig ist, und dass es ungerecht sei, dass er dafür verurteilt wurde. »Die Richterin hat Recht gesprochen, aus meiner Sicht nicht aber Gerechtigkeit!«

»Das ist das Problem beim Richterrecht beziehungsweise Richterspruch – die Richterin musste aufgrund der ihr vorliegenden Beweislage und Indizien das Urteil fällen. Somit bleibt das, was du als ungerecht beurteilst, immer eine persönliche Interpretation. Und wärst du freigesprochen worden, hätte die Klägerin das Urteil ebenso als ungerecht empfunden«, versucht Bruno zu erklären.

»Ich will eigentlich nicht mehr darüber lamentieren«, klemmt Roger die Diskussion zu diesem Thema ab, »ändern daran kann ich ja eh nichts mehr. Ich hoffe einfach, dass du das für dich behältst, es gibt nur wenige Menschen in meinem engsten Umfeld, die davon wissen. Und dabei soll es auch bleiben.«

»Vertrauen gegen Vertrauen«, schlägt Bruno vor, dem klar ist, dass er eh dazu verpflichtet ist, »so weiß ich, dass du mir alles und die Wahrheit sagst, und du kannst darauf vertrauen, dass das wegen des Urteils ausschließlich bei mir bleibt. Wie übrigens alles andere auch, worüber wir sprechen.«

»Vertrauen heißt, sich verletzlich machen«, erwidert Roger, »und ich bin nun bereits verletzlich mit dem, was du über mich weißt. Was bietest du an, um ›Vertrauen gegen Vertrauen‹ zu erfüllen?«

Bruno fühlt sich überrumpelt, damit hätte er nun wirklich nicht gerechnet. Wie soll er sich nur gegenüber Roger verletzlich machen? Denn eigentlich hat dieser ja seine Verletzlichkeit schon erlebt – oder zumindest davon gehört: Die ungeklärten Fälle der letzten Jahre, seine Frau, die ihn verlassen hat, sein Rückzug zu Beginn dieses Jahres.

»Du hast es ja miterlebt, wie ich in den letzten Jahren in ein ›Loch‹ gefallen bin nach den ausbleibenden Erfolgen. Und in diesem Jahr kam ich überhaupt nicht mehr auf Touren, dachte, ich würde meinen Job und auch mein Leben nicht mehr in den Griff bekommen. Ich hab mich zurückgezogen, war kaum mehr draußen, geschweige denn im Alpstein. Erst der Mordfall in den Rainhütten hat mich wieder aufgeweckt. Nach den Ferien – in diesem Jahr mal an einem anderen Ort – fühle ich mich wieder bereit für die Aufgaben, die sich mir stellen.«

»Danke, Bruno, für deine Ehrlichkeit!« Roger ist überrascht ob der Offenheit, mit der ihm sein Gegenüber sein Leben und seine Gefühlslage präsentiert. Und erfreut darüber. »Schön, Bruno, dass wir nach einer langen Zeit doch noch zueinandergefunden haben – ich meine, das Vertrauen zueinander gefunden haben! Hoffen wir, dass daraus eine Erfolgsgeschichte wird, für beide von uns.«

»Das hoffe ich auch, wird ja auch langsam Zeit«, fügt Bruno an.

VALJA

Was sie aus ihrer Heimat hört, beunruhigt Valja. Noch im Juli hatte die ukrainische Armee mehrere Städte von den Separatisten zurückerobert. Doch die ukrainischen Regierungskräfte wollten mehr und versuchten, die Kontrolle über die Grenzübergänge in den Gebieten Donezk und Luhansk zu übernehmen.

Als Mitte des Monats ein ukrainisches Transportflugzeug abgeschossen wurde, machten die Ukraine und die Medien Russland für den Abschuss verantwortlich, da niemand glauben konnte, dass die Separatisten über solch leistungsfähige Waffen verfügen, um ein Flugzeug aus 6.500 Metern Höhe abzuschießen.

Nur wenige Tage später stürzte eine Boeing 777 der Malaysia-Airlines mit 298 Menschen an Bord östlich von Donezk im Separatistengebiet ab. Die Ukraine bezichtigte die Rebellen, die Maschine abgeschossen zu haben, was US-Außenminister Kerry mit der Information untermauerte, dass die prorussischen Rebellen auch Luftabwehrsysteme von Russland erhalten hätten und deshalb Russland die Verantwortung dafür übernehmen müsse.

Der Recherchebericht eines Expertenteams kam dann zur Feststellung, dass der Abschuss von MH17 durch das russische Militär selbst, von einem von Separatisten kontrollierten Ort aus, erfolgt sei.

In den folgenden Tagen übernahmen die ukrainischen Regierungstruppen die Kontrolle über mehrere Städte, doch gleichzeitig erlitten sie auch Rückschläge, verloren zwei Kampfflugzeuge und durch Terroristenakte mehrere Brücken. Erst Anfang August bombardierte die ukrainische Luftwaffe erstmals die »Separatistenhochburg Donezk« und kesselte diese ein.

Vor drei Tagen, hörte Valja, sei ein russischer Hilfskonvoi mit 280 Lastwagen, angeblich beladen mit humanitären Hilfsgütern, in die Ostukraine aufgebrochen. Als Reaktion auf diese Aktion schickte auch Kiew dann zwei Tage später einen Konvoi mit 75 Fahrzeugen los.

Ihre Gedanken sind oft bei ihrer Freundin Kataryna, von der sie schon längere Zeit nichts mehr gehört hat. Sie vermutet, dass die Verbindungen durch die politischen und militärischen Unruhen gestört sind – zudem hat sie hier in der »Bollenwees« kaum Empfang.

Das letzte Mal, dass sie Kontakt miteinander hatten, war Anfang Juni, als sich die diplomatischen Beziehungen zwischen Kiew und Moskau aufgrund der Auseinandersetzungen zusehends verschlechterten. Kataryna hatte ihr von ihrer Angst erzählt, in Donezk zu bleiben, aber auch von der Unmöglichkeit, die Stadt zu verlassen.

Seither hat sie von ihr nichts mehr gehört. Doch mit Monika hat sie eine neue Freundin gefunden, mit der sie sich hervorragend versteht, mit der sie über alles reden, der sie auch in ihrer schwierigen Situation beistehen kann.

Heute ist ein regnerischer Tag, die Temperaturen sind alles andere als sommerlich – doch das bevorstehende Wochenende verspricht Besserung, vor allem auf Sonntag. So finden heute nur wenige Gäste den Weg ins Berggasthaus »Bollenwees«.

Am Nachmittag tauchen zwei Männer auf, die eigentlich nicht richtig ins Bild des Treffpunkts für Wanderer und Kletterer passen. Der eine trägt Jeans, ein Appenzeller Sennenhemd und eine braune abgestoßene Lederjacke, der andere ist mit seinem weißen Hemd und dem blauen Sakko eher so angezogen, als würde er ins Büro spazieren, statt zum Fälensee aufzusteigen.

Bruno und Max sprechen kurz mit Anita und stellen sich dann Valja vor, noch bevor sie sich an einen Tisch gesetzt und etwas bestellt haben. »Fässler, Bruno, Kriminalpolizei Appenzell, das ist mein Kollege Max Dörig. Frau Nowikowa, wir müssen sie in Zusammenhang mit einem Fall, den wir bearbeiten, befragen.«

»Sehr gerne, die Herren. Worum geht es denn?«, bietet Valja sofort ihre Gesprächsbereitschaft an.

Bruno zieht ein Foto aus seiner Brusttasche und streckt dieses Valja hin: »Kennen Sie diese Frau?«

»Kataryna, Kataryna Saizewa, ja sicher, meine beste Freundin, woher haben Sie das Bild, was ist passiert?«, sprudelt es aus ihr heraus.

»Wann haben Sie Ihre Freundin das letzte Mal gesehen, wann hatten Sie das letzte Mal Kontakt?«, hakt Max ein.

»Das muss Anfang Juni gewesen sein, per SMS, anrufen wäre zu teuer, für uns beide. Seither habe ich nichts mehr von ihr gehört – aber ich habe mich auch nicht mehr gemeldet, das muss ich zugeben.«

»Hatten Sie Streit?«, will Bruno wissen.

»Nein, nein, aber ich arbeite jetzt hier, habe hier mein Umfeld, fühle mich wohl hier. Und Kataryna ist in Donezk, kann dort nicht raus, weil sie kein Geld hat und auch nicht die beruflichen Qualifikationen, um hier zu arbeiten. Und bei dem, was in meiner Heimat abläuft, ist es oft auch nicht möglich, jemanden zu erreichen. Ich bin schon froh, ab und zu meine Eltern informieren zu können, dass bei mir alles okay ist – oder von ihnen zu erfahren, dass sie noch am Leben sind.«

»Sind Sie sicher, dass Kataryna noch immer in Donezk ist?«, bohrt Max weiter.

Valja ist verunsichert. »Wissen Sie etwas anderes? Ich kann mir nicht vorstellen, dass sie nun Donezk oder die Ukraine doch verlassen hat.« Dann wird sie energisch: »Nun sagen Sie mir doch endlich, was los ist!«

»Wir gehen … Wir müssen davon ausgehen, dass Ihre Freundin tot ist«, beginnt Bruno vorsichtig die Aufklärung, »sie wurde hier in der Nähe tot aufgefunden.«

»Kataryna, hier … tot …«, stammelt Valja, »die Tote von den Rainhütten?«

»Ja, wir vermuten, dass sie aus der Ukraine geflohen ist, um zu Ihnen zu kommen«, übernimmt wieder Max, »dass sie es bis hierher geschafft hat, dann aber ihrem Mörder in die Arme lief.«

»Mörder? Mörder! Sie wurde umgebracht?« Valja bricht in Tränen aus, schreit ein lautes »Nein!« durch die Gaststube, welches die Aufmerksamkeit aller Gäste auf sie zieht. »Sie hat doch niemandem etwas getan!«

»Wir haben sie bereits vor einem Monat hinten in Richtung Rainhütten gefunden«, zeigt Bruno die Richtung zum Fundort an, »aber bisher nicht gewusst, um wen es sich handelt. Doch jetzt haben wir über einen DNA-Vergleich und die Unterlagen unserer Kollegen aus Ihrer Heimat einwandfrei bestimmen können, dass die Tote Kataryna Saizewa ist.«

»Was ist geschehen?«, fragt Valja leise nach.

»Darf ich Sie zuerst noch etwas anderes fragen?« Bruno wartet einen Moment, bis er weiterfährt. »Welches Verhältnis hatte Ihre Freundin zu Männern, wie offen war …«

»Wenn Sie damit ansprechen wollen, ob sie sich auf jeden erstbesten Mann einlässt«, unterbricht ihn Valja, »kann ich Ihnen sagen, dass dem keinesfalls so ist. Kataryna ist streng gläubig, gehört wie ich zur russisch-orthodoxen Kirche. Und wir sind sehr zurückhaltend in Bezug auf intime Kontakte. Warum fragen Sie das?«

»Wir haben Spuren gefunden, die auf Geschlechtsverkehr kurz vor ihrem Tod hinweisen. Es ist durchaus möglich, dass dieser Mann und der Mörder die gleiche Person sind«, führt Max aus.

»Geschlechtsverkehr? Das kann ich mir nicht vorstellen, dass Kataryna sich freiwillig einem Mann hingegeben hat.« Zu Valjas Trauer und ihrer Ohnmacht mischt sich nun auch Wut und Empörung. »Die russisch-orthodoxe Kirche hält sich bis heute an einen strengen Moralkodex – Homosexualität, vorehelicher Sex und Abtreibung werden von unserer Kirche kategorisch abgelehnt. Und wir Frauen dürfen zum Beispiel auch nicht Priester werden. Es ist für uns selbstverständlich, dass wir uns an diesen Kodex halten.«

»Sie wollen damit ansprechen, dass Ihre Freundin vergewaltigt wurde? Haben wir uns zuerst auch gedacht, aber es gibt keine Spuren, die darauf hinweisen«, klärt sie Bruno auf.

Valja ist ratlos. Die Polizei muss sich irren, muss etwas übersehen haben. Oder hat sie sich so in ihrer Freundin getäuscht?

»Kann ich Kataryna nochmals sehen, bitte, ich würde mich wenigstens gerne von ihr verabschieden«, fleht sie Bruno an.

»Das ist leider nicht möglich, Frau Nowikowa, behalten Sie Ihre Freundin so in Erinnerung, wie sie sie das letzte

Mal persönlich erlebt haben.« Er erklärt ihr, wo und in welchem Zustand die Leiche aufgefunden wurde, ohne natürlich auf Details einzugehen. Valja ist schockiert, sitzt wie gelähmt den beiden Kriminalpolizisten gegenüber, weiß nicht mehr, was sie sagen oder machen soll.

Bruno zieht aus seiner Tasche eine kleine Plastiktüte hervor. Er öffnet diese, entnimmt ihr eine Halskette mit einem Kreuz daran. »Kennen Sie diesen Anhänger?«

Valja nimmt die Kette vorsichtig in die linke Hand, bekreuzigt sich mit der rechten, indem sie Daumen, Zeige- und Mittelfinger zusammenlegt, während Ringfinger und Kleiner Finger gekrümmt sind. Dann nimmt sie das Kreuz zwischen Daumen und Zeigefinger der rechten Hand, führt es zu ihren Lippen und küsst es. »Natürlich kenne ich die Kette«, wendet sie sich wieder Bruno zu und zieht unter ihrem Shirt die gleiche Kette mit dem gleichen Anhänger hervor. »Wir haben mit dem Kreuz nicht nur unsere Zugehörigkeit zur russisch-orthodoxen Kirche zeigen wollen, sondern haben dieses auch als gemeinsames Symbol unserer Freundschaft getragen.«

Bruno und Max schauen sich sprachlos an. Obwohl sie vermutet haben, dass sie diese Bestätigung erhalten werden, trifft auch sie diese Erkenntnis, welche ihre wissenschaftlichen Resultate bestätigt.

Nach einigen Minuten der Ruhe, welche Bruno und Max endlos lange vorkommen, versuchen die beiden Ermittler, mehr über das Leben und das Wesen der Toten herauszufinden in der Hoffnung, dass ihnen ein Hinweis weiterhelfen könnte.

Valja erzählt von ihrem gemeinsamen Lebensweg mit Kataryna, ihrer kurzen Trennung aufgrund unterschiedlicher beruflicher Ausrichtung, wie sie sich an der Universität wiedergefunden haben, von ihrer Entscheidung, ihr Glück im Westen zu suchen und der Hoffnungslosigkeit ihrer Freundin, ihr dies gleichzutun.

Sie beschreibt Kataryna als ruhig, engagiert – wie ihre Arbeit im Tierschutz unterstreicht – und hilfsbereit. Valja erzählt aber auch von den Befürchtungen, welche ihre Freundin wegen der politischen und militärischen Unruhe in ihrer Heimat hatte. Auch, dass sie schon vor ihrem Wegzug das Gefühl hatte, dass die ukrainische politische Führung diese Probleme nicht in den Griff bekommen würde. Und dass Kataryna sich vielleicht deswegen doch noch zu einer Flucht in den Westen entschieden habe. »Aber das ist nur eine Vermutung. Wir hatten, wie bereits gesagt, schon zu lange keinen Kontakt mehr, um beurteilen zu können, wie sich ihre ursprüngliche Überzeugung, in der Ukraine zu bleiben, verändert hat.«

»Gibt es nicht etwas, das Ihnen besonders in Erinnerung geblieben ist?«, lässt Max nicht locker.

Valja überlegt kurz. »Sie hat mir einmal erzählt, dass sie ein Bild ihrer Kindheit in sich trägt und dass dieses für sie eine besondere Bedeutung hat. Dass sie sich sehr geborgen fühlte im Arm oder an den Schultern ihres Vaters, eines großen und kräftigen Mannes. Und dass sie sich auch noch als junge Frau gerne in diesen elterlichen Schutz begab, sich dort sehr wohlfühlte. Aber ich glaube kaum, dass dies für Ihre Ermittlungen von Bedeutung ist.«

»Das lassen Sie mal unsere Sorge sein«, wirft Bruno ein, »und danke für Ihre Hinweise.«

ANITA

Genau 76 Jahre und neun Monate nachdem das kleine Gasthaus nach einem Einbruch einem Brand zum Opfer fiel, brennt es erneut im Berggasthaus »Bollenwees«.

Es ist für Anita zunächst wie immer an diesen durchschnittlichen Sommertagen – teilweise sonnig, ganz wenig Niederschlag, mittelmäßig warm –, die nicht viele Gäste an den Fälensee bringen. Die Wetterprognose hat auch heute einen solchen Tag angekündigt, weshalb sie schon sehr früh alleine in der Gaststube ist, um das Frühstück anzurichten. Solche Tage nützt sie, um ihrem Team eine spätere Tagwache zu ermöglichen, denn die Abende werden, unabhängig vom Wetter, immer lang in der »Bolle«.

Und wie so oft macht sie, bevor die ersten Gäste zum Frühstück kommen, einen Kontrollgang im Untergeschoss, wirft einen Blick in den Trockenraum, in die Toiletten und in den Wäscheraum. Alles scheint in Ordnung zu sein. Doch noch bevor sie die vordere Treppe zur Gaststube erreicht hat, um noch schnell einen Blick in den Wäscheraum zu werfen, nimmt sie einen beißenden Geruch wahr.

Rauch, Feuer!, schießt es Anita durch den Kopf. Sie rennt zur Waschküche, reißt die Türe auf – und zieht sie ebenso schnell wieder ins Schloss. »Feuer, Feuer im Haus!«, schreit sie, so laut sie kann, hinauf in die Gaststube, obwohl sie weiß, dass sie kaum jemand hören wird. Und hören kann – denn gleichzeitig geht auch der akustische Feueralarm los, der einen grellen und eindringlichen Ton auslöst.

Sie rennt die Treppe hoch, biegt am Ende rechts ab und stürmt zum Löschposten, der sich rechts neben der Tür, die zum Personal- und Privatbereich führt, befindet. Sie packt den Feuerlöscher, stürmt wieder hinunter ins Untergeschoss, lehnt sich gegen die Waschküchentür, drückt mit dem linken Ellbogen die Türklinke runter, stößt mit dem Rücken die Türe einen Spaltbreit auf, duckt und dreht sich, richtet den Strahl gegen den Feuerherd und lässt den Schaum aus dem Schlauch schießen. Routiniert zielt sie auf den untersten Punkt des Feuers, den sie im immer dichter werdenden Rauch noch knapp erkennen kann. Als der Behälter leer ist, schließt Anita mit Schwung die Tür wieder, um zu verhindern, dass einströmende Luft das Feuer wieder entfacht.

Als Urban aus der Küche zu ihr hinunterstürmt, kauert Anita regungslos neben der untersten Stufe der Treppe, ihren Blick auf die geschlossene Türe zur Waschküche fixiert. Bevor er sie anspricht, rennt er schnell zur Schaltzentrale der Brandmeldeanlage neben der Außentür und quittiert den Alarm. Dann wendet er sich seiner Frau zu: »Anita, was ist geschehen, ist dir etwas passiert, alles in Ordnung?«

»Ich glaube, das … das Feuer … ist … ist gelöscht«, stammelt sie und weist auf den neben ihr stehenden Feuerlöscher.

Urban öffnet vorsichtig die Tür zur Waschküche einen Spaltbreit, versucht unter dem Rauch, der an der Decke hängt, zu erkennen, ob der Brandherd noch aktiv ist. Doch der weiße Schaumteppich gibt keine Hinweise auf Feuer oder noch glühendes Material preis. Urban schließt die Tür sofort wieder.

»Wir warten noch eine Weile und öffnen dann das

Fenster, damit der Rauch abziehen kann. Ich werde den Alarm zurückstellen, nicht dass er nochmals losgeht.« Die 2011 neu eingebaute Brandmeldeanlage gibt den Alarm erst an die Feuerwehr Rüte weiter, wenn dieser von den Pächtern bestätigt wird. Löst die Anlage einen Alarm aus, muss dieser zuerst quittiert und der Brandherd eruiert werden, bevor entschieden wird, ob der Alarm weitergeleitet oder die Zentrale zurückgestellt werden soll. Und im Falle eines Brandes gilt die Priorität der sofortigen Evakuierung aller Gäste und Mitarbeitenden, und nicht dem Gebäude. Denn dieses müsste bei einem größeren Brand in Anbetracht der Tatsache, dass die Feuerwehr rund eine Stunde bis zur »Bollenwees« brauchen würde, eh aufgegeben werden.

Ohne eine Rückmeldung seiner Frau abzuwarten, stürmt er wieder hinauf in die Gaststube, wo er seine Mitarbeiterinnen anweist, die Gäste darüber zu informieren, dass alles in Ordnung und der Brand gelöscht sei.

So kommt es dann, dass Bruno und Max eine knappe Woche nach ihrem letzten Besuch im Berggasthaus »Bollenwees« erneut dort auftauchen.

»Es scheint nicht aufzuhören«, begrüßt Bruno Anita, welche eine knappe Stunde nach dem Brand das Auto mit den beiden Beamten vor dem Haus erwartet. Bruno hat Max mitgenommen, damit dieser sofort mit den ersten kriminaltechnischen Ermittlungen beginnen kann. Denn je kürzer die Zeit zwischen dem Ausbruch des Brandes und dem Beginn der Ermittlungen ist, desto größer sind die Aussichten auf Erfolg.

Max nimmt sein Notizbuch hervor und beginnt routinemäßig zu schreiben: Ankunftszeit, Zeitpunkt und Ort des Zuganges zum Brandherd, Beleuchtungssituation, Witterungsverhältnisse, auffällige Gegenstände, Eindruck nach einem ersten Blick in die Waschküche. Dann ziehen er und Bruno die Schuhüberzüge und die Handschuhe an.

»Der Brandherd ist hier in diesem Haufen Bettwäsche zu lokalisieren, das Feuer entzündete sich zuunterst und am Rande des Haufens und fraß sich langsam gegen innen und nach oben durch«, analysiert Max.

»Textilien beginnen ja nicht einfach so zu brennen, sondern müssen entzündet werden – durch eine Flamme, durch eine beheizte Fläche wie eine Herdplatte oder durch länger einwirkende Hitzestrahlung«, überlegt Bruno, »wobei beim Entzündungsvorgang die Einwirkungsdauer sowie Masse und Dichte des Materials eine wesentliche Rolle spielen.«

»Wie sich dann die Flammen entwickeln, ist abhängig von Luftzufuhr und dem Heizwert der Pyrolysegase, die durch die Verbrennung entstehen. Wenn die Hitze hoch genug ist, wirkt sie wieder auf die Textilien ein und lässt die Verschwelung – ohne Sauerstoffzufuhr – weiter fortschreiten. Wie sich dann der Brand entwickelt, hängt aber von der Beschaffenheit der Textilien ab, von deren Oberfläche und deren Lage«, ergänzt Max.

»Bei diesem Haufen Wäsche würde ich davon ausgehen, dass die Flammen sich relativ langsam ausgebreitet haben, explosionsartige Verbrennung von Textilien ist ja bei reinen Textilbränden nicht möglich«, spekuliert Bruno.

»Mir erscheint das Ganze doch sehr eigenartig«, wirft Max ein, »es gibt keinen Hinweis darauf, wie das Feuer entstanden ist, wie und warum sich die Textilien entzündet haben. Selbst wenn eine Feuerquelle den Wäschehaufen am Rand außen zum Brennen bringen würde, wäre die Chance sehr groß, dass die Fasern eine Weile motten, das Feuer aber wieder erlischt. Denn es fehlt hier drin bei geschlossenen Fenstern eine ausreichende Sauerstoffzufuhr, welche das Feuer wirklich entfachen könnte.«

»Zu einem ›roll-over‹, einer Rauchdurchzündung, scheint es auch nicht gekommen zu sein«, bestätigt Bruno, »obwohl die Sauerstoffmenge zusammen mit der Wärmeisolierung im geschlossenen Raum ausgereicht hätte. Aber scheinbar haben sich dazu zu wenig Rauch und Hitze entwickelt. Was sind deine Vermutungen?«

»Für mich weist alles auf Brandstiftung hin. Aber das können erst unsere Kollegen vom ›Forensisch-Naturwissenschaftlichen Dienst‹ FND aus St. Gallen exakt bestimmen. Es gibt jedoch Hinweise, wie etwa diese geschmolzenen Plastikteile, die von einer Flasche stammen könnten.« Max zeigt einen kleinen geschmolzenen Kunststoffklumpen, welchen er aus dem Brandschutt gezogen hat. »Ich vermute, dass Brandbeschleuniger im Spiel war und mit diesem die Bettwäsche im Zentrum des Haufens getränkt wurde. Damit konnte sich das Feuer in die Mitte fressen und war dort stark genug, um den ganzen Haufen zu entzünden. Mit geeigneten analytischen Methoden kann der FND die Grundsubstanzen eines Brandbeschleunigers nachweisen. Bei Brennspiritus wären das zum Beispiel die Hauptkomponente Ethanol als auch die Vergällungsmittel, welche den Alkohol ungenießbar machen.«

»Das wäre ja eine einfache Sache gewesen«, bringt sich nun auch Anita, die Bruno und Max wortlos bei ihrer Arbeit zugeschaut und deren Diskussion mitverfolgt hat, ein. »Brennspiritus ist ein ideales Entfettungsmittel. Wir verwenden Brennspiritus auch für Reinigungen in Küche und Gaststube, weil er dort unbedenklich eingesetzt werden kann.«

»Und wo bewahrt ihr diesen auf?«, fragt Max nach.

»Oben im Kasten mit den Reinigungsmitteln, aber auch hier unten«, klärt Anita auf, »zudem ist die Waschküche nie abgeschlossen, bisher hat die Tafel ›Privat‹ an der Türe als Hinweis ausgereicht, dass den Gästen der Zutritt zu diesem Raum nicht gestattet ist.«

»Damit wäre es wirklich einfach gewesen, hier reinzugehen, die Wäsche mit Brennspiritus zu tränken, Feuer zu legen und wieder zu verschwinden«, folgert Bruno.

»Ja, zumal auch die Außentür hier unten nachts nicht abgeschlossen ist, damit die Gäste jederzeit aus dem Haus hinaus und wieder herein können«, fügt Anita mit bedrückter Stimme an. »Bisher hatten wir immer Vertrauen in unsere Gäste und unsere Umwelt, wurden auch noch nie enttäuscht. Doch dies scheint sich nun grundlegend verändert zu haben.«

Bruno ist nachdenklich, schweigt einen Moment, bevor er wieder das Wort ergreift: »Es darf nicht sein, dass eure Grundhaltung durch einen einzelnen Menschen infrage gestellt wird. Wir werden den Täter oder die Täterin finden, das verspreche ich dir, Anita!«

Anita reagiert erregt: »Weißt du, Bruno, was ich Roger Ende Juli gesagt habe, als ich die Schmiererei an der Wand im Trocknungsraum entdeckt habe? Dass dies eine Drohung ist, dass es mir Angst macht. Vor allem deshalb, weil ich damals am Abend zuvor nichts Außergewöhnliches und niemanden bemerkt hatte, dem ich dies zugetraut hätte. Und trotzdem war schon damals jemand hier, waren sie hier. Und heute Nacht erneut.«

»Schade, dass du uns damals nicht gemeldet hast, was passiert ist«, bemerkt Bruno trocken, »das wäre für uns auch wichtig gewesen, nicht nur für Roger Marty.«

»Dass ich Angst habe, wusstest du bereits seit Mitte Juli, das hab ich dir gesagt, als ihr nach dem Leichenfund hier oben wart. Aber du wolltest mich ja nur beschwichtigen, dass das alles keine Bedeutung hat«, reagiert Anita wütend und gleichzeitig frustriert. »Und bis heute wisst ihr ja nur, wer die Tote war, nicht aber, wer der Mörder ist!«

Bruno schweigt. Er weiß, dass Anita mit ihrer Aussage richtig liegt und er wirklich noch keine Resultate vorzuweisen hat.

Und dass seine ganzen Hoffnungen im Moment bei Roger und dessen Ermittlungen liegen.

MONIKA

Ein wunderschöner Wandertag, warm, aber nicht zu heiß, teilweise sonnig. Als Monika am Morgen losmarschiert, bedecken noch einige Wolken den Himmel, doch die Wetterprognose hat gegen Mittag Auflockerung versprochen.

Auflockerung braucht auch Monika nach einigen strengen und langen Tagen im Berggasthaus »Staubern«. Valja hat heute leider keine Zeit, mitzukommen – nach dem gestrigen Brand, von dem natürlich auch Monika erfahren hat, brauchen Anita und Urban alle Mitarbeitenden, um aufzuräumen und den Betrieb trotzdem aufrechtzuerhalten. Zudem werden, so hat ihr ihre Freundin erzählt, auch Schaulustige erwartet, die es sich nicht nehmen lassen wollen, am Tag nach dem Brand Gast in der »Bollenwees« zu sein. Eigentlich verrückt, überlegt sich Monika, dass solche Ereignisse zusätzliche Gäste bringen. Aber das erlebt sie ja nicht zum ersten Mal.

Sie steigt hinunter in die Rainhütten und von dort weiter zum Sämtisersee. Die geplante Tour soll sie über die Alp Sigel, die Obere Mans, die Bogartenlücke und die Marwees auf den Widderalpsattel führen, von dort will sie dann weiter in die »Bollenwees«, um doch noch Valja einen kurzen Besuch abzustatten, dann über die Saxer Lücke und den Furgglenfirst zurück in die Staubernkanzel.

Die lange Wanderung bietet Monika wieder einmal die Möglichkeit, nachzudenken, zu philosophieren. Denn mit Roger hat sich die Gelegenheit schon lange nicht mehr ergeben, obwohl er, wie sie vernommen hat, wieder des

Öfteren im Alpstein unterwegs gewesen ist. Aber sie hat den Kontakt zu ihm auch nicht gesucht, so wenig, wie sie ihn auch zu anderen Männern haben wollte. Das Ereignis vom April lastet auch heute, über vier Monate später, noch schwer auf Monikas Herzen.

Das Gespräch mit Valja, das auch schon eineinhalb Monate zurückliegt, hat ihr gutgetan. Seither fällt es ihr auch leichter, sich selbst mit dem Thema auseinanderzusetzen, statt zu verdrängen, was damals passiert ist.

Und immer noch stellt sie sich die Frage, welchen Anteil Schuld sie selbst daran hatte, dass es passiert ist. Dass sie diese bis heute noch nicht beantworten kann, ist für Monika auch nicht so wichtig. Denn unterdessen haben sich daraus weitere bedeutende Fragen ergeben, die ihr helfen, sich mit ihrem Leben auseinanderzusetzen. Auf die sie aber ebenfalls oft keine Antwort findet. Vielleicht, weil sie sie verstandesmäßig nicht klären kann oder einfach, weil es darauf keine gibt.

So wie die Frage, was denn der Sinn des Lebens, ihres Lebens ist. Hat denn alles, was im Leben geschieht, einen Sinn? Auch das, was ihr angetan wurde? Trägt diese Verletzung ihres Ichs, ihrer Integrität, etwas zum Gesamtsinn des Lebens bei? Oder geht es nur darum, sich dadurch mit der Frage nach dem Sinn des Lebens auseinandersetzen, von dem man eigentlich schon weiß, dass man ihn nie genau kennen wird?

Oder ist der Sinn des Lebens zu schrecklich, wie Nietzsche meinte, als dass wir ihn ertragen könnten, weswegen wir auf eine tröstliche Illusion angewiesen sind, um weiterleben zu können? Monika hat sich schon oft gefragt, ob auch ihr Leben nichts anderes als eine Illusion ist und sie sich selbst etwas vorspielt.

Dass bei ihr die Sinnfrage in Zeiten auftaucht, in welchen als gesichert geltende Überzeugungen, Haltungen und Rollen in eine Krise geraten, hat Monika schon mehrfach erlebt. Und dass sie sich diese Frage immer wieder stellt und ihr Leben reflektiert, ist für sie auch ein ganz normaler Weg zur besseren Selbstkenntnis. Denn um ihr Leben verändern oder belassen zu können, muss sie zuerst wissen, wie die Dinge stehen.

Doch je nachdrücklicher sie sich die Frage nach dem Sinn des Lebens stellt, desto schwerer fällt ihr das Finden einer einzigen richtigen Antwort. Denn auf diese Frage gibt es zahlreiche und vielfältige Antworten. Doch manche davon stehen nicht nur im Konflikt zueinander, sondern schließen sich gar aus. Deshalb kommt Monika auch immer stärker zur Überzeugung, dass der eigentliche Sinn des Lebens für sie ist, sich mit dessen Sinn auseinanderzusetzen.

»Und wenn ich meinem Leben einen Sinn gebe, muss es einer sein, den ich haben möchte. Denn wenn mein Leben einen Sinn haben soll, dann einen, den ich ihm selber gebe, und nicht einen, der vorgegeben ist«, philosophiert Monika vor sich hin.

Unterdessen ist sie auf der Oberen Mans angekommen und nimmt den Aufstieg zur Bogartenlücke in Angriff. Die wenigen Wanderer, die sie heute kreuzt, hat sie nur unbewusst wahrgenommen und gegrüßt, zu tief war sie in ihren Gedanken versunken.

Glücklich zu sein, überlegt sie sich, wäre doch ein möglicher Sinn des Lebens. Doch da ja alle Menschen glücklich sein wollen, wäre der Sinn des Lebens wieder für alle Menschen gleich, auch wenn jeder Mensch Glück anders definiert … Ist Glück demnach eher ein Ziel als der Sinn, nach welchem die Menschen streben?

Monika erinnert sich an Phasen des Glücks in ihrem Leben, an Glücksmomente. Und erkennt, dass es in diesen nicht nur um einen Zustand ging, sondern immer auch um Tun, um Handeln. Und dass immer auch mindestens ein anderer Mensch dabei war – so wie schon Aristoteles sagte, dass Glück im gleichen Maße Tun und Sein sei und dass man es nicht alleine erfahren könne, wodurch sich Glück vom Streben nach Lust unterscheide.

Glück empfand Monika auch immer dann, wenn sie in einer Beziehung war. Wobei dies nicht so oft der Fall war. »Ist Glück damit dasselbe wie Liebe?«, fragt sie sich, »oder sind beides Ziele, die wir in unserem Leben anstreben, gehört beides einfach zu unserem Wesen?« Eine weitere Frage, auf die sie keine Antwort findet. Doch hat sie für sich einmal definiert, was für sie Liebe heißt: Liebe zu einem anderen Menschen bedeutet für sie, ihm einen Raum zu schaffen, in welchem er sich entfalten kann, während er das gleiche für sie tut. Denn zu lieben setzt voraus, geliebt zu werden. Lieben muss man lernen, indem man geliebt wird.

Und Liebe benötigt auch Vertrauen. Vertrauen, das für Monika eine Grundhaltung ist und das aus der engen Beziehung zu ihrer Mutter in der Kindheit gewachsen ist. Dieses Grundvertrauen bildet die Basis dafür, dass sie auch anderen Menschen vertrauen kann – grundsätzlich immer. Auch wenn ihr Vertrauen enttäuscht wurde, versucht sie, Menschen in einer positiven Grundhaltung entgegenzutreten.

Grundsätzlich. Aber nicht im Fall von Fabian, der ihr Vertrauen aufs Gröbste missbraucht hat. Ihm kann sie nicht mehr vertrauen, sondern trägt die Angst in sich, dass sich Gleiches wiederholen könnte oder er seine Sichtweise weitererzählt und sie damit in ein schlechtes Licht rückt. Doch das will sie nicht riskieren.

Der Aufstieg von der Bogartenlücke zur Marwees ist trocken und damit auch als schwierig eingestufter und blau-weiß markierter Bergweg gut begehbar. An der ersten nördlich ausgerichteten und exponierten Stelle bietet sich Monika ein wunderbarer Panoramablick bis weit nach Deutschland und Österreich, aber auch über den ganzen Alpstein, der noch etwas wolkenverhangen ist.

Der höchste Punkt ist bereits in Sichtweite. Auf dem letzten Grat unterhalb des Gipfels sieht sie, dass beim Gipfelkreuz ein einzelner Wanderer aus der Gegenrichtung eingetroffen ist. Also doch nicht ganz alleine hier oben, schießt es Monika durch den Kopf. Denn erfahrungsgemäß sind unter der Woche auf dem exponierten Grat nur wenige Wanderer anzutreffen. Erst als sie kurz vor dem Gipfelkreuz ist, sieht sie, wer dieser Wanderer ist: Fabian.

Monika scheint zu erstarren, ihr Herz beginnt zu rasen, sie bleibt für einen Moment wie angewurzelt stehen. Weitergehen, umkehren, was soll ich jetzt machen?, überlegt sie. Fabian hat sie noch nicht entdeckt, umkehren wäre also noch möglich, ohne erkannt zu werden. Doch wenn Fabian sie im Abstieg einholen würde? Nützt alles nichts, ich muss rauf, redet sie sich zu und steigt die letzten Meter hoch.

Monika will so schnell wie möglich unterhalb des Gipfelkreuzes an Fabian vorbei und weiter Richtung Widderalpsattel. Nur keinen Kontakt, nicht auf ein Gespräch einlassen!

In diesem Moment dreht sich Fabian der ankommenden Wanderin zu und ist ebenso überrascht wie Monika.

Mit dem Unterschied, dass es ihm nicht die Sprache verschlägt: »Schau, schau, wen haben wir denn da! Die Monika! Auf der Suche nach Männern?«, lacht er frech. »Glück gehabt, jetzt hast du ja mich gefunden! Lust auf eine kleine Gipfelnummer? Hat dir ja das letzte Mal doch auch gefallen, auch wenn du es nicht zugeben wolltest. Stimmt doch, oder?«

Monika kocht innerlich vor Wut, würde am liebsten wegrennen, merkt jedoch, wie ihre Knie zittrig werden und sie nicht in der Lage ist, weiterzugehen. Ohne ein Wort zu sagen, hat sie Fabian mit ihren Augen fixiert, scheint das, was er sagt, nur aus großer Entfernung zu hören.

Langsam bewegt sie sich vom Gipfelkreuz weg und steigt vom Weg auf den höchsten Punkt, wo ein kleiner Absatz, der durch abbrechenden Fels entstanden ist, eine gute Sitzgelegenheit bietet. Sie deponiert ihren Rucksack rechts von sich, zieht die Wasserflasche heraus und gönnt sich eine kurze Erfrischung. Von hier aus hat sie Fabian, der noch immer auf der Bank unterhalb des Gipfelkreuzes sitzt, im Blickfeld, kann jede seiner Bewegung beobachten.

Noch eine Weile redet dieser auf Monika ein, als wären sie gute alte Freunde, flirtet mit ihr, als wäre zwischen ihnen nie etwas geschehen, macht ihr eindeutige Angebote. Da Monika keine Antwort gibt, kein Wort sagt, steht er auf und nähert sich ihr, steht bald links neben ihr auf dem exponierten Grat.

Monika dreht sich nach rechts, steckt die Flasche wieder in ihren Rucksack und schließt ihn. Den Rücken Fabian zugewandt, spürt sie ein unangenehmes Gefühl, das ihren Puls beschleunigt, ihre Hände zum Zittern bringt, eine Hitzewelle in den Nacken schießen lässt. Monika fühlt sich bedroht, hat Angst.

Dann geht alles sehr schnell, obwohl es Monika wie in Zeitlupe und aus weiter Distanz erlebt. Reflexartig packt sie den Rucksack mit der rechten Hand, schwingt ihn im Halbkreis vor ihrem Körper auf die linke Seite und trifft Fabian mit voller Wucht auf Kniehöhe.

Ob es die Wucht des Schlages oder der überraschende Angriff ist, der Fabian ins Wanken bringt, kann Monika nicht beurteilen. Aber das ist ihr auch egal. Fabian wankt, versucht, sich mit einem Schritt rückwärts aufzufangen. Ein Schritt jedoch reicht nicht, um die Rückwärtsbewegung seines Körpers zu stoppen, weshalb er nochmals einen Schritt nach hinten macht.

Doch da ist kein Boden mehr, sein Schritt geht ins Leere. Monika schaut in seine Augen, als Fabian mit weit geöffnetem Mund, der für einmal stumm bleibt, rückwärts in Richtung Wasserauen abstürzt.

Monika dreht sich wieder um und blickt auf die gegenüberliegenden Widderalpstöcke. Ihr Mund verzieht sich zu einem kaum erkennbaren Lächeln, ihr Gesicht beginnt zu strahlen. Es ist vollbracht, fasst sie erleichtert die Ereignisse der letzten Minuten und Sekunden zusammen.

»Glück ist im gleichen Maße Tun und Sein«, zitiert sie halblaut Aristoteles, »ich hab's getan, wozu ich mich schon vor einiger Zeit entschlossen habe. Ich hab's getan. Und einmal mehr ist mir der Zufall zu Hilfe geeilt.«

Dass das Problem gelöst ist, erkennt man daran, dass es das Problem nicht mehr gibt, erinnert sich Monika an eine Aussage, die sie mal gelesen hat. Und auch an die Aussage aus einem amerikanischen Film, dass, wenn man einen Menschen tötet, einem dieser nie mehr gefährlich werden kann. Eine an sich logische Folgerung, die Monika aber deshalb fasziniert hat, weil sie einer zweiten gegenübergestellt wurde: »Wenn man einen Menschen liebt, ist man nie vor ihm sicher.«

Als Monika knapp zwei Stunden später das Berggasthaus »Bollenwees« erreicht, winkt ihr Valja schon von Weitem zu. Mit dem Daumen gegen oben zeigend und mit einem fragenden Blick will sie wissen, ob bei Monika alles in Ordnung ist. Diese zeigt mit beiden Daumen nach oben und nickt, strahlt, lacht. Mit beiden Händen formt sie vor ihrer linken Brust einen Korb und leert diesen nach vorne aus, versucht zu symbolisieren, dass ihr ein Stein vom Herzen gefallen ist. Valja quittiert erneut mit hochgehobenem Daumen und schmunzelt.

Dann schauen sich die beiden Freundinnen noch einige Sekunden regungslos, stumm und mit ernstem Gesicht in die Augen.

Und Valja hegt eine Vermutung, was geschehen sein könnte.

CHLÄUS

Die letzten gut zwei Wochen sind für Klaus Fritsche nicht besonders einfach gewesen. Nach der Begegnung mit der jungen Frau in der Furgglenhöhle hat es ihn zuerst einmal emotional so richtig durchgeschüttelt, da er spürte, dass seine Grundwerte gefährdet sind.

Seine Haltung, die auf einem ausgeprägten christlichen Glauben aufbaut und die Nächstenliebe, Hilfsbereitschaft, Respekt und Wertschätzung beinhaltet, stets mit dem Ziel, Gutes zu tun. Ein einziger Moment, eine kleine Schwäche, die Ausnützung einer Situation, um Macht auszuüben und einen Menschen zu erniedrigen, hat jedoch dieses Gerüst zum Wanken gebracht.

Bilder aus seiner frühen Jugend auf dem Bauernhof in Schwende tauchen auf, einer Jugend, die er in einfachen Verhältnissen verbracht hat. Und die geprägt war durch die strenge katholische Erziehung durch seine Eltern.

Als er begann, seine sich entwickelnde Männlichkeit zu entdecken und seinem Vater entsprechende Fragen stellte, wurde er von diesem abgewiesen. Und ermahnt, die Finger von sich zu lassen, anständig und züchtig zu bleiben, so wie es die Kirche verlange.

Eine eigentliche Aufklärung über die Sexualität gab es für Chläus keine, vielmehr erwartete sein Vater von ihm, dass er im Umgang mit den Tieren lerne, wie *es* funktioniere. Und von der Mutter hörte er kein einziges Wort zu diesem Thema.

In der Schule war Chläus schon früh ein Einzelgänger,

der sich lieber zurückzog, sich mit sich selbst beschäftigte, als sich einer Gruppe anzuschließen. So hatte er nur wenige echte Freunde unter seinen Schulkollegen, die Mädchen interessierten sich kaum für ihn. Und er anfänglich ebenso wenig für sie.

Erst nach Ende der obligatorischen Schulzeit, als er, statt eine Berufslehre zu absolvieren, als Knecht auf dem elterlichen Hof arbeitete und daneben von einem erfahrenen Heiler in die geheime Kunst des Gebetsheilens eingeführt wurde, lernte er eine Frau kennen, mit der er über längere Zeit in Kontakt war. Sie war etwas älter als er und nutzte ihre Lebenserfahrung, um den jungen Chläus in die Geheimnisse der körperlichen Liebe einzuführen.

Da seine Eltern nichts davon erfahren durften, traf er sich mit ihr jeweils heimlich, oft in freier Natur oder in einem leer stehenden Stall, wo er neue Erfahrungen und Gefühle erlebte, es genoss, seine Männlichkeit auszuleben.

Doch je weiter seine Ausbildung zum Geistheiler fortschritt, desto stärker wurde ihm bewusst, dass sich nicht beides vereinigen lässt und er sich entscheiden muss. Entscheiden zwischen der Frau und Gott, von dem er überzeugt war, diese speziellen Fähigkeiten und Kräfte erhalten zu haben.

So fällte er denn seine Entscheidung gegen die Frau und verpflichtete sich selbst zu absoluter Keuschheit, analog einem katholischen Pfarrer, der sich durch sein Gelübde für immer zum Zölibat bekennt. Um sich mit dieser neu geschaffenen Freiheit »besser dem Dienst für Gott und für die Menschen widmen zu können«, wie es im »Direktorium für Dienst und Leben der Priester« heißt.

Der Vorteil, ohne zusätzliche Verpflichtungen und irdische Sorgen über genügend Zeit für seine neue Tätigkeit verfügen zu können, musste von Chläus aber durch einen konsequenten Verzicht hart erarbeitet werden. Vor allem die ersten Wochen des Entzuges von körperlicher Nähe setzten ihm stark zu und forderten eine enorme Willensleistung. Doch mit der Zeit gewöhnte er sich daran, fand neue Kraft in Gebeten und im Studium des Alten und Neuen Testaments. Und in seiner Heiltätigkeit, deren Erfolg ihn bestätigte und belohnte.

Und jetzt, nach jahrzehntelanger Konsequenz, dieser kurze Moment, in dem er die Kontrolle über sich verlor, sich hinreißen ließ, Sex als Mittel der Machtausübung und zur Erniedrigung einzusetzen. Was in einer Phase geschah, in der er daran ist, einen Schritt weiterzugehen, eine Gemeinschaft aufzubauen, die er anführen soll. Als Vorbild, nicht als schwacher Sünder.

Chläus hadert mit sich, zieht sich nach dem Vorfall für über zwei Wochen in eine abgelegene und von Wanderern nur selten besuchte Region des Alpsteins zurück, auferlegt sich zur Selbstkasteiung eine strenge Fastenverpflichtung und bittet Gott in kaum mehr enden wollenden Gebeten um Vergebung. In der Gloggeren, in der Nähe der Oberen Mans und unterhalb der Marwees gelegen, verbringt er seine Zeit des Rückzugs. Erfahrungsgemäß wird dieser Ort nur rund ein Dutzend Mal pro Saison von Wanderern besucht, wie das Hüttenbuch verrät. Der Name der ehemaligen Alp bezeichnet die Felsgebilde, die im Appenzeller Namensbuch sinngemäß als »Gestalt wie eine in drei Ordnungen abgeteilte Orgel« beschrieben werden.

Immer wieder läuft die Szene vor seinen Augen ab, die er Anfang Juli erlebt und die sein Leben verändert hat. Die junge zitternde Frau in der Furgglenhöhle, die ihm in gebrochenem Deutsch die Geschichte ihrer Flucht erzählte, ihm ihre Faszination für seine Ausstrahlung und seine öffentlich vorgetragene Überzeugung schilderte – und damit Chläus verunsicherte. Denn das, was er predigt, richtet sich unter anderem gegen solche Menschen wie diese junge Frau, die ihm nun klar machen wollte, dass sie genau so denkt wie er. Darüber, dass auch Fremde, die er als Bedrohung sieht, die gleiche Überzeugung wie er haben könnten, hatte er sich noch nie wirklich Gedanken gemacht.

Verunsichert war er aber auch durch die Wirkung, die er auf sie zu haben schien. In dieser Auseinandersetzung zwischen Ablehnung des Fremden und der Faszination, Macht über dieses zu verfügen, nutzte er die Situation zu zeigen, wer das Sagen hat.

In ihrer Angst merkte sie nicht, was er vorhatte, schien seine Nähe zu genießen, ihm zu vertrauen, als er sich neben sie setzte. Sie schmiegte sich an ihn, suchte seine starke Schulter, seinen Schutz. Eine Nähe, die Chläus zusätzlich erregte. Wie ein Tier, muss sich Chläus im Rückblick eingestehen, nahm er sich, was die Frau ihm nicht geben wollte, nützte ihre Erschöpfung und Machtlosigkeit aus für einen kurzen Moment der Befriedigung seiner Lust und seiner Macht. Er war nicht mehr er selbst, hatte das Gefühl, wie in Trance zu handeln, instinktiv, unbewusst, ohne nachzudenken.

Erst als er von ihr abließ und aus der Höhle flüchtete, kehrte auch die Wahrnehmung der Realität langsam wieder zurück. Wie das Erwachen aus einem Vollrausch, mit unklaren Erinnerungen und Erinnerungslücken, mit einem schlechten Gefühl, mit Selbstvorwürfen, mit dem Wunsch, alles rückgängig machen zu können, und mit dem Vorsatz, es nie wieder zu tun. Und mit dem Trieb, den Ort des

Geschehens möglichst schnell zu verlassen in der Hoffnung, dass dies auch zum schnellen Vergessen beitragen würde.

Chläus stürmte nach Hause, packte in aller Eile die wichtigsten Sachen zusammen und stieg gleich früh am nächsten Morgen in die Gloggeren auf, wo er sich seither versteckt hält.

Doch er nutzt die Zeit, die er alleine und in der Abgeschiedenheit verbringt, nicht nur dazu, sich wieder zu finden, sondern auch zu überlegen, wie es weitergehen soll. Denn seine Schwäche, die er ausgelebt hat, ist etwas, was ausschließlich bei ihm bleibt, und mit der er – und nur er – zurechtkommen muss. Doch in die andere Sache sind Leute involviert, die von ihm ein Handeln erwarten, wissen wollen, wie es weiter geht.

Und Chläus wird klar, dass die Zeit gekommen ist, ein neues Zeichen zu setzen. Geredet hat er schon genug, jetzt müssen Taten folgen. Und da er immer wieder erleben muss, dass das Schlechte und Böse schneller und stärker wahrgenommen wird als Gutes, wird es für ihn auch schnell klar, dass er und seine Gleichgesinnten nicht durch eine gute Tat auf die Bedrohung und auf ihre Bewegung aufmerksam machen müssen. Doch das Zeichen muss deutlich sein und allen klarmachen, worum es geht.

Mit dieser Überzeugung kehrt er nach zwei Wochen wieder zurück nach Hause, geschwächt durch das Fasten, aber gestärkt in seinem Willen, die Sache weiterzuführen. Noch bevor er sich überlegen kann, wen er für diese Aufgabe einspannen kann, wird er von Lydia kontaktiert. Sie habe schon mehrfach versucht, ihn zu erreichen, will mit ihm reden über die Gemeinschaft, über ihre Überzeugung und über das, was sie für beides tun kann.

Lydia sprudelt sofort los, nachdem sie von Chläus in sein einfaches Zuhause eingelassen wird: »Chläus, ich spüre je länger je stärker, wie wohl ich mich in unserer Gemeinschaft fühle. Auch wenn wir seit dem Treffen vor drei Wochen nicht mehr zusammen waren, spüre ich die Verbundenheit mit dir und den anderen – und natürlich zum Herrn. Doch ich würde gerne noch aktiver werden, um unsere Sache zu fördern. Und mein Freund Anton wird mich darin unterstützen, da bin ich mir sicher.«

»Was meinst du mit aktiver werden?«, fragt Chläus nach, obschon er weiß, was seine Gefolgsfrau meint.

»Das, was du in der Höhle zum Schluss gesagt hast. Dass wir das Böse, das uns bedroht und unsere Existenz gefährdet, mit allen Kräften bekämpfen werden, auch wenn wir uns grundsätzlich dem Guten verschrieben haben. Denn das Böse und Fremde kommt immer näher, ist bereits unter uns.«

»Hast du es denn gesehen, es gespürt?«, fragt Chläus erneut scheinheilig.

Lydia ist für einen Moment verlegen, schweigt kurz, um dann in eindringlichen Worten zu erklären, dass sie schon früh in ihrer Jugend mit dem Bösen konfrontiert worden sei und dass diese Begegnung sie sehr stark geprägt habe. »Und vor Kurzem habe ich erlebt, dass wir alleine oft nicht stark genug sind, uns gegen das Schlechte zu wehren«, fügt sie mit gesenktem Blick an, um ihrem Gegenüber nicht in die Augen schauen zu müssen, »doch zusammen, als Gemeinschaft, können wir es schaffen!«

»Wozu wärst du denn bereit?«, versucht Chläus, sie auf die Probe zu stellen.

»Für alles, das dir dient, das der Sache dient«, antwortet Lydia sofort und in voller Überzeugung.

»Dann habe ich einen kleinen Auftrag, mit dessen Ausführung du deine Überzeugung unter Beweis stellen kannst und der deinem Wunsch gerecht wird, aktiver zu werden«, beginnt Chläus die Beschreibung dessen, was er vorhat.

Lydia steht bereits in der Tür, als sie sich nochmals umdreht: »Hast du von der Toten in den Rainhütten gehört? Die junge Frau wurde letzten Mittwoch gefunden, niemand weiß, wer es ist, was sie im Alpstein wollte.«

»Eine Tote … eine junge Frau …?«, stammelt Chläus. »Nein, nein, davon weiß ich nichts, ich war ja längere Zeit unterwegs.«

»Ein weiterer Todesfall, den unsere Polizei vermutlich nicht aufklären kann«, mutmaßt Lydia und lässt die Tür hinter sich ins Schloss fallen.

»Dafür bete ich«, murmelt Chläus vor sich hin, »auch wenn ich mit ihrem Tod, falls es die Frau ist, die ich meine, nichts zu tun habe.«

ROGER

Irgendwie ist er ernüchtert, dass es nicht geklappt hat, auf der anderen Seite ist er aber auch froh, wieder unabhängig zu sein. Ziemlich genau fünf Monate, nachdem er Tanja das erste Mal getroffen hat, musste Roger sich und ihr eingestehen, dass es so nicht mehr weitergeht und er sie verlassen werde.

Das, was er schon seit Längerem gespürt hat und was er eigentlich von Anfang an zu wissen schien, ist damit eingetroffen. Die Zeit mit Tanja bleibt ihm in guter Erinnerung, doch freut er sich wieder auf eine Zeit ohne Druck – den er, wie er sich eingestehen muss, sich meist selbst auferlegt hat – und ohne Verpflichtungen.

Natürlich war Tanja sehr enttäuscht, wollte wissen, was sie falsch gemacht habe, wie sie die Beziehung doch noch retten könne, wünschte sich nochmals eine Chance. Doch Roger blieb hart, versicherte ihr, dass es nicht an ihr liege, sondern einzig und alleine mit ihm zu tun habe – wohl wissend, dass er damit nicht die ganze Wahrheit sagte. So gingen sie nach einer kurzen Diskussion auseinander, nicht im Streit, aber auch nicht mit der Versprechung, immer gute Freunde zu bleiben. Für Roger war die Situation sicher besser zu ertragen – verlassen ist immer einfacher als verlassen werden.

Seine Verurteilung und die permanenten Bemühungen, diese geheim zu halten, hatten sicher die Beziehung erschwert. Doch will Roger nicht darin die einzigen Gründe für das Scheitern suchen. Es war vielmehr sein unbändiger Freiheitsdrang und der Wunsch, sein Leben wieder so zu leben, wie er es in den letzten Jahren getan hatte. Sich wieder Zeit fürs Wandern, Fotografieren, Philosophieren und Schreiben nehmen zu können – ohne schlechtes Gewissen, jemanden deswegen zurückstellen zu müssen.

Und wenn er ehrlich sein will, beeinflusste auch die Beziehung zu Monika seine Entscheidung. Eine Beziehung, die nie das war, was man unter einer Beziehung zwischen Mann und Frau versteht. Und auch bis heute keine solche geworden ist. Vermutlich auch nie werden wird.

Er war ihr in diesem Jahr eher aus dem Weg gegangen, als dass er ihre Nähe gesucht hat. Dessen ist er sich bewusst, kann sich jedoch nicht erklären, warum er sich so verhalten hat. Tanja lieferte keinen Grund dazu, eine rein freundschaftliche Beziehung hätte sie immer akzeptiert. Die Verurteilung erklärt es auch nicht, denn sonst wäre auch die Beziehung zu Tanja nie möglich gewesen.

Doch das, was Monika und ihn verbindet, ermöglicht auch eine längere Zeit des Getrenntseins, ohne dass ihre Beziehung dadurch geschwächt wird. Im Gegenteil – Roger hat das Gefühl, dass dadurch die Verbindung stärker geworden ist. Und freut sich auf ein Wiedersehen mit Monika.

Den ersten Sonntag nach der Trennung nutzt er für eine ausgiebige Wanderung im Alpstein, auch wenn der Tag durchzogen ist: Sonnenschein wechselt sich mit leichten Schauern ab, die Temperaturen sind für diese Jahreszeit eher zu kühl. Was jedoch den Vorteil bringt, dass nicht zu viele Wanderer unterwegs sind und er seine Ruhe hat.

Roger hat sich entschieden, ein weiteres Buch zu schreiben, nach einigen Monaten der Schreibabstinenz ist die Lust wieder zurückgekehrt. Doch dieses Mal ist es anders als bei seinen ersten beiden Romanen: Noch fehlt ihm eine Handlung, obschon sein Leben, wie er feststellt, voller faszinierender Figuren ist. Diese jedoch in einer Geschichte zusammenzubringen, dürfte die nächste Herausforderung sein, der er sich stellen will.

Und natürlich will er sich wieder vermehrt der Philosophie zuwenden, die das Leben zum Thema, das Glück als Ziel und die Vernunft als Mittel hat, wie es der französische Philosoph André Comte-Sponville formulierte. Philosophie heißt auch für Roger, sein Leben denken und sein Denken leben – und beides in Einklang zu bringen. Und sein Ziel ist es auch, Philosophie konkret werden zu lassen durch Denken und Leben als Handeln.

Nicht vergessen hat Roger natürlich das Versprechen, das er gegenüber Bruno abgelegt hat: Dass er ihn in seinen Recherchen unterstützen werde und sein persönliches Umfeld nutzen werde, um eventuell zu neuen Informationen zu gelangen. Eine Aufgabe, die sich gut mit seinen beiden neugefassten Vorsätzen verbinden lässt.

Doch die Nachforschungen haben sich schwierig gestaltet – was Roger aber nicht weiter verwunderte. Denn wäre dem nicht so gewesen, hätte Bruno sicher bereits mehr herausgefunden.

Kataryna wurde am vermeintlichen Vorabend ihres Todes noch in Appenzell und auf dem Weg nach Brülisau gesehen, das bestätigen verschiedene Zeugen. Und die Servicemitarbeiterin in der »Gass 17« an der Hauptgasse im Kantonshauptort erinnert sich noch an die junge Frau, die dort einen Kaffee getrunken hat. Aufgefallen sei ihr die Frau, so die Mitarbeiterin, weil sie doch ziemlich schmutzig daherkam, als sei sie schon länger in den gleichen Kleidern unterwegs gewesen. Aber auch, weil sie, als sie Chläus draußen bei einer seiner bekannten Straßenpredigten gesehen habe, ihm dann noch längere Zeit zugehört habe.

Da auch hier der Name »Chläus« fiel, fokussierte sich Roger auf die Verbindungen zu ihm und zum vermuteten Todestag. Und bei Anita wurde er erneut fündig. Sie erzählte ihm, wer an diesem Tag, dem ersten Julisonntag, in der »Bollenwees« war, und erwähnte, dass auch ein junges Paar bei ihnen eingekehrt sei, das sie schon eine Woche früher am Abend mit Chläus hier gesehen habe.

Roger ist sich sicher, dass die Antwort, was an diesem Tag passiert ist und warum Kataryna sterben musste, bei Chläus zu finden ist.

Doch heute liegen zwei Ereignisse der letzten Tage noch näher bei ihm. Zum einen der Brand, der vor drei Tagen in der »Bollenwees« ausgebrochen ist, der aber glücklicherweise keinen größeren Schaden angerichtet hat. Und zum anderen der tödliche Absturz eines jungen Rheintalers von der Marwees, dessen Leiche gestern von der Bergrettung nach einer Vermisstmeldung und langer Suche im unwegsamen Gelände gefunden wurde.

Der Brand hat bei Roger sofort wieder Erinnerungen an die Wandschmiererei von Ende Juli geweckt, welche ein solches Ereignis angedroht hat: »Herr, wir wollen hingehen und aussprechen den Fluch Gottes, dass Feuer des Himmels herabfalle und die Verruchten mit all ihrer Habe verzehre.« Und an die Angst von Anita, dass ihr wirklich jemand Böses wolle, an ihre Vermutungen, dass sich fundamentalistische Kräfte hinter dieser Drohung verstecken könnten.

Damit kommt für Roger auch hier Chläus wieder ins Spiel und der Verdacht, dass der Weg zur Klärung des mysteriösen Brandes ebenfalls über ihn führen könnte.

Für den Absturz des jungen Berggängers findet er jedoch ebenso wenig eine Erklärung wie die Polizei. Der Mann war bergerfahren, gut trainiert, schwindelfrei, kannte den Alpstein sehr gut. Hinweise, wie es zu diesem Unglück gekommen war, ließen sich keine finden.

Nach seiner ausgiebigen und für ihn gerade deshalb erholsamen Tour kehrt Roger auf dem Rückweg noch in der »Bollenwees« ein, wo er von Valja empfangen und bedient wird.

Reflexartig begrüßt er sie mit »Hallo, Valja, wie geht's?«, realisiert aber im selben Atemzug, dass dies wohl die schlechteste Gesprächseröffnung war, die er wählen konnte. Denn Valja muss in den letzten Tagen vom Tod ihrer Freundin erfahren haben und wurde auch mit dem Brand im Berggasthaus konfrontiert. Noch bevor sie antworten kann, korrigiert sich Roger: »Entschuldige, Valja, ich wollte nur fragen, ob es für dich einigermaßen geht in Anbetracht der doch sehr tragischen Umstände.« Und merkt erneut, dass er besser nichts gesagt hätte – es ist in dieser Situation schlichtweg nicht möglich, die richtigen Worte zu finden. Worüber man nicht reden kann, darüber soll man schweigen, erinnert er sich an eine Aussage von Ludwig Wittgenstein.

»Schon gut, Roger, das Leben muss weitergehen, an dem, was geschehen ist, lässt sich nichts mehr ändern«, erwidert Valja traurig seine Begrüßung. »Hast du schon etwas Neues über den Verlauf der Ermittlungen zu Katarynas Tod gehört?«

»Nein, noch nichts, das spruchreif wäre. Die Ermittlungen laufen, mehr habe ich nicht gehört«, hält sich dieser bedeckt. »Weiß man schon Genaueres zum Brand bei euch?«

»Auch nicht viel … Man vermutet, dass es Brandstiftung war, dass jemand die am Boden liegende Wäsche mit Brennspiritus übergossen und angezündet hat. Doch wer dies gemacht haben könnte, ist nach wie vor unklar, es gibt noch keine Hinweise«, erläutert Valja.

»Und weißt du etwas über das Unglück auf der Marwees?«, fragt Roger nun aus reiner Neugier.

Valja zuckt kurz zusammen, wendet den Blick von Roger ab in Richtung des Unglücksortes. Dass nicht dieser ihre Aufmerksamkeit erregt, sondern sie dem Blick von Roger ausweichen will, wird ihm sofort klar.

»Was weißt du?«, hakt er nach.

»Nur das, was alle wissen«, weicht Valja aus, »und dass der Verunglückte auch schon des Öfteren Gast in den ›Staubern‹ war, er stammte ja aus dem Rheintal. Aber da musst du Monika fragen, vielleicht kann sie dir mehr dazu sagen.«

»Monika? Hast du Kontakt zu Monika, wie geht es ihr?« Roger wird es einmal mehr bewusst, wie sehr er seine Freundin und beste Gesprächspartnerin in den letzten Monaten vernachlässigt hat.

»Gut … wieder gut … sehr gut«, stammelt Valja, »sie würde sich sicher freuen, dich wieder mal zu treffen und mit dir reden zu können.«

Roger geht nicht weiter auf das »wieder gut« ein, erinnert sich jedoch an sein letztes Treffen mit Monika im Mai, als er das Gefühl hatte, dass etwas mit ihr nicht stimmt. Und fasst den Entschluss, sich baldmöglichst mit ihr zu treffen.

Während sich Valja wieder den anderen wenigen Gästen

zuwendet, taucht Anita an Rogers Tisch auf. »Alles klar bei dir, Roger? Du warst schon eine Weile nicht mehr hier.«

»Zwei Wochen – ja, liegt doch schon etwas zurück. Danke ja, alles klar soweit.«

»Soweit?« Anitas Intuition verrät ihr, dass Roger noch nicht alles gesagt hat, was er ihr sagen will.

»Ja, soweit. Bin wieder alleine, ich hab mich von meiner Freundin getrennt. Aber ist okay so. So kann ich mich etwas freier in mein nächstes Buchprojekt stürzen. Und ich habe Bruno Fässler zugesagt, dass ich ihn in seinen Ermittlungen unterstützen werde. Langweilig wird es mir also nicht«, lacht er.

»Tut mir leid. Aber freut mich natürlich, dass du sofort wieder Perspektiven entwickelt hast. Ich hoffe, dass du Fässler unterstützen kannst, er scheint ja wirklich nicht vom Fleck zu kommen! Und bis er begriffen hat, dass wir wirklich bedroht werden, ging es ja eine Ewigkeit!« Anita wirkt genervt.

»Nun dürfte aber auch er überzeugt sein – schade, dass es dazu eine Brandstiftung brauchte«, bestätigt Roger.

»Hast du denn schon neue Anhaltspunkte gefunden?«, will Anita wissen.

»Keine neuen, aber alte, die sich zu verstärken und zu vernetzen scheinen«, bleibt Roger geheimnisvoll, »und die alle zu einer und der gleichen Person zu führen scheinen.«

»Chläus?«, folgert Anita fragend.

Roger lächelt. Und schweigt.

LYDIA

Langsam verschwindet der Schatten auf der Straße Richtung Rainhütten, mit raumgreifenden Schritten entfernt sich die Person. »Hast du ihn jetzt auch erkannt?«, fragt Lydia nochmals nach.

»Ja klar, seine markante Erscheinung verrät ihn auch auf große Distanz. Das war Chläus«, bestätigt Anton die Vermutung seiner Freundin.

»Was er wohl hier in der Höhle gemacht hat?«, überlegt Lydia.

»Dass es für ihn ein Kraftort ist, hat er uns ja letzte Woche bereits gesagt. Das wird der Grund sein, dass er gerne hierher zurückkehrt. Aber mich würde mehr interessieren, warum er es so eilig hatte, wieder von hier wegzukommen«, schiebt Anton seiner Antwort die nächste Frage nach.

Die beiden beschließen, in die Höhle einzusteigen. Sie nehmen ihre Stirnlampen aus dem Rucksack und setzen sie auf. So lassen sich die Engstelle nach dem Eingang und die Felsstufen zur Haupthalle einfacher bewältigen, auch wenn es ohne Lampe machbar wäre.

Doch schon auf halbem Weg zum Durchstieg hält Anton seine Freundin am Arm zurück. »Hörst du das? Hier ist noch jemand«, zischt er leise.

Jetzt nimmt Lydia das Geräusch auch wahr, das sich wie ein Schluchzen anhört. Langsam lässt sie den Kegel ihrer Stirnlampe im Hauptgang umherwandern, bis er auf einen Menschen fällt, der in einer Felsnische kauert. »Eine Frau«, flüstert Lydia ihrem Begleiter zu.

Sie nähern sich und erahnen sehr schnell, was hier vorgefallen ist. Kataryna versucht, mit dem Pullover ihre nackten Knie zu bedecken, ihre Hose hängt noch am rechten Bein.

Lydia schiebt ihren Freund zurück und fordert ihn auf, sich wegzudrehen, kauert sich neben die junge Frau und hilft ihr wortlos, auch mit dem linken Bein in die Hose zu steigen und die Schuhe wieder anzuziehen. Als die Frau bekleidet neben ihr steht, löscht sie ihre Stirnlampe, um ihr Gegenüber nicht zu blenden und spricht sie leise und ruhig an: »Was ist geschehen, können wir etwas für Sie tun?«

Kataryna schaut sie mit verweinten Augen an, ihr Blick wirkt leer. »Ich Kataryna … bin aus Ukraine … Der große Mann … hat mir wehgetan … hat mich … hat mich«, stammelt sie in gebrochenem Deutsch und bricht wieder in Tränen aus.

Lydia fragt weiter und erfährt so alles über Katarynas Flucht, ihre Freundin Valja, zu der sie unterwegs ist, über die Begegnung mit Chläus in Appenzell. Und dann hier in der Höhle, wie sie zuerst gedacht habe, dass der Mann sie beschützen wolle, wie dann alles sehr schnell und überraschend ging. Und wie der Mann die Höhle fluchtartig verlassen und sie zurückgelassen habe.

Lydia versucht, ganz ruhig zu reden, um auch Kataryna wieder etwas zu beruhigen, lässt ihr Zeit, sich zu fassen, zeigt mit dem Zeigefinger auf den geschlossen Lippen an, dass sie nicht weiterreden soll, wenn sie das Erzählen emotional zu stark aufwühlt. Und unterbricht sie auch, wenn es ihr zu genau und detailliert wird. Obwohl sie sehr großes Mitleid mit der jungen Frau hat, will sie eigentlich nicht genau wissen, was geschehen ist, was Chläus ihr angetan hat.

Denn auch für sie bricht eine Welt zusammen – ihre Welt, in der Chläus der Mann ist, der sie auf ihrem weiteren Weg anführt, der ihr hilft, ihre Kräfte, die sie in sich spürt, für Gutes einzusetzen. Ihre Welt, die vom Leben für Gott und für »Hitz ond Brand« bestimmt ist. Und diese Welt wird für Lydia nun durch diese junge Frau bedroht.

»Anton, was sollen wir tun?«, wendet sie sich von Kataryna ab, die sich wieder in ihrer Felsnische zusammengekauert und den Kopf auf ihre Knie gesenkt hat. »Wenn sie das, was hier passiert ist, draußen erzählt, ist unsere ganze Bewegung gefährdet, ja zerstört. Sie werden Chläus einsperren, ihn verurteilen, kein Mensch wird mehr hinter ihm stehen! Wer soll dann die Sache weiterführen?« Lydia ist verzweifelt, weiß nicht, was sie tun soll.

»Wir können nichts machen, Schatz. Chläus hat einen Fehler gemacht, warum auch immer, und muss für diesen geradestehen«, versucht Anton, sie zu beschwichtigen.

»Warum soll er dafür geradestehen müssen, andere aber nicht?«, erzürnt sich Lydia, »dafür, was mir angetan wurde, musste auch niemand büßen! Ich will nicht, dass mir jemand meinen Glauben und meine Träume zerstört! Erinnere dich, was Chläus gesagt hat! Auch wenn wir uns grundsätzlich dem Guten verschreiben, werden wir das Böse, das uns bedroht und unsere Existenz gefährdet, mit allen Kräften bekämpfen! Jetzt ist der Moment gekommen, um Stellung zu beziehen. Wir müssen uns entscheiden, was uns wichtiger ist, die junge fremde Frau oder das, was wir mit Gottes Kraft und gemeinsam mit Chläus weitertreiben wollen. Und auch du musst dich entscheiden, ob *du* den Weg, für den ich mich entschieden habe, mit mir zusammen gehen willst!«

So hat Anton seine Freundin noch nie erlebt. Sie wirkt bedrohlich, entschlossen bis zum Letzten. Nein, verlieren will er sie natürlich nicht, auf keinen Fall. Ja, und auch er will diesen Weg gehen, den sie miteinander in Angriff genommen haben. »Was sollen wir tun?«, fragt nun auch er zurück.

Lydia schaut ihn eindringlich an. »Wir müssen sie ruhigstellen, verhindern, dass sie erzählen kann, was hier geschehen ist«, zischt sie ihm zu.

»Sie umbringen?« Anton glaubt, Lydia nicht richtig verstanden zu haben.

»Wir haben keine Wahl«, bestätigt Lydia emotionslos, wendet sich von Anton ab, geht auf Kataryna zu, kauert sich wieder zu ihr hinunter. In dem Moment, als diese zu ihr hochschaut, greift sie mit beiden Händen um ihren Hals und drückt mit voller Kraft auf ihren Kehlkopf.

Kataryna bringt nur noch ein schwaches Gurgeln über ihre Lippen, versucht, sich aus der Umklammerung zu lösen. »Hilf mir, Anton!«, schreit Lydia ihrem Freund zu, der sie regungslos beobachtet, »hilf mir, ich habe zu wenig Kraft.« Er eilt zu den beiden Frauen, kauert sich neben Lydia und umschließt mit seinen Händen ebenfalls Katarynas Hals, Lydias Hände dabei teilweise überdeckend. Zusammen drücken sie zu, bis Kataryna in sich zusammensackt und zur Seite kippt.

»Nicht loslassen, sonst kommt sie wieder zu sich«, beschwört Lydia ihren Freund, der ihr wortlos gehorcht.

Eine gefühlte Ewigkeit später, die in Wirklichkeit knapp zehn Minuten dauerte, setzen sich die beiden erschöpft auf den Boden, schauen einander wortlos an, sind außer Atem.

»Und jetzt?«, fragt Anton hilflos.

»Wir müssen ihr ihre Ausweise abnehmen und verstecken oder vernichten, dann bringen wir sie von hier weg. Die Höhle ist zu gut besucht, da wird man sie sofort finden. Wir brauchen etwas Zeit. Wenn sie in einigen Tagen oder gar Wochen ohne Hinweise auf ihre Identität gefunden wird, wird man kaum mehr herausfinden können, was genau passiert ist«, mutmaßt Lydia.

»Dann warten wir, bis es dunkel wird, und bringen sie runter auf die Straße beziehungsweise auf deren andere Seite, dort können wir sie im Wald verstecken«, schlägt Anton vor.

Als Lydia zwei Wochen später Chläus besucht, weiß sie, dass sie auch bei weiteren Aktionen uneingeschränkt auf Anton zählen kann. Denn zu ihrer Liebe zueinander und ihrem gemeinsamen Glauben an Gott hat sich nun eine dritte Abhängigkeit gesellt.

MONIKA

Es geht ihr so gut wie schon lange nicht mehr. Eine knappe Woche ist seit dem Tag vergangen, an welchem sie sich sprichwörtlich der Last entledigt hat, die sie seit über viereinhalb Monaten mit sich herumgetragen hat. Und seither fühlt sie sich befreit, hat auch keine Gewissensbisse, ist überzeugt, das Richtige getan zu haben.

Er hat die Strafe verdient – und sie die Gewissheit, dass er den gerechten Lohn für seine Tat erhalten hat. Sowie die Genugtuung, dass er mit einem seiner letzten Atemzüge realisieren musste, dass er mit Frauen nicht einfach machen kann, was er will. Jetzt erst recht nicht mehr.

Und sie freut sich, dass sie mit Valja teilen kann, dass es ihr wieder besser geht. Ihre Zeichen- und Körpersprache beim Zwischenhalt in der »Bollenwees« hat die Ukrainerin sofort verstanden, wie Monika bemerkt hat.

Heute nun genießt sie ihren freien Tag mit einer ausgiebigen Wanderung durch den Alpstein, lässt sich von den Eindrücken, die sich ihr bieten, treiben, ohne klares Ziel, ohne vorgeplante Route. Auch ohne Druck, eine bestimmte Distanz zurücklegen oder eine gewisse Anzahl Stunden aktiv sein zu müssen. Aber mit dem Vorsatz, sich Pausen und Besuche in den Berggasthäusern auf ihrer spontanen Route zu gönnen.

Im »Plattenbödeli« war sie schon einige Zeit nicht mehr. Umso mehr genießt sie es, ihre ehemalige Chefin Fränzi Fässler wieder einmal zu sehen und mit ihr einige Worte wechseln zu können.

Und dann taucht auch er noch auf. Er, den sie seit beinahe vier Monaten nicht mehr gesehen und den sie im Innersten sehnlichst vermisst hat: Roger Marty. Nicht nur ihn hat sie vermisst, auch die philosophischen Gespräche mit ihm, die Herausforderung, zu verstehen, was er ihr sagen will, ohne es auszusprechen. Das Spiel, Gleiches zu tun.

Es dauert nur wenige Minuten und eine kurze, aber herzliche Begrüßung, bis sie dort sind, wo sie bisher immer landeten, wenn sie sich trafen.

»Was gibt es Neues bei dir, Monika, du hast sicher viel zu erzählen. Wir haben uns ja schon ewig nicht mehr gesehen. Hab ich wenigstens das Gefühl.«

»Geht mir gleich, Roger. Aber auch bei dir dürfte sich in den letzten Monaten einiges getan haben, da bin ich mir sicher! Wie läuft's denn mit deiner Schreiberei?«

»Ich bin mitten im Neubeginn, hatte – aus verschiedenen Gründen – längere Zeit keine Lust mehr dazu. Doch jetzt passt es wieder, ich werde demnächst mit dem nächsten Roman beginnen.«

»Wie das? Ich meine, dass du keine Lust mehr zum Schreiben hattest?«, fragt Monika nach.

»Nun, der Mensch neigt ja dazu, sich auszudrücken, ohne ein bestimmtes Ziel, aus reinem Vergnügen am Ausdruck. Das ist auch bei mir so. Während andere singen, tanzen, musizieren, ist es bei mir das Schreiben. Mit dem ersten Roman konnte ich das noch unbeschwert machen, hatte einfach Freude am Produkt, an dem, was ich geschrieben habe. Und es war mir zuerst auch egal, was andere über meine Geschichte denken, ob ihnen mein Schreibstil gefällt, ob sie das Konstrukt meiner Geschichte mögen. Mir hat's gefallen, und das hat mir auch gereicht.

Doch dann kam der zweite Roman. Nachdem ich zum ersten sehr viel positives Feedback erhalten hatte, wuchs der Druck. Ja, ich weiß, dass ich mir diesen selbst auferlegt habe … Aber er war da. Ich wollte nachdoppeln, nochmals eine gute Geschichte publizieren. Sänger, die von ihren Zuhörern ein gutes Feedback erhalten, wollen nicht unbedingt in der Mailänder Scala singen, Maler, deren Bilder gefallen, nicht im Louvre ausstellen – ebenso wenig wollte ich den Schweizer Literaturpreis anstreben. Aber der zweite Roman sollte mindestens ebenso gut sein wie der erste. Obschon man weiß, dass eben dieser zweite immer der schwierigste ist.

Doch welche Möglichkeit haben wir Schreibenden denn? Sänger können auch mal in der Kirche singen, Maler in einem Restaurant ausstellen – und wir? Wenn wir keinen Verlag finden, der uns publiziert, können wir die Geschichte höchstens einem Freund zum Lesen geben oder ihm diese vorlesen, sonst haben wir keine Bühne. Ich kann ja nicht einfach Passanten auf der Straße ansprechen und ihnen mein Manuskript in die Hand drücken! Und die digitalen Möglichkeiten, die es gibt, entsprechen nicht dem, was ich mir darunter vorstelle, ein Buch zu schreiben.«

»Und wie kam dann die Lust wieder zurück?«, fordert Monika Roger auf, zu erzählen, was ihn beschäftigt.

»Es war wie beim ersten Buch ein Moment, der mir aufzeigte, worum es im nächsten Buch gehen muss, der mir den Aufhänger dazu gab. Denn die Idee für eine Geschichte zu finden, ist der Knackpunkt. Manchmal fliegt einem diese zu, manchmal wartest du vergeblich auf eine Inspiration. Da ist man als Krimiautor oft versucht, sich seine Idee selber zu schaffen, selber eine Tat zu konstruieren, auf der man die Geschichte aufbauen kann«, lacht Roger.

»Der Täter war der Autor«, lacht Monika zurück, »doch erzähl weiter.«

»Und die Themen, die ich in die Geschichte einbauen kann, die bringen mich auch zurück ins Schreiben. Themen, die mich beschäftigen und die mir wichtig sind, über die ich schreiben will. Schreiben, was für mich wichtig ist; es kann nicht mein Ziel sein, zu schreiben, was andere lesen wollen. Doch dann braucht es den Dialog, die Auseinandersetzung mit den Lesern, mit dem, was ich geschrieben habe und dem, wie es bei ihnen ankommt, wie sie darüber denken. Das gibt dem Streben, Geschriebenes zu publizieren, den Sinn.«

»Aber allen kannst du es ja eh nicht recht machen«, wirft Monika ein, »und bei der Menge von publizierten Büchern haben die Leser auch die Möglichkeit, auf ein anderes Buch oder einen anderen Autor auszuweichen, sobald sie auch nur das kleinste Detail stört.«

»Die meisten Leser können auch nicht nachvollziehen, was es heißt, ein Buch zu schreiben. Es ist ja nicht immer nur das lustvolle, von Inspiration geleitete Schreiben, sondern mindestens ebenso oft Handwerk, Arbeit. Denn wer gut schreiben will, muss auch dafür arbeiten. Und zum selbst auferlegten Druck kommen auch die Vorgaben des Verlags und die Erwartungen der Leser. Denn auch wenn man es nicht gerne zugibt – Autoren brauchen die Anerkennung der Leserinnen und Leser, um nicht die Lust am Schreiben zu verlieren. Sinn und Anerkennung bilden für jeden Menschen die Basis, Leistungen zu erbringen und sind Antrieb dafür, die Leistungsbereitschaft zu erhöhen.«

»Doch erzähl du doch mal, was bei dir alles gelaufen ist«, gibt Roger den Ball an Monika weiter.

»Nun, die Themen, die wir beide bei unserem letzten Treffen diskutiert haben, beschäftigen mich auch heute noch: Wahrheit, Opfer und Täter, Mann und Frau, aber vor allem auch Macht und Ohnmacht«, beginnt Monika ihre Ausführungen.

»Macht und Ohnmacht, interessante Themen«, wiederholt Roger, »mit denen ich mich in den letzten Monaten auch auseinandersetzen musste. Beides verfolgt ja eine Kontrolle, über sich, über andere, ist eine Strategie, mit sich und dem Leben zurechtzukommen. Ich habe Macht über andere, über mich, ich kann es – oder ich habe keine Macht, ich bin ohnmächtig, ich kann es nicht. Beides ist gewachsen aus Angst und Begierde, aus dem Streben, zu verteidigen und zu beschützen, sich über- oder unterzuordnen. Weil wir uns von der Welt trennen, glauben, dass es das ›Ich‹ und den Rest der Welt gibt. Und nicht erkennen, dass das ›Ich‹ auch Teil dieser Welt ist.

Man muss die Ziele und Motive hinterfragen, warum jemand seine Macht oder die Ohnmacht des anderen ge- oder missbraucht. So wie es entscheidend ist, ob ein Messer tötet oder befreit, je nachdem, in wessen Hand es liegt. Es kommt darauf an, was mein ›Ich‹ will, denn dieses will immer etwas, egal, ob es etwas dafür unternimmt oder passiv bleibt.

Und wir können auf zwei Arten reagieren, um das Leben in den Griff zu bekommen: Wir sind überzeugt, es meistern zu können, stellen uns darüber, glauben daran, dass wir es beeinflussen können und das, was passiert, so lenken können, wie *wir* es wollen, wenn wir es richtig angehen. Die Machtvariante – ich kann es. Die andere

Möglichkeit ist, sich als Opfer zu sehen, die Variante der Ohnmacht – ich kann nichts machen.«

»Aber es ist unsere Entscheidung, zu wählen zwischen dem Leben, welches uns nicht gibt, was wir wünschen, und der Wut, dass es uns das nimmt, was wir gerne hätten«, unterbricht ihn Monika.

»Und welchen Weg bist du gegangen?«, will Roger wissen.

»Du kennst die Antwort, Roger. Und daran hat sich auch nichts geändert. Ich mache das, wovon ich denke, dass es mein Leben positiv und nachhaltig beeinflusst. Ich versuche, mein Leben zu steuern, es für mich so zu gestalten, wie ich es haben will.«

»Und versuchst, die Hindernisse, die deinen Lebensweg erschweren, aus dem Weg zu schaffen«, sucht Roger Monikas Bestätigung für seine Vermutungen.

»Ja, ungefähr so«, stimmt ihm Monika zu, »auch wenn ich bereit bin, kleinere Hindernisse zu überspringen oder zu umgehen. Aber die großen müssen weggeräumt werden.«

»So wie dieser Fabian?«, konfrontiert Roger Monika mit einer Vermutung, die er schon länger in sich hegt.

Monika erschrickt, schaut Roger fassungslos an, braucht eine Weile, um Worte zu finden. »Woher weißt du … weißt du das?«

»Gewusst habe ich es nicht, nur vermutet. Aber jetzt hast du es ja, ohne es explizit zu sagen, bestätigt. Ich habe schon im Mai gesehen, dass mit dir etwas nicht stimmt, hatte schon damals eine Vermutung, dass dir etwas angetan wurde. Dann hat mir auch Valja mit ihrem Verhalten am letzten Sonntag noch den Hinweis gegeben, dass er oft bei euch Gast war und du ihn kanntest. Und so, wie ich dich die letzten beiden Jahre kennengelernt habe, und mit dem, was wir zusammen erlebt haben, war es nicht mehr schwierig, eins und eins zusammenzuzählen!«

Monika weiß, dass sie Roger vertrauen kann, schildert ihm, wie sie sich nach der Vergewaltigung gefühlt hat, wie es für sie war, als sie Fabian auf der Marwees getroffen hat, wie er sie provoziert hat, dass sie sich bedroht fühlte und wie sie reflexartig wie in Trance reagiert hat.

»Du willst damit sagen, dass du nicht vorsätzlich, sondern im Affekt gehandelt hast?«, will Roger wissen.

»Ich hatte schon geplant, mich an ihm zu rächen, doch in diesem Moment war es im Affekt, ist emotional aus der Situation heraus entstanden, nicht von Gedanken gesteuert, eher ein Reflex«, versucht Monika umständlich, zu erklären. Es ist für sie schwierig, sich auszudrücken, jedoch ist sie froh, über alles reden zu können.

Monika ist erleichtert, dass die Wahrheit ans Licht gekommen ist. Mit Roger kennt diese nun ein Mensch, dem sie vertrauen kann, von dem sie weiß, dass er sie nicht verraten wird. Und zu dem die Bindung durch das, was sie ihm bestätigt hat, noch stärker geworden ist.

Sie macht sich keine Selbstvorwürfe wegen der Tat, kann keine gefühlsmäßige Beziehung mehr zu dem herstellen, was sie getan hat. Als wäre es nicht sie, sondern ein anderer Mensch gewesen, der Fabian umgebracht hat.

Auch wenn Roger nur bestätigt wurde, was er vermutet hat, trifft ihn Monikas Geständnis. Er kann sie jedoch dafür nicht verurteilen, sondern empfindet vielmehr Mitleid für sie. Mitleid dafür, was ihr angetan wurde und dass sie sich zur Selbstjustiz hinreißen ließ. Und dafür, dass sie in solchen Situationen die Kontrolle über ihr zweites, böses Ich verliert.

»Der römische Dichter Juvenal hat geschrieben, dass die Rache das Zeichen eines kleinen und schwachen Geistes und die Freude einer niederen Seele sei. Aus gleicher Feder stammt aber auch die Aussage, dass sich niemand mehr an Rache erfreut als eine Frau«, philosophiert Roger mehr vor sich hin, als dass er seine Botschaft an Monika richtet.

»Ich glaube nicht, Roger, dass du das Recht hast, mich zu verurteilen«, wendet Monika ein, »auch wenn du es nicht mit eigenen Worten tust. Denn wie stark der Wunsch nach Rache ist und was deren Ausübung bewirkt, kann nur der Mensch beurteilen, der verletzt wurde.«

»Womit du Nietzsche bestätigst, der sagte, dass es nicht um den Täter geht, sondern in erster Linie nur um sich selbst, um die Selbsterhaltung. Neben dieser Rache, die aus Furcht verübt wird und den Zweck hat, sich vor weiterem Schaden abzusichern, definiert Nietzsche auch die Rache, die ausschließlich durch das bestimmt wird, was der andere dir angetan hat, eine Art Wiederherstellung. Diese Rache kann aber höchstens die Ehre wiederherstellen, nicht den Schaden selbst – du kannst damit nur beweisen, dass du vor dem Täter keine Angst hast. So wenig, wie er vor dir Angst hatte, als er dir etwas angetan hat.«

»Ich denke, dass das Motiv für Rache meist die verletzte Ehre ist«, wirft Monika ein.

»Oder die Rache aus Furcht wird hinter dieser Begründung versteckt. In deinem Fall denke ich auch, dass du dich für deine verletzte Ehre gerächt hast – im Geheimen, wie auch die Tat geschehen ist. Doch warum hast du ihn nicht angezeigt? Denn auch die Strafe, die ein Gericht ausspricht, ist Rache, die Rache der Gesellschaft, welche die private wie auch die Gesellschaftsehre wiederherstellt.«

»Weil ich dem Gericht nicht traute, dass es ihn wirklich verurteilt, und weil ich es nicht an die Öffentlichkeit bringen wollte, was mir angetan wurde«, rechtfertigt sich Monika.

»Ich kann mir vorstellen, dass es einfacher ist, über die Rache als über die Verletzung zu reden. Denn diese gewinnt dadurch an Bedeutung, dass auch andere wissen, wer was getan hat. Anerkennung gewissermaßen.

Und das, was du gesagt hast, kann ich beides nachvollziehen – das Misstrauen gegenüber einem gerechten Entscheid des Gerichts wie auch den Wunsch, nichts an die Öffentlichkeit dringen zu lassen.«

»Aus Erfahrung?«

Roger bestätigt ihre Frage und schildert in aller Kürze, was *ihm* passiert ist. Ohne zu verleugnen, dass er einen Fehler begangen hat – aber mit dem nachdrücklichen Hinweis, dass er für etwas bestraft wurde, das er *nicht* gemacht hat. »Dass sie sich an mir gerächt hat, indem sie mich angezeigt hat, war für mich weniger schlimm als ihre Reaktion, mich in ihrem Artikel nicht unterschwellig anzuschwärzen. Zu zeigen, dass man ein besserer Mensch ist als der Täter, ist für diesen oft die größere Strafe.«

»Geht es nicht immer um eine Balance, um den Wunsch, etwas auszugleichen, bei der Gerechtigkeit wie auch bei der Wiedergutmachung?«

»Wobei ausgleichende Gerechtigkeit nur wieder neue Ungerechtigkeit schafft! Ich glaube, dass Rächer ihr Gegenüber nicht mehr als Menschen sehen, sondern nur noch als Gegenstand der Wiederherstellung ihrer emotionalen Balance.«

Monika versucht, zu berichtigen: »Auf der anderen Seite, und da spreche ich aus Erfahrung, ist Rache auch der Ausdruck einer Notwendigkeit, eine passiv erlebte Verletzung seiner Integrität in ein aktives Handeln zu verwandeln.«

Roger insistiert: »Aber genau in dieser Situation, wenn es um Gefühle und Gedanken geht, ist es extrem wichtig, unsere Rachegedanken nicht so zu verurteilen, als wären sie Handlungen. Die ethische Grenze ist nicht diejenige zwischen Existenz und Nichtexistenz von Rache und Wut, sondern zwischen Gedanken und Tat!«

»Und wie oft bist du schon an dieser Grenze gestanden?«, fordert Monika ihr Gegenüber heraus.

»Schon einige Male, das wird allen Menschen so ergehen.«

»Und wie oft hast du sie überschritten?«, bohrt Monika nach.

Roger lächelt: »Lies meine Bücher, vielleicht findest du es heraus.«

BRUNO

»Ein typischer Montagmorgen, für mich reicht es langsam«, nervt sich Bruno, »jetzt gab es am letzten Samstag in den Rainhütten auch noch einen REGA-Einsatz!«

»Der uns aber nicht betrifft«, versucht Max, seinen Chef zu beruhigen, »ist ja alles glimpflich abgelaufen. Die Frau hatte Herzprobleme, das kann jeder und jedem passieren. War sicher die beste Lösung, dass ihre Kolleginnen des Damenturnvereins die Rettungsflugwacht angefordert haben – von dort oben kommst du nicht innerhalb einer nützlichen Frist an einen Ort, wo dir geholfen werden kann.«

»Ja stimmt, sie haben wenigstens richtig entschieden, obwohl sie als Aargauerinnen vermutlich das Gebiet ja nicht besonders gut kennen. Aber es ist mir einfach mit dem, was dieses Jahr schon alles passiert ist, etwas zu viel Aktion in unserem Tätigkeitsgebiet … Vermisse irgendwie die Beschaulichkeit, die wir früher hatten …«

»Bruno, wirst du langsam alt?«, lacht Max.

»Danke, Max, ja, manchmal hab ich das Gefühl, dass es daran liegen könnte«, antwortet Bruno in einem ernsten Ton, »doch Alter hin oder her, wir haben noch einige offene Fragen zu klären.«

»Genau, unsere Mitarbeiter haben ja schon gemeldet, dass sie diesen Klaus Fritsche gefasst haben und zu uns bringen werden. Mal schauen, was der Hinweis, den uns Roger Marty nach seinen Erkundigungen heute Morgen gegeben hat, wert ist.«

Wenig später treffen die Beamten der Appenzell-Innerrhoder Kriminalpolizei mit Chläus im Schlepptau im Unteren Ziel ein, wo auch Bruno und Max ihr Büro haben.

Das Verhör ist intensiv, und Bruno wie auch Max ziehen alle Register ihres Könnens. Sie konfrontieren Chläus damit, dass er mit der Toten von den Rainhütten am Samstag vor dem vermuteten Todeseintritt in Appenzell gesehen wurde.

Und Chläus leugnet auch nichts, bestätigt die Aussagen der beiden Ermittler: »Die Frau hat sich, wie zahlreiche andere Menschen, für meine Botschaft interessiert, die ich verkündet habe.«

»Die da wäre?«, fragt Bruno nach.

»Dass der Glaube an Gott unsere Existenzgrundlage bildet und ohne ihn das Leben keinen Sinn hat, dass wir das, was uns zu dem gemacht hat, was wir heute sind, bewahren müssen und wir fremde Einflüsse, die dieses wertvolle Gut zerstören könnten, um jeden Preis vermeiden müssen«, antwortet Chläus wortgewandt und ohne groß überlegen zu müssen.

»Aha, von daher weht der Wind, um jeden Preis«, wiederholt Bruno, »deshalb sind Sie der jungen Fremden dann auch in den Alpstein gefolgt und haben sie umgebracht.«

»Nein, nein, mit ihrem Tod habe ich nichts zu tun«, wehrt sich Chläus.

»Womit denn?«, fragt Max nach, »vielleicht mit dem sexuellen Kontakt, den sie vor ihrem Tod noch hatte? Aber das können wir ja einfach nachweisen, aufgrund der Spuren, die der Mann – oder eben Sie – hinterlassen hat.«

Chläus senkt beschämt den Kopf und murmelt leise: »Der Herr möge mir verzeihen, dass ich die Kontrolle über mich verloren und die Situation schamlos ausgenutzt habe.«

»Ob der da oben«, Max zeigt mit dem ausgestreckten Zeigefinger seiner rechten Hand gegen den Himmel, »Ihnen verzeihen wird, können wir nicht beurteilen. Aber ich kann Ihnen versichern, dass wir alles daran setzen werden, herauszufinden, was am 6. Juli wirklich geschah und welche Rolle Sie dabei spielten.«

Geschlagene zwei Stunden dauert das Verhör an, ohne wirklich bedeutende neue Erkenntnisse zu bringen. Außer der Bestätigung, dass Fund- und Tatort nicht identisch sind und dass der Tatort mit größter Wahrscheinlichkeit die von Chläus beschriebene Furgglenhöhle ist.

Chläus schildert bereitwillig, wie er am Schluss seiner Wanderung noch seinen Kraftort, die Höhle, besuchen wollte und dort die Frau traf. Wie er ein erstes Mal seine christliche Grundhaltung verleugnete, indem er ihr keine Hilfe bot, wie er dies ein zweites Mal tat, als er seine Macht als Mann ausübte, indem er die Frau erniedrigte, wie er fluchtartig die Höhle verließ und die Ukrainerin zurückließ. Und wie er nach Hause und dann in die Gloggeren flüchtete.

Schnell merken die beiden Ermittler, dass weitere Details ihnen nicht weiterhelfen würden, und verlagern das Verhör auf die von Chläus formulierte Botschaft, wollen wissen, was es denn damit genau auf sich habe, wie dies in der praktischen Umsetzung zu verstehen sei.

In eindringlichem Ton erklärt ihnen Chläus, dass die Basis ein auf Gott ausgerichtetes Leben, ein wahrer christlicher Glaube sei, zu dem man sich auch bekennen soll. Dass Traditionen bewahrt werden müssen, nicht nur solche mit touristischer Bedeutung, sondern vor allem auch diejenigen mit einem inneren Wert, und dass die Gemeinschaft keine Vermischung mit Fremdem und mit Fremden zulassen dürfe.

»Traditionen mit innerem Wert, Traditionen, die wir hier alle kennen, aber über die wir nicht gerne reden – wir verstehen, was Sie meinen, Herr Fritsche«, bestätigt Bruno Fässler, »doch die wahre Christlichkeit zu leben, scheint nicht so einfach zu sein, wie Sie ja selbst beweisen. Mit unserem geringen Ausländeranteil ist unsere Gemeinschaft schon mehr oder weniger geschlossen. Auch wenn keine Auswüchse von Rassismus erkennbar sind, so doch eine ausgeprägte Selbstbezogenheit, wir möchten, dass alles überschaubar bleibt. Wir nennen es konservativ und traditionsbewusst, schotten uns aber in Wahrheit ab vom Rest der Schweiz und der Welt.«

»Das Schöne am Glauben ist, dass man auch daran zweifeln kann, ja zweifeln muss, sonst wäre es kein Glauben mehr. Wir wollen ja keine Ideologie oder Religion, die das Zweifeln nicht mehr zulässt! Zugegeben, wir alle sind schwach, haben eine gute und eine schlechte Seite in uns, wir können unser Verhalten nicht immer kontrollieren, da muss ich Ihnen recht geben. Dass ich die Situation ausgenützt habe, lässt sich nicht entschuldigen«, nimmt Chläus Stellung. »Doch auch Sie zeigen auf, dass Gutes kaum oder nur kurz wahrgenommen wird, während Schlechtes oder Böses eine viel stärkere Wirkung hat. Ein Fehler im Leben, und alles Gute, was dieser Mensch bisher geleistet hat, ist vergessen. Deshalb müssen auch wir uns, um Gutes zu erreichen, manchmal des Schlechten bedienen.«

»Stammen die Schmierereien in der ›Bollenwees‹ von Ihnen – und was meinen Sie mit ›wir‹, wer steckt noch dahinter?«, fragt Max unvermittelt.

»Nicht direkt, nur die Idee dazu«, gibt Chläus zu, »manchmal braucht es deutliche Zeichen, um in der Öffentlichkeit wahrgenommen zu werden. Und ›wir‹ sind eine Gemeinschaft von Gleichgesinnten, die sich für diese gemeinsame Sache einsetzt.«

»Aber es kann doch nicht sein, dass Einheimische, die Außerkantonale heiraten oder ausländische Mitarbeiterinnen einstellen, verurteilt, gemieden und verflucht werden«, entrüstet sich Bruno.

Schnell fallen auch die Namen von Lydia Fuchs und Anton Bischofberger, nachdem Bruno Chläus klar gemacht hat, dass seine Bestrafung härter ausfallen werde, wenn er die Täter nicht nenne. »Zwei junge Leute, die sich für das wirklich Bedeutende im Leben einsetzen und zu ihrem Glauben stehen«, fügt Chläus an.

»Und weil die Schmiererei entdeckt wurde, bevor sie an die Öffentlichkeit kam, haben Sie die Drohung dann noch umgesetzt und Feuer in der ›Bolle‹ gelegt«, formuliert Bruno seine Vermutung.

Chläus beginnt sich zu rechtfertigen, weiß, dass es in Anbetracht der Situation keinen Sinn macht, etwas zu verschweigen. »Die beiden jungen Menschen wollten unbedingt aktiv etwas zu unserer Sache beitragen, deshalb habe ich ihnen diesen kleinen und harmlosen Auftrag erteilt. Den auszuführen für sie auch keine große Sache war, wie Lydia mir detailliert erzählt hat. Sie hatte Anton überzeugt, mit ihr in der Nacht vom Samstag auf den Sonntag in Richtung ›Bollenwees‹ aufzubrechen, um sie in der Ausführung ihres Auftrages zu unterstützen.

Lautlos hatten sie sich an das Berggasthaus angeschlichen und dieses durch den Notausgang im Untergeschoss betreten. Im Dunkeln hatten sie sich durch den Korridor bis zum

Trockenraum vorgetastet, diesen betreten und sofort wieder die Tür hinter sich geschlossen. Mit der mitgebrachten Farbe schrieb Lydia den Schriftzug, den ich ihr mitgegeben hatte und den ihr Anton im Lärm des dröhnenden Wäschetrockners diktierte. Der Lärm bot ihnen einen Schutzschild, hinter dem sie ihre Aktion durchführten. Unsere Aktion, welche die Leute verunsichern und irritieren sollte.

Aber als mir Lydia sagte, dass Sie zu allem bereit sei, was mir und uns diene, wurde mir mulmig. Deshalb habe ich den nächsten Schritt selber gemacht, wollte nicht, dass sie sich in etwas reinreiten. Aber das Feuer sollte nur ein weiteres Zeichen sein, ich wusste, dass das Haus gut gesichert ist und mit größter Wahrscheinlichkeit nichts passieren würde.«

»Zu allem bereit, was Ihnen und der Sache dient«, sinniert Max, »auch zu einem Mord? Die beiden werden wir uns möglichst schnell vorknöpfen.« Da Chläus seine Antwort auf ein fragendes Schulterzucken beschränkt, erteilt Max seinen Beamten sofort den Auftrag, die beiden zur Einvernahme vorzuführen.

»Noch eine Frage, Herr Fritsche«, führt Bruno das Verhör zwischenzeitlich weiter, »wo waren sie in der Nacht vom 14. auf den 15. Juni?«

»Das ist schon lange her, wie soll ich das noch wissen?«, schaut Chläus Bruno fragend an, »was war denn damals Besonderes?«

»Das war die Nacht, bevor der Deltasegler von den Kreuzbergen abgestürzt ist.«

»Daran erinnere ich mich. Doch warum fragen Sie mich?«

»Wir gehen davon aus, dass der Deltasegler manipuliert worden ist. Sie waren am Samstagnachmittag in der ›Bollenwees‹, haben von diesem Vorhaben gehört. Wir denken auch, dass Ihnen dieses Unterfangen nicht gepasst hat, dass Sie darin auch eine Bedrohung Ihrer Überzeugung sahen«, hakt Bruno nach.

»Dass ich davon gewusst und das Vorhaben zugegebenermaßen nicht begrüßt habe, heißt nicht automatisch, dass ich es vereiteln wollte. In unserem Kanton hätte der junge Mann die Bewilligung für dieses Unternehmen nicht erhalten, und trotzdem nutzte er unsere Gastfreundschaft, um von hier aus zu starten. Wir brauchen solche Aktionen nicht, die sich auf einen kurzen Kick und Genuss reduzieren, wir streben andere Werte an«, erklärt Chläus. »Doch selbst wenn sie trotz meiner Aussage Ihren Verdacht aufrechterhalten – wie wollen Sie beweisen, dass ich die Finger im Spiel hatte?«

Bruno schweigt, weiß, dass er keine Beweise hat, mit denen er Chläus belasten könnte.

Bruno und Max beschließen Chläus vorläufig festzuhalten und beim Staatsanwalt einen Antrag auf Untersuchungshaft zu stellen. Einhellig sind sie der Meinung, dass er nicht versuchen wird, allfällige Beweismittel zu vernichten, Zeugen zu beeinflussen oder zu fliehen. Dafür waren seine Aussagen zu offen.

»Außer der Brandstiftung, die er zugegeben hat, und dem sexuellen Kontakt, den er nicht leugnet, können wir ihm noch die Auftragserteilung für eine Sachbeschädigung zur Last legen – nicht gerade viel«, fasst Bruno etwas resigniert zusammen, »der Mord an Kataryna Saizewa sowie der vermutlich von Menschenhand herbeigeführte Deltaseglerunfall bleiben vorderhand noch ein Rätsel.«

»Und der Todessturz des jungen Rheintalers von der Marwees auch«, ergänzt Max.

Kurz vor Mittag bringen die Beamten Lydia und Anton, die sie an deren Arbeitsplätzen aufgesucht und von dort mitgenommen haben, den beiden Ermittlern zum Verhör. Konfrontiert mit dem Vorwurf der Sachbeschädigung und der Aussage von Chläus, dass er ihnen den Auftrag dazu erteilt habe, erkennen beide sofort, dass es keinen Sinn macht, zu leugnen.

»Wir haben noch etwas anderes, das wir gerne mit Ihnen klären würden. Wo waren sie am Sonntag, dem 6. Juli?«

Lydia und Anton schauen sich kurz und wortlos an, dann antwortet Lydia: »Auf einer Wanderung, wir haben eine Tagestour gemacht.«

Max lässt sie den genauen Routenverlauf beschreiben, verlangt ungefähre Angaben darüber, wann sie wo waren, und fragt nach Leuten, die bezeugen können, dass es so war.

»Am späteren Nachmittag waren wir noch in der ›Bollenwees‹, die Servicemitarbeiterinnen können das bestätigen. Und auch Anita, sie hat uns auch gesehen und begrüßt«, gibt Lydia die geforderte Auskunft.

»Das hat mir Roger bereits gesagt, dass Anita sie gesehen hat«, flüstert Bruno Max so leise zu, dass es die beiden nicht hören können.

Dann will er im Detail wissen, welchen Weg sie von der »Bollenwees« nach Hause genommen haben. Während Lydia diesen im Detail beschreibt, beobachtet Max Anton, der nach wie vor wortlos neben seiner Freundin sitzt. Er bemerkt, wie dieser kurz den Kopf zu ihr dreht, als Lydia als erste Stationen Geisserhüttli und Plattenbödeli aufzählt.

»Nicht einverstanden, Herr Bischofberger?«, unterbricht Max die Beschreibung.

Dieser schaut erneut hilfesuchend seine Freundin an, welche ihn eindringlich mit ihrem Blick fixiert, jedoch kein Wort sagt. Anton bleibt einen Moment stumm. »Herr Bischofberger, ich habe Sie etwas gefragt«, bohrt Max weiter.

»Wir waren noch in der Furgglenhöhle«, meldet sich dieser kleinlaut zu Wort.

»Anton!«, schreit Lydia laut heraus, »warum sagst du das?«

»Weil ich es nicht aushalte, zu lügen. Ich kann nicht weiter schweigen«, wird nun auch er lauter. »Es macht keinen Sinn mehr, sie werden es früher oder später doch herausfinden. Du wolltest Chläus' Weste rein halten, nun hat er aber uns verraten. Was wir gemacht haben, hat weder ihm noch unserer gemeinsamen Sache etwas genützt, es war einfach eine Riesendummheit, wir haben nicht nur ihr, sondern auch unser Leben zerstört.«

Nach dieser Aussage ihres Freundes hält auch Lydia den Druck nicht mehr aus. Zusammen schildern sie, was vorgefallen ist, versuchen zu erklären, warum sie in dieser Situation so gehandelt haben, zeigen sich reumütig.

Bruno und Max hören zu, fragen nach, können es nicht fassen, was ihnen diese jungen Menschen erzählen. Selbst für sie ist es unbegreiflich, zu was diese in ihrem Wahn und in ihrer Abhängigkeit fähig waren, wie leicht sie ein Menschenleben für ihre Überzeugung opferten.

Am späteren Nachmittag informiert Bruno Fässler Staatsanwalt Räss über das Verhör und die polizeiliche Festnahme und leitet so das Verfahren an ihn weiter. Dieser stellt aufgrund von Brunos Schilderungen noch am Telefon eine Weiterführung der Festnahme und einen Antrag auf Verhaftung in Aussicht. Über diesen muss innert 48 Stunden am Strafgericht durch eine Haftrichterin oder einen Haftrichter entschieden werden.

»Auch wenn wir nun einen Fall gelöst haben, kann ich mich darüber nicht richtig freuen«, fasst Bruno gegenüber Max seine Gefühle zusammen, »es ist zu traurig, was hier passiert ist, wozu sich diese jungen Menschen treiben ließen.«

»Kaum zu begreifen, dass sie glaubten, es im Dienste einer guten Sache zu machen«, bestätigt ihn Max.

»Jetzt muss ich aber hier raus, ich muss abschalten, auf andere Gedanken kommen. Lass uns Feierabend machen und ein Bier trinken gehen«, lädt Max seinen Kollegen ein.

»Danke, Max, da bin ich gerne dabei!«

MONIKA UND ROGER (EPILOG)

Der September zeigt sich von seiner besten Seite. Bereits während der ersten Monatshälfte dominiert warmes und sonniges Wetter, die Niederschläge bleiben gering und konzentrieren sich auf wenige Tage.

Am zweitletzten Dienstag des Monats sitzt Roger nochmals mit Monika zusammen im Berggasthaus »Bollenwees«. Sie haben sich seit ihrem letzten längeren Gespräch Ende August noch einige Male kurz getroffen, ohne jedoch wirklich Zeit zu finden, sich auszutauschen.

Deshalb genießen sie es heute umso mehr, ohne zeitlichen Druck und in aller Ruhe wieder einmal reden zu können. Monika hat frei, will nach der kurzen Wanderung hinunter in die »Bolle« etwas entspannen, und auch Roger hat keine längere Wanderung vor, genießt einmal mehr die sonnige Terrasse mit Blick auf den Fälensee, die feine Küche und den guten Service.

Für einmal erzählt Roger von sich, ohne von Monika gefragt worden zu sein: »Ich bin wieder am Schreiben, am dritten Buch, hab ja nach dem, was diesen Sommer geschehen ist, wieder genug Stoff. Ich baue das Ganze natürlich wieder in eine fiktive Geschichte ein, erfinde dies und das, lass das eine oder andere weg und konstruiere neue Personen, die selbstverständlich keine Ähnlichkeiten mit lebenden Menschen haben. Das Einzige, das der Realität entspricht, ist die Beschreibung des Alpsteins.«

»Und komme ich auch oder – je nachdem, wie man es betrachtet – auch *wieder* vor?«, fragt Monika neugierig.

»Das überlasse ich dir, ob du dich als Person, an Charaktereigenschaften oder in Handlungen wiedererkennst«, lässt Roger offen.

»Dann werde ich konkret«, drängt Monika weiter, »kommt in deinem Buch vor, dass ein bergerfahrener, junger und gut trainierter Mann von der Marwees abstürzt? Und noch wichtiger für mich: Erklärt deine Geschichte, warum dieser abgestürzt ist?«

»Sie erklärt nicht, aber sie beschreibt, was geschehen ist. Ich kann Sachverhalte und Zusammenhänge nur strukturiert und sprachlich richtig in eigenen Worten wiedergeben. Diese aber nachvollziehbar darzustellen und in Bezug zu Ursachen oder Regeln zu stellen – eben zu erklären, warum es so passiert ist – überlasse ich der Interpretation der Leser«, führt Roger aus.

Monika ist zufrieden und sieht sich in ihrer Überzeugung bestätigt, dass Roger sie nicht verraten wird.

»Und wer manipuliert in deinem Roman den Deltasegler des Piloten, der deswegen dann abstürzt?«, will Monika weiter wissen.

»So weit bin ich noch nicht. Aber neben den üblichen Verdächtigen wäre es ja auch möglich, dass einer aus dem Team dafür verantwortlich war«, spekuliert Roger.

»Aus dem Team, zu dem auch dein Protagonist gehört«, ergänzt Monika.

»Richtig, Monika. Doch nicht alles, was in meinem Roman geschieht, hat etwas mit der Realität zu tun.«

»Und nicht alles, Roger, was hier passiert ist, hat mit deinem Roman zu tun!«

NACHTRAG

»Gut, spannend, gefällt mir!«

Mein Freund schließt das Buch und legt es zu den beiden anderen, die vor mir liegen. »Doch jetzt verrate mir noch: Ist dieser Roger dein ›Alter Ego‹, dein anderes Ich?«

»Ob er mein anderes oder einfach mein Ich ist, ganz oder teilweise, kannst du entscheiden, musst du entscheiden«, erwidere ich.

»Doch am Schluss der Geschichte, am Ende der drei Teile, musst du doch auflösen, wer die Täter waren!«

»Und wenn ich es selber nicht weiß?«, frage ich zurück. »Schließlich liegt ja der Sinn einer erzählten Geschichte nicht einfach in ihrem Ende, sondern im Prozess des Erzählens.«

DANKE

Mein Dank richtet sich an das Gmeiner-Team um Programmleiterin Claudia Senghaas sowie Iris Capatt und Karin Zindel für die sorgfältige und kritische Prüfung meines Manuskriptes und die konstruktiven Rückmeldungen.

Ein spezieller Dank gilt auch meinem Freund und Deltapiloten Matthias Küffer – einerseits für die fachliche Überprüfung der Flugszenen, andererseits für die Möglichkeit, seine herausfordernden Projekte miterleben zu dürfen.

Und erst die Gespräche mit Josef Küng, dem Redaktor des Heimatbuches »Unser Innerrhoden«, haben mich auf die Idee gebracht, »Hitz ond Brand« in diesem Kriminalroman zu thematisieren – danke für diese Inspiration.

Weitere Krimis finden Sie auf den folgenden Seiten und im Internet:

WWW.GMEINER-SPANNUNG.DE

WALTER BURK
Doppelrolle

978-3-8392-1666-8 (Paperback)
978-3-8392-4609-2 (pdf)
978-3-8392-4608-5 (epub)

»Tatort Alpstein: Ganz und gar nicht rustikal und beschaulich, sondern vielschichtig, komplex, verwirrend und spannend!«

Wanderer und Krimiautor Roger Marty erlebt im Berggasthaus ›Staubern‹ hautnah ein vermeintliches Verbrechen. Blutspuren, welche die Wirtin am Morgen entdeckt, weisen auf eine Gewalttat hin – doch von wem stammt das Blut? Auch nachdem der leitende Ermittler Bruno Fässler eine Leiche findet, bleibt weiter rätselhaft, was in der Idylle des Alpsteins wirklich passiert. Roger Marty ermittelt auf eigene Faust …

GMEINER SPANNUNG

WWW.GMEINER-VERLAG.DE
Wir machen's spannend

WALTER BURK
Doppelbindung

978-3-8392-1517-3 (Paperback)
978-3-8392-4329-9 (pdf)
978-3-8392-4328-2 (epub)

»Präzise recherchiert, faszinierend, spannend und überraschend!«

Als Bruno Fässler, Chef der Appenzeller Kriminalpolizei, ins Berggasthaus »Plattenbödeli« im Alpstein gerufen wird, um einen Mord aufzuklären, geht er von einem Beziehungsdelikt aus. Doch welche Rolle spielt die verschwundene Halskette der Toten bei dieser Tat?

Der passionierte Wanderer und Autor Roger Marty, der das Geschehen beobachtet und den Mord als Romanvorlage nutzen will, beginnt zu ermitteln. Er stößt dabei auf ein weiteres Delikt …

RAIMUND A. MADER
Der König von Weiden

978-3-8392-1827-3 (Paperback)
978-3-8392-4911-6 (pdf)
978-3-8392-4910-9 (epub)

»Raimund A. Mader schlägt eine faszinierende Brücke zwischen Fakt und Fiktion.«

Ein nächtlicher Anruf verbunden mit einem Auftrag: »Schreiben Sie einen Roman über K.!« »K.«, das war Walter Klankermeier, der in Weiden zum ungekrönten Nachtclubkönig der späten 70er-Jahre aufgestiegen war. Sein mysteriöser Tod Anfang der 80er wurde nie geklärt. Der Empfänger dieses Auftrags ist ein erfolgreicher Autor, der sich fortan mit dem Fall Klankermeiers beschäftigt. Bei seinen Recherchen wird er in die düsteren Ereignisse jener Tage hineingezogen, bis sein Leben aus den Fugen gerät.

GMEINER SPANNUNG

Das Neueste aus der Gmeiner-Bibliothek

Unser Lesermagazin

Bestellen Sie das kostenlose Krimi-Journal in Ihrer Buchhandlung oder unter www.gmeiner-verlag.de

Informieren Sie sich ...

www ... auf unserer Homepage:
www.gmeiner-verlag.de

@ ... über unseren Newsletter:
Melden Sie sich für unseren Newsletter an unter www.gmeiner-verlag.de/newsletter

... werden Sie Fan auf Facebook:
www.facebook.com/gmeiner.verlag

Mitmachen und gewinnen!

Schicken Sie uns Ihre Meinung zu unseren Büchern per Mail an gewinnspiel@gmeiner-verlag.de und nehmen Sie automatisch an unserem Jahresgewinnspiel mit »mörderisch guten« Preisen teil!

GMEINER SPANNUNG

WWW.GMEINER-VERLAG
Wir machen's spanne